Alexander Oetker

STERNENMEER

Luc Verlains delikatester Fall

Roman

Hoffmann und Campe

1. Auflage 2022
Copyright © 2022 Hoffmann und Campe Verlag, Hamburg
www.hoffmann-und-campe.de
Umschlaggestaltung: © Hoffmann und Campe
Umschlagabbildung: © Christophe Marczewski
Illustrierte Vorsatzkarte: Stefanie Bokeloh
Satz: Pinkuin Satz und Datentechnik, Berlin
Gesetzt aus der Albertina MT Pro
Druck und Bindung: C. H. Beck, Nördlingen
Printed in Germany
ISBN 978-3-455-01486-0

HOFFMANN
UND CAMPE

Ein Unternehmen der
GANSKE VERLAGSGRUPPE

Pour Michel Guérard et les autres grands chefs étoilés en France

Prolog

MINIATURES

Restaurant Villa Auguste
Strand von Huchet
zwischen Saint-Girons und Moliets-et-Maa

Sie war sich absolut sicher, dass dies hier der anmutigste, fried-lichste, ja, schönste Ausblick der Welt war. Es gab nur dieses eine Fenster, ein mal anderthalb Meter, es lag genau über dem gro-ßen Spülbecken, und wann immer sie konnte, kam sie hierher und sah hinaus. Jetzt, um kurz vor halb sechs, stand die Sonne im Südwesten, zog ihre hellgelben Strahlen über den feinen Sand und ließ die wenigen Sonnenschirme allmählich längere Schatten werfen. Hier, genau unter dem Fenster, reckte sich das Dünengras empor, die Wildheit des Grüns harmonierte per-fekt mit dem tiefen Blau des Himmels, in dem nur die dünnen weißen Wolken ruhten, als habe sie ein verliebter Maler hin-eingetupft. Und dann der Ozean, der durch die doppelte Ver-glasung nicht zu hören war, von dem sie aber natürlich wuss-te, wie er klang: dieses dumpfe Grollen in jeder Welle, die dort unten wie eine Verheißung mit ihren weißen Schaumkronen am Strand landete. Draußen, wo die Wellen noch ungebrochen heranrauschten, saßen die Surfer aufrecht und warteten auf ihren Auftritt. Wie gern wäre sie jetzt dort draußen.

»Hey, Hoang, na los, steh da nicht so rum, meinst du, ich zahle fürs Rausgucken? Himmel, Arsch und Zwirn!«

Der Schrei des Alten riss Ly aus ihren Tagträumen. Mist, sie hatte ihn nicht kommen hören, sie musste besser aufpassen. Rasch wusch sie sich die Hände, steckte ihr Küchentuch fester in den Gürtel ihrer Schürze und ging zu ihrem Arbeitsbereich im hinteren Teil der Küche, dort, wo die Hitze am größten und das Fenster zum Strand weit weg war.

Der Fischposten. Die wichtigste Station des ganzen Restos.

Auch wenn Roland, der Souschef, immer damit prahlte, dass er der wichtigste Mann im Raum sei, schließlich war er der Saucier – und ohne gute Soße schmeckte auch der beste Fisch nach nichts.

Sie hatte ihm schon oft bewiesen, dass er falschlag. Wegen ihrer Seezunge kamen die Gäste manchmal den weiten Weg von Paris oder Lyon hergefahren, einmal war sogar ein Pärchen aus Sydney gekommen, nur wegen ihrer *sole*.

Nur wussten die Gäste eben nichts vom Konkurrenzkampf in der Küche, sie wussten nicht, dass sie Lys Fisch und Rolands Sud aus Meerspinnen genossen.

Sie kamen, um die unnachahmliche Cuisine des Auguste Fontaine zu probieren.

Ein Name wie ein Knall. Zumindest für die Gourmets dieser Welt und für jene, die schon einmal versucht hatten, eines der Gerichte aus den exorbitant überteuerten Kochbüchern des Genies nachzukochen. Es gelang den Leuten daheim natürlich nicht, weil es nun mal unmöglich war, all die Kochkunst auf einigen wenigen Rezeptseiten wiederzugeben. Und doch schwärmte alle Welt von dem Carpaccio aus Jakobsmuscheln mit den Kräutern aus dem Garten hinterm Haus, von dem Rinderfilet mit der Foie gras von Guillaume Fontaine und natürlich: von dem Hummer, der über offenem Feuer gegrillt wurde, dem Signature-Gericht des Meisters. Es gab ganz bestimmt keinen Gourmet zwischen Helsinki und Catania, der nicht schon angerufen und gebettelt hatte oder auf der Website einmal pro Woche nachsah, ob nicht doch ein Tisch frei geworden war, um der unerhörten Wartezeit von anderthalb Jahren ein Schnippchen zu schlagen.

Die Villa Auguste war das erklärte Ziel all dieser Menschen, und sie bekamen zur Küche eben noch jenen Ausblick hinzu, den Ly Hoang so liebte. Drei Sterne war Fontaines Küche den Tester des *Guide Michelin* wert, und das seit mehr als dreißig Jahren. Jedes Jahr aufs Neue schaffte es Auguste, seine drei *macarons* zu verteidigen. Es gab in Frankreich nur eine Handvoll Köche, die das so lange geschafft hatten, und ihre Namen waren weltberühmt: Paul Bocuse, Michel Guérard, die Haeberlins – bis Letztere ihren dritten Stern auf einmal verloren.

So war es ein Kampf um Qualität – und zwar bis ins kleinste Detail. Ly blickte sich um: Damien am Grill lief schon der Schweiß, so heiß war es dort, wo er das Rinderfilet vorbereitete und die Temperatur der Holzkohle für die Hummer reduzierte. Ein paar Meter neben ihm bereitete Aïcha die Grundlagen für die Velouté aus Tomaten und Morcheln zu, gerade drückte sie die Tomaten so gekonnt durch ein Sieb, dass in der Schüssel nur durchsichtiger Saft ankam, der einen unglaublich intensiven Geschmack hatte. Neben Aïcha arbeitete Damiens Bruder Thomas, der als Chefpatissier so grazile Kunstwerke aus Schokolade, Früchten und Blätterteig erschaffen konnte, dass er alleine dadurch anbetungswürdig war, besonders für Ly, die seine Desserts vergötterte. Niemand sprach, sie alle werkelten vor sich hin, und zwischen ihnen allen auf und ab lief mit strenger Miene Auguste.

Es war wie so oft in diesen Gourmettempeln: Sie alle liebten diesen Mann wegen seines Könnens und seines Genies – aber sie hassten ihn zugleich auch wegen seiner Detailversessenheit, seiner Härte, dafür, dass er ausschließlich für die Küche lebte.

Und doch wollte keiner von ihnen tauschen. Denn wer einmal im Leben für Auguste Fontaine gekocht hatte, der fand auf der ganzen Welt einen Job. Egal wo, ob in den Bergen von Sankt Moritz, mitten in New York an der West Side oder auf einer einsamen Südseeinsel in einem Fünfsternehotel. Genau dorthin wollte Ly am liebsten, irgendwo auf die Malediven, die Seychellen oder nach La Réunion. Nicht als Putzfrau wie ihre Landsleute, sondern als gestandene Köchin.

Wenn das hier vorbei war. Wenn sie ihre drei Jahre geschafft hatte. Wenn sie etwas vorzuweisen hatte. Und wenn jemand ganz Besonderes mitreiste.

Sie öffnete die Kiste, die neben der Station stand, darin war dicht gepresstes Eis, weiß und so sauber, als wäre es frisch hineingeschneit. Sie wühlte mit ihrer Hand darin herum, bis sie auf etwas Festes stieß. Eine riesige Kiste – für einen einzigen Fisch. Aber was für einen. Ganz vorsichtig nahm sie den großen Wolfsbarsch und hob ihn auf ihre Arbeitsplatte. Dann strich sie behutsam über seinen silbrig glänzenden Körper, ohne dass sie dabei auch nur eine Schuppe abrieb.

Sie sah die glasklaren Augen des Fisches, fühlte, wie fest und wie frisch er war, prüfte die Kiemen, auch hier war alles glänzend, der Geruch nach Meer, nicht nach Fisch, sondern ganz so, wie es sein musste.

Ly wusste, dass Auguste den Fischer seit Jahrzehnten kannte, schon bei seinem Vater hatte er seine Wolfsbarsche, die Thunfische und den berühmten Steinbutt bestellt. Jede Nacht fuhr der Fischer hinaus, aus dem kleinen Hafen von Saint-Jean-de-Luz unten im Baskenland, aber nicht, um wie einer der seelenlosen Gesellen die Tiere in irgendein Netz zu zwingen. Dieser Fischer machte *pêche à la ligne*, er fischte tatsächlich noch mit

12

der Angel oder mit der Leine – ein unglaublicher Aufwand, aber eben auch mit dem Ergebnis eines unglaublichen Geschmacks. Diese Fische kosteten das Zigfache derjenigen aus Aquakulturen, doch Auguste kam nichts anderes in seine Küche.

Mit einem sauberen Schnitt öffnete Ly den Wolfsbarsch, holte, ohne zu zögern, die Innereien heraus, trennte den Kopf ab und gab alles in eine Schüssel – weggeworfen wurde hier nichts, daraus ließ sich immer noch ein feiner Sud kochen. Dann löste sie vorsichtig die Filets mit der Haut von den Gräten und nahm dann die kleinste Pinzette, ihr Lieblingswerkzeug. Damit zog sie noch die winzigste Gräte aus dem festen Fleisch.

Geschafft. Der Wolfsbarsch war fertig, er würde nur noch für wenige Minuten den Grill sehen, bevor er als ein wahres Kunstwerk präsentiert werden konnte.

Wieder versuchte sie, einen Blick in die Gesichter um sie herum zu erhaschen. Ja, es stimmte. Es war wieder diese bestimmte Zeit des Jahres. *This time of the year.* Sie alle waren Profis, von der Zehe bis zum Haarschopf konzentriert, jeden Abend. Doch in diesen wenigen Tagen zwischen Winter und Frühling, da war alles noch mal eine Spur intensiver, da war die Anspannung in allen Handgriffen, da blitzten die Augen vor Aufregung.

Bald würde er kommen, der Mann, dessen Urteil über Wohl und Wehe der Gastronomen Frankreichs entschied. Niemand wusste, wann genau er kam. Deshalb kam es darauf an, dass jeder Abend perfekt lief: Die besten Produkte mussten da sein, die besten Köche an den wichtigsten Positionen, der Service an jeder Stelle perfekt. Saß er heute Abend da draußen im Gastraum? Oder morgen? Übermorgen?

Wenn Auguste diesmal die Wahrheit gesagt hatte, dann wäre es das letzte Mal. Drei Sterne für die Ewigkeit. Und Ly Hoang würde für immer ein Teil davon sein.

Ferme du canard heureux –
Bauernhof zur glücklichen Ente
Grenade-sur-l'Adour

»Otis, lauf, hol sie, los, los, los, los …«

Der Hund war ein Naturtalent, da konnte er noch so jung sein. Die Laute, die Guillaume ausstieß, wirkten auf Otis wie eine Jagdpfeife. Sein Herrchen sah ihn schnell wie ein Pfeil in großem Bogen um die Weide herumrennen, um dann die nach vorne flüchtenden Enten zu stellen. Es klappte, ohne dass Otis auch nur einmal bellen musste. Er senkte seinen Kopf und knurrte nur ganz leise, und sofort blieb die Entenschar stehen, rührte sich keinen Zentimeter mehr weiter nach vorne, sondern reckte die Hälse empor und quakte, was das Zeug hielt. Otis ging ganz langsam rückwärts, wieder in großem Bogen und trieb nun die Tiere zusammen, von allen Seiten, bis die einhundert Enten wie ein großes weißes Quadrat auf der Weide standen, perfekt, um von Guillaume auf der einen und Otis auf der anderen Seite in Richtung der Ställe geführt zu werden.

»Fein, Otis, guter Junge …« Guillaume war stolz, er hatte den Hund als Welpen zu sich genommen und von Anfang an ausgebildet.

Ganz langsam begleiteten sie die feinen weißen, grauen und braunen Tiere den Berg hinab, immer wieder senkten sich die Hälse der Enten, um zu picken, als wüssten sie, dass sie von nun an nicht mehr vom saftigen Gras der Wiese probieren konnten.

Guillaume schloss kurz die Augen und genoss die Wärme auf seinem Gesicht. Es war unglaublich, aber selbst Anfang März wurde es am Mittag schon so sonnig, dass er die Steppjacke ausziehen und im T-Shirt seiner Arbeit auf dem Bauernhof nachgehen konnte. Das lag aber nicht am Klimawandel, das lag, so weit er zurückdenken konnte, am Zauber des Südens.

Der Blick ging über die grünen Hänge hinab ins Tal, nur vereinzelt waren kleine Höfe zu sehen, eine schmale Straße, die sich gewunden durch die Landschaft zog. Das waren die Landes, eines der ländlichsten Départements Frankreichs. Seine Heimat. Eine Welt voller sanfter Hügel und bäuerlicher Anwesen, kleiner Dorfrestaurants und Marktplätze mit lauschigen Arkaden, die irgendwann in die schier endlos scheinenden Seekiefernwälder überging – und dann folgten nur noch: Sand und Ozean.

Das Brummen in seiner Tasche riss ihn aus seinen Gedanken. Er holte sein Handy heraus. *Rémy.* Er stieß einen grollenden Ton aus, der seine breite Brust in Schwingung versetzte, dann drückte er auf die rote Taste. Nicht jetzt. Nicht dieses endlose Palaver. Er konnte es nicht mehr hören. Insbesondere nicht hier, im größtmöglichen Frieden.

»Otis, bring sie rein, Otis, los!« Sein Ruf, dann wieder der schrille Laut der Pfeife, und sofort wetzte der Hund los und bremste abrupt wieder ab, duckte sich und knurrte leise, er versperrte den Enten damit den Weg, den sie eigentlich einschlagen wollten, und so watschelten sie unter lautem Protest über den Hof mit den alten Pflastersteinen und dann entlang der Zäune in das offene Portal. Die Scheune – ihre letzte Heimat für die kommenden zehn Tage.

»Fein, Otis, brav, komm.« Guillaume schloss das Tor, dann gab er seinem Hund eins der Leckerlis, die er in der Tasche seiner Latzhose immer dabeihatte.

»Corinne?« Ein Fenster im Bauernhaus öffnete sich, und seine Frau steckte ihren Kopf voller dichter brauner Locken hinaus.

»Ja, *chéri?*«

»Ich fahr rasch rüber und bring die Lieferung weg, setzt du die Enten in die Laufgitter?«

»Klar. Bis nachher.« Sie warf ihm lachend einen Kussmund zu, dann schloss sie das Fenster wieder. Er musste lächeln. Er hatte Glück mit ihr, verdammtes Glück.

In der Produktionshalle war der Kühlschrank voller eiskalter Ware. Er öffnete ihn, ging in die Hocke und prüfte, welche der Stopflebern in der Vakuumverpackung die beste war, es dauerte nicht lange, und er wusste es, er musste nicht einmal durch die Folie hindurchsehen, er prüfte nur mit dem Finger, wie fest das Fleisch war und ob die mittlere Sehne kräftig genug war, die Leber beim Herausziehen unbeschädigt zu lassen. Nach fünf Minuten hatte er zwölf wunderbare Exemplare, die er in Kühltaschen verpackte und nach draußen brachte, um sie in die Koffer zu legen, die links und rechts an seinem BMW-Motorrad hingen.

Die beste Ware für seinen wichtigsten Abnehmer. Natürlich verkaufte er seine Foie gras auch an die Kunden, die direkt zu ihm auf den Hof kamen, er verkaufte sie an die Restaurants der Gegend und an Fremde, die in Paris oder Brüssel via Internet bestellten. Sein Aushängeschild aber waren die Produkte, die am selben Abend auf weißen Porzellantellern serviert wurden, im Restaurant seines Vaters. Dort konnte sich jeder von der Qualität der Fontaine'schen Foie gras überzeugen.

Guillaume Fontaine drehte den Schlüssel und drückte auf den Startknopf, das sonore Brummen der schweren Maschine ließ die Enten im Stall schnattern. Dann drehte er den Gashebel, und sofort setzte sich das Motorrad in Bewegung. Er fuhr den Hügel hinab und bog auf die Départementale ein, die ihn in zwanzig Minuten nach Dax und von da aus weiter ans Meer bringen würde. Eine Strecke voller Kurven und herrlicher Aussichten – und wenn man all diese Kurven mit Tempo hundertfünfzig nahm, dann wurde es gleich noch mal aufregender.

Guillaume öffnete sein Visier, um den Fahrtwind im Gesicht zu spüren. Er liebte es. Das Land, sein Motorrad, kurzum: Er liebte sein Leben.

Restaurant Le Relais
8. Arrondissement, Paris

Mit dem Rücken zur Wand. Das war die einzige Bedingung. So sagte er es zumindest immer scherzhaft. Dabei ließ er durchblicken, dass es die einzige Bedingung war, die er offen zugab.

Er wollte immer mit dem Rücken zur Wand sitzen, an einem Tisch, der so in einer Ecke platziert war, dass er das ganze Lokal überblicken konnte. Alle anderen Stühle sollten von seinem Tisch entfernt werden.

So war es auch heute geschehen, und zwar ganz ohne dass er sich dazu hätte äußern müssen. Er hatte den Tisch wie üblich unter einem anderen Namen reserviert, so war es gang und gäbe, aber als er dann mit dem Taxi vorfuhr, erkannte ihn der Voiturier natürlich sofort, und die ganze Maschinerie schnurrte los: Der Voiturier informierte den Concierge, der dann wiederum dem Restaurantleiter etwas zurief, und schon begann das große Möbelrücken. Als er kurz darauf eintrat, war bereits alles wieder ganz ruhig und gediegen. *»Bonsoir, Monsieur«*, hieß es dann, *»Bonsoir, welch eine Freude«*, und er wurde zu seinem Tisch geführt, hinten in der Ecke, Blick in den Raum, ein Stuhl und ein Gedeck an einem großen runden Tisch. Er kam immer etwas zu spät, damit das jeweilige Restaurant schon gut besetzt war und er, natürlich ohne sich etwas anmerken zu lassen, zusehen konnte, wie auf den anderen Plätzen getuschelt wurde, eine Frau zeigte sogar auf ihn, weil ihr Mann nichts von dem ganzen Aufriss mitbekommen hatte.

Nein, Ugo Gennevilliers war kein Restaurantkritiker, der Blindverkostungen durchführte. Dafür war er viel zu bekannt. Er wusste das – und er konnte nicht verhehlen, dass er es auch schätzte.

Seine Prominenz entsprang einer anderen, lang zurückliegenden Zeit. Als die Menschen noch nicht begonnen hatten, ihr Essen für eine dieser horriblen Internetseiten zu fotografieren, mit ihrem Mobiltelefon, und zwar direkt von oben herab auf den Teller – herrje, wie er das hasste. Wenn er seine Tochter einmal dabei erwischte, würde er sie enterben.

Nein: Damals, vor vierzig Jahren, als sich der Ruf von Ugo Gennevilliers begründete, da gab es nur eine Tageszeitung in Frankreich, die einmal in der Woche ein Restaurant bewertete – und es gab seine Zeitschrift, die einmal im Jahr die Sterne vergab, um die sich jeder Koch riss. Sein Wort hatte den Status eines Gottesurteils, zumindest für die Chefs und für die Gourmets. Es gab noch nicht unzählige Blogs und Nachahmer, es gab nur ihn und seine Kollegen.

Und es erfüllte Ugo mit Stolz, dass sich der Wert seiner Sterne zumindest für die Köche noch nicht verändert hatte.

»Monsieur«, der Chef de Service war unbemerkt an den Tisch getreten – lauernd wie ein Panther, dabei aber so souverän –, kein normaler Gast hätte seine Anspannung bemerkt, Ugo aber sah, wie es in den Augen des livrierten Mannes flackerte, »haben Sie Ihre Auswahl schon treffen können?«

Ugo Gennevilliers ließ die Karte sinken, die er ohnehin nicht beachtet hatte, dann sah er den Mann direkt an. »Ich würde die zwölf Gänge nach der Empfehlung des Chefs nehmen«, sagte er so deutlich, dass es an den Nebentischen gut hörbar sein würde – zwölf Gänge, Wahnsinn! Selbst wer es sich leisten konnte, hier zu essen, blieb bei höchstens acht Gängen, weil alles andere den finanziellen Rahmen sprengte. »Und was den Wein angeht …«

»Was den Wein betrifft, wissen wir natürlich Bescheid. Ich lasse alles sofort vorbereiten, lehnen Sie sich zurück und genießen Sie den Abend im Le Relais, Monsieur.«

Der Mann war die perfekte Besetzung, er erwähnte seinen Namen nicht, er war über alles informiert – herrlich! Ugo lehnte sich in seinem weichen Stuhl zurück, Gott sei Dank hatte sich die Mode der unbequemen Designerholzstühle nicht in jedem Sternerestaurant durchgesetzt, jene mit diesen Foltermöbeln überließ er seinen jüngeren Kollegen. Wenn er den Kopf ein wenig einzog, dann konnte er dort über den Dächern der Rue de Grenelle den Eiffelturm blinken sehen. Einundzwanzig Uhr. Auch wenn die Pariser diese Lichtshow verabscheuten, er sah sie als ein Zeichen: Das hier war schließlich immer noch die glänzende Stadt, die Gastronomiehauptstadt der ganzen Welt.

»So, Monsieur, hier ist er, der 1995er Château Lacour. Ich habe mir erlaubt, ihn eben schon zu öffnen. Darf ich?«

Ugo nickte, und der Chef de Service nahm sein Glas, um den alten Rotwein aus dem Médoc sanft die Wand des Glases hinablaufen zu lassen. Ein tiefes Rot mit einem leicht öligen Schimmer – so liebte Gennevilliers seine Weinbegleitung. Er hielt sich das Glas an die Nase und nahm einen tiefen Zug, die Früchte des Waldes lagen in diesem Tropfen, Brombeere, Johannisbeere, dazu eine Note von Sandelholz. Die Fässer von Lacour waren Legenden. Er sah, wie die Frau am Nachbartisch den Sommelier zu sich rief. Er musste lächeln, das geschah immer: Sie wollten stets den Wein bestellen, den auch er trank. Aber leider …

Eine junge Frau näherte sich von der anderen Seite. »Wir beginnen mit einem Gruß des Küchenchefs: ein konfiertes Wachtelei mit gegrilltem Salat und Oscietra-Kaviar. *Bon appétit, Monsieur.*«

Er nickte und griff nach der kleinen Gabel, pikte mit einer Spitze in das Eigelb, das sich sofort cremig in die Schüssel ergoss und sich um den Kaviar legte. Er tauchte in die warme Creme und kostete davon, dann probierte er die einzelnen Elemente, immer wieder schloss er dabei die Augen und tat das alles ganz langsam, es war ein Ritual, von dem er wusste, dass die anderen Gäste es sehen wollten.

Schließlich legte er die Gabel wieder zur Seite.

Er holte sein kleines rotes Notizbuch aus der Tasche, drehte die Kappe seines Füllfederhalters ab und schrieb auf die erste freie Seite: *Eigelb / Kaviar, keine kreative Leistung, Ei ein paar Sekunden zu lang konfiert, trocken, 2/10.*

Zufrieden blickte er in das Büchlein, dann auf seinen leeren Teller und schließlich noch einmal auf den Eiffelturm, der jetzt wieder golden erstrahlte.

Zwölf Gänge. Der Reigen konnte beginnen.

Cabane von Familie Verlain / Filipetti
Avenue des Dunes, Carcans Plage

»Oh, riecht das aber gut«, sagte Anouk, als sie lächelnd in die Holzhütte kam. Sie rieb sich die Hände und dann die Wangen, die ganz rot gefroren waren vor Kälte. Draußen war es dunkel geworden, drinnen hatte Luc die Cabane mit Kerzen in ein warmes Licht getaucht.

»Hey, Schöne«, sagte er, »wie war es?«

»Herrlich. Ich bin über die Düne gegangen und dann bis ganz nach Süden, bestimmt fünf Kilometer, immer ganz dicht am Wasser entlang, der Sand war wie festgefroren, es war ein Kinderspiel. Und dann den ganzen Weg wieder zurück. Stell dir vor, auf der ganzen Strecke hab ich ganze drei Menschen getroffen. Das Meer ist total ruhig, es kommen nur ganz feine Wellen an, und es ist fast windstill. Ein Traum. Vielleicht gehen wir nachher noch mal zusammen auf die Düne? Oder morgen ganz früh?«

Er strahlte sie an und nickte. »Aber jetzt«, murmelte sie, »hab ich einen Bärenhunger. Lass mal sehen.«

»Nein, ist eine Überraschung.«

Sie stieß ihn zur Seite und nahm den Deckel vom Topf. »Wow.

Die sieht aber gut aus. Warum ist die denn so rot? Ist es das, was ich denke?«

Luc nickte. »Safran. Genau. Du hast mir ja dank deines Spaziergangs richtig viel Zeit gelassen, so konnten die Fische wirklich zwei Stunden vor sich hin köcheln. Gleich ist alles bereit. Das wird toll.«

»Und unsere kleine Miss Dauerhungrig?«

»Schläft und schläft und schläft.«

Sie sahen beide verliebt zu dem Babybettchen, das unter einer Dachschräge im hinteren Raum der Holzhütte stand. Nur leise Atemgeräusche waren von dort zu hören.

»Na, vielleicht schaffen wir es ja wirklich noch, in Ruhe zu essen.«

Luc zeigte auf die Fischköpfe, die er schon aus der Suppe genommen hatte. »Heute Morgen auf dem Markt in Carcans gab es Knurrhahn und sogar Petermännchen.«

»Aber ohne Giftstachel, hoffe ich.«

Jedes Kind in Frankreich wusste, dass die Flossenstachen der *vive*, wie das Petermännchen auf Französisch hieß, hochgiftig waren. Gerne gruben sich die Fische in Strandnähe ein, trat ein Schwimmer darauf, war es sehr wichtig, schnell einen Arzt in der Nähe zu haben. In Australien gab es sogar ein Gegengift, in Europa therapierte man mit sehr heißem Wasser.

»Keine Sorge«, sagte Luc, »Gilles hat alles ordnungsgemäß entfernt. Ich hab sogar noch einige Langusten mit in der Suppe, setz dich schon mal.«

Anouk nahm an dem kleinen Holztisch Platz und goss ihnen von dem Verveine-Tee ein, den Luc gekocht hatte. Dann sah sie aus dem Fenster in die Dunkelheit. Der Commissaire konnte seine Augen gar nicht von ihr lösen. Sie hatten nun fünf Monate Tag für Tag zusammen verbracht, Luc hatte sich vom Dienst freistellen lassen, weil er Anouk helfen und miterleben wollte, wie ihre gemeinsame Tochter Aurélie die Welt kennenlernte. Es war ein Fest gewesen, ein kalter Winter, in dem es fast gar nicht geregnet hatte, dafür waren die Tage sonnenklar gewesen, und es hatten sich am Strand in den Pfützen bei Ebbe sogar kleine Eisschollen gebildet. Sie waren kilometerweit gewandert, mit Aurélie, dick eingepackt in ein Tragetuch, ganz nah an Lucs Körper gebunden. Sein Vater war aus der Kurklinik in Arcachon oft zu Besuch gekommen. Über die Weihnachtstage dann hatten sie Anouks Vater in Venedig besucht, der nach dem Tod seiner Frau endlich einen Lichtblick erfahren hatte: das Kennenlernen seiner Enkelin.

Nun, in gut einer Woche, würde sich Luc wieder trennen müssen – er musste ins Büro zurückkehren, während Anouk noch zwei Monate Schonfrist hatte.

»*Chéri*, weißt du eigentlich, ob im Hôtel de Police gerade viel zu tun ist?«, fragte sie ihn, weil sie wie so oft seine Gedanken erraten hatte.

»Ich habe vorhin mit Hugo telefoniert. Es gibt nur den klassischen Stress im Saint-Michel-Viertel, Drogenbanden unter sich. Aber sonst ist es ruhig.«

»Na, das klingt doch gut.« Sie räusperte sich. »News von Aubry?«

Luc rührte die Suppe eine Spur zu schnell.

»Es scheint, als hätten wir uns abgesprochen. Er kommt übernächste Woche zurück.«

Sie hatte sich unbemerkt an ihn rangeschlichen und umfasste von hinten seinen Oberkörper, dann schmiegte sie ihren Kopf an seinen Rücken. »Tut mir leid, Luc. Aber ich verspreche dir, ich lass dich nur kurz allein. Dann komm ich wieder.«

»Wird schon. Ich glaube, nach der Aktion am Cap steht er unter Beobachtung. Ich werde mich seiner sicher erwehren können.«

Laurent Aubry war der neue Leiter der Police nationale in Bordeaux, nachdem ihr alter Boss Preud'homme in den wohlverdienten Ruhestand gegangen war. Aubry war ein junger Aufsteiger, der aus der französischen Verwaltungselite stammte und nie als Polizist gearbeitet hatte. Seine Unkenntnis hatte er in ihrem ersten gemeinsamen Fall am Cap Ferret gleich unter Beweis gestellt und damit nicht nur sich selbst in Lebensgefahr gebracht. Nachdem er angeschossen worden war, hatte er Monate im Krankenhaus und in der Reha verbracht, und doch wollte er es sich nicht nehmen lassen, es noch einmal auf dem angesehenen Posten in Bordeaux zu versuchen.

»Es ist schließlich meine Schuld, ich hätte den Job ja machen können.«

»Aber du wolltest eben nicht damit enden, nur noch Urlaubsanträge abzuzeichnen.«

»Auch wieder wahr. Aber nun wird gegessen.«

Luc nahm eine Kelle und füllte die Fischsuppe in die tiefen Schüsseln aus blauem Porzellan, dann gab er Croûtons und die Rouille darüber, die er bei einem befreundeten Fischer in Lacanau gekauft hatte. Die Knoblauchmayonnaise gehörte zu dieser pürierten Fischsuppe *à l'arcachonnaise* unbedingt dazu.

Sie setzten sich an den Tisch und lächelten sich an, zwischen ihnen die dampfenden Schüsseln. Anouk nahm den ersten Löffel, dann tat es Luc ihr nach, er hörte sie leise seufzen, und als er probierte, wusste er, warum. Da waren das Jod des Meeres, die tiefe Würze, die die Fische der Suppe verliehen, der Safran mit seiner Exotik, die Leichtigkeit des weißen Fleisches, dazu das krosse Brot, es war himmlisch. Gerade wollte er noch einen Bissen nehmen, da war aus dem Bettchen hinter ihnen eine Bewegung zu vernehmen, und eine leise Stimme begann zu glucksen.

»Bleib sitzen«, sagte Luc, stand auf und trat an das Babybett.

»Hey, Schatz«, flüsterte er, bückte sich und nahm Aurélie auf den Arm. »Na, ausgeschlafen? Und jetzt hast du Hunger?«

Das kleine Wesen war noch nicht ganz bei sich, die Augen waren erst halb geöffnet, doch schon schmatzte das Mädchen mit dem dunklen Haar, und Luc meinte, sie lächele ihn an. Er konnte dieses Wunder noch immer nicht ganz begreifen.

Ferme du canard heureux –
Bauernhof zur glücklichen Ente
Grenade-sur-l'Adour

Er hatte auf dem Marktplatz in der Bar unter den Arkaden mit den Jungs ein kleines Bier getrunken und dem Treiben auf dem Platz zugesehen. Das Städtchen war einfach herrlich, der Fluss Adour schlängelte sich mitten durchs Zentrum, die Fassaden der alten Häuser gingen direkt aufs Wasser, die Bewohner hatten sich alle nachträglich Balkone anbauen lassen, so hatte fast jeder hier ein Wassergrundstück.

Irgendwann kam nach und nach die Dunkelheit übers Land, und Guillaume hatte sich auf sein Motorrad gesetzt und war die Straße in Richtung Eugénie-les-Bains gefahren.

Die Platanen standen dicht an dicht an der Allee, und er legte sich mit seinem Motorrad so entschieden in die Kurven, dass sein Knie fast den Asphalt berührt hätte.

Bald würde der Frühling anbrechen. Dann zeigten sich hier immer rasch die ersten Knospen, und die Enten rekelten sich genüsslich auf der sonnigen Wiese. Morgen würde er eine Lieferung neuer Küken bekommen, gerade einen Tag alt. Der Transporter kam im Morgengrauen aus Spanien, er würde wieder sehr früh aufstehen müssen. Aber die spanischen Küken waren eben nur halb so teuer wie die französischen.

An der Kreuzung hinter dem Wasserturm bog er nach links ab und fuhr über den schmaler werdenden Weg bis zu seinem Gehöft.

»*Quoi?*«, rief er mit einem Mal aus. Was hatte er da gesehen? Er zog die Bremse so heftig durch, dass die Maschine ins Schlingern geriet und er all seine Kraft aufbieten musste, um nicht zu stürzen. Er stellte das BMW-Motorrad auf den Ständer und ging die paar Meter zurück bis zu der vorderen Scheune. Fassungslos starrte er auf die Wand, die zur Straße zeigte.

In dicken roten Buchstaben stand da: *Tortionaire d'animaux! Meurtrier!* Jetzt gingen sie wirklich zu weit. Ihn so zu nennen: *Tierquäler* und *Mörder*. Die Handschrift war hässlich, die Farbe rann die Wand herab. Sie war noch feucht, der Schmierer konnte nicht weit sein. Guillaume sah sich nach allen Seiten um. Doch der Weg war verlassen.

Wütend ging er zu seinem Motorrad und nahm aus dem rechten Seitenkoffer ein großes Tuch, das schon mit roter Farbe befleckt war. Beim letzten Mal hatte Corinne die Schmiererei entdeckt und sofort Angst bekommen. Diesmal würde sie es nicht sehen. Kopfschüttelnd wischte er die Farbe von der Wand. Er bemühte sich, ein heiteres Lied zu pfeifen, doch tief in ihm war die Freude einer großen Wut gewichen.

Vendredi – Freitag

GIFTIGER GOURMET

Kapitel 1

Um kurz vor acht Uhr abends kam es im Einfahrtsbereich des Restaurants stets zu einer kleinen Schlange. Zum Glück für Hadi, den Voiturier, saß die Bürgermeisterin von Bordeaux aber bereits im zweiten Wagen, sodass sie nicht im Stau warten musste. Und zum Glück behielt er selbst in diesem Stress den Überblick – sonst hätte er den dunklen Wagen am Ende der Schlange leicht übersehen. Aber er war schon lange im Geschäft, er wusste, worauf es in diesen Tagen ankam.

Als die Gäste des ersten Wagens ausgestiegen waren, ging er schnell mit dem Schirm zum zweiten, einem schwarzen Renault Talisman. Er öffnete die Beifahrertür und sagte lächelnd:

»Madame le Maire, herzlich willkommen in der Villa Auguste. Wie geht es Ihnen heute Abend?«

»Oh, bestens, Monsieur, Sie wissen doch, wenn Maître Auguste für mich kocht, dann kann es mir nur gut gehen.«

»Er wird sich freuen, das zu hören. Darf ich Sie und Ihren Mann hineinbegleiten?«

Er hielt den Schirm über sie, der leichte Landregen hatte natürlich pünktlich vor dem Service angefangen, unten am Strand konnte man das Meer gar nicht richtig sehen, der Regen hing wie ein Vorhang vor den Wellen.

Die Bürgermeisterin trug unter ihrer dicken Jacke ein schwarzes Kleid, sie war eine sehr freundliche Frau, auch wenn Hadi in ihren Augen las, dass sie ganz genau wusste, wer sie war, und dass es besser war, sich ihr nicht in den Weg zu stellen. Ihr Mann hingegen war ein sanfter Mann mit Glatze und randloser Brille, der ihm den Schlüssel gab und sagte: »Lassen Sie nur, wir gehen hinein, Sie haben hier genug zu tun.«

»*Merci, Monsieur.* Ich wünsche Ihnen einen wunderbaren Abend.« Ein Glück, dachte Hadi und blickte auf die vier, nein, fünf Autos, die nun noch warteten, der dunkelgrüne Porsche war gar der sechste in der Reihe. Das ging nicht, das dauerte zu lang.

Er warf den Schlüssel des Renault seinem jüngeren Gehilfen zu, dann griff er zum Funkgerät.

»Für Küche und Service, hier ist Hadi. Er kommt. In drei Minuten ist er drin. Habt ihr gehört?«

Kurz war nur ein Rauschen zu hören, als wäre seine Nachricht aufgenommen worden und dann irgendwo im Meer gelandet, die Spannung war förmlich zu greifen, aber nach Sekunden, als hätten sich alle gesammelt, riefen zwei Stimmen: »Küche, verstanden.« – »Service, verstanden.«

Gott sei Dank. Er atmete durch. Damit war sein Job getan. Auch wenn er wusste, dass drinnen nun die nackte Panik ausgebrochen war, verpackt in professionelle Hektik.

Er winkte den nächsten Wagen heran und öffnete die Tür.

»Madame, würden Sie noch kurz warten? Mein Kollege nimmt Ihnen gleich den Wagen ab, ja? Bleiben Sie noch sitzen, nicht dass Ihr wunderschönes Kleid Schaden nimmt.«

Die Frau lächelte ihm augenzwinkernd zu. »Vielen Dank.«

Sofort war Hadi in der Schlange nach hinten gegangen, den

Schirm spannte er schon auf, dann öffnete er auf der Fahrerseite des Porsche die Tür. Von drinnen erklang laut klassische Musik. Smetana, immer Smetana.

»Monsieur, willkommen zurück in der Villa Auguste. Es tut mir leid, Sie sehen, es ist viel los, darf ich Sie hineinbegleiten? Dann müssen Sie hier nicht warten. Bitte, kommen Sie.«

Ugo Gennevilliers erhob sich mühsam aus dem Ledersitz, er wusste, dass der Wagen für ihn und sein Alter viel zu sportlich war, der tiefe Sitz hatte ihn schon zweimal zu einem Besuch bei seiner Osteopathin gezwungen.

»Was ist denn das für ein Wetter? Ich habe Paris extra verlassen, um für eine Weile keinen Regen mehr zu sehen.«

»Nun, wir werden Sie dafür entschädigen, Monsieur.«

Zusammen gingen sie zur Tür, Hadi hielt den Schirm aufgespannt und bemühte sich, nicht zu schnell zu gehen, um den Kollegen drinnen ein paar Sekunden mehr Zeit zu geben. Diese Sekunden konnten entscheidend sein: noch mal die Servietten zurechtlegen, den Wein schon entkorken, die Musik ein wenig runterdrehen.

Die Villa Auguste war eine der vier alten Villen im Kolonialstil, die genau auf der Düne lagen, mit Blick auf den Strand und den Ozean, umgeben von Strandgras und viel Sand. Die Terrasse war aus hellem Holz, dann kamen rote Säulen und die schlichte Fassade aus weißem Holz, die Dächer waren mit Schindeln aus einem hellen Rot bedeckt, rund ums Haus gaben bodentiefe Fenster den Blick frei.

Früher waren diese Häuser Jagdhütten gewesen, für sehr reiche Jagdherren, zugegeben. Doch schon seit hundert Jahren war die größte von ihnen im Besitz von Maître Augustes Familie.

Ugo Gennevilliers liebte diesen Anblick, das alte Holz, die wilde Vegetation, den Geruch des Meeres, all das sprach seine

33

einfachsten Instinkte an. Als Kind hatte er oft nicht weit von hier entfernt mit seinen Eltern Urlaub gemacht. Er liebte auch die Einrichtung dieses Restaurants, die noch von Augustes verstorbener Frau ausgewählt worden war: das feudale Edelholz, die großen runden Tische, die bequemen Stühle, die mit violettem Samt bespannt waren, die großen Ölbilder von Jagden aus einer Zeit, als die Herren noch Hut und die Damen Reifröcke trugen. Hach, er war eindeutig zu spät geboren worden.

Er würde seine Freude und die Sympathie, die er für diesen Ort empfand, natürlich niemals offen zeigen oder zugeben. Und er grämte sich sehr, weil es danach aussah, als würde dieser Ort ihm bald sehr fehlen. Wenn Auguste seine Ansage wahrmachte, dass die kommenden drei Sterne seine letzten seien. Ugo Gennevilliers zweifelte keine Sekunde, dass er natürlich wieder drei Sterne vergeben würde – wie noch jedes Mal seit nunmehr zweiunddreißig Jahren. Auch wenn er schon mit dem Gedanken gespielt hatte, nur zwei zu vergeben – schlichtweg, um Auguste dazu zu zwingen weiterzumachen. Allein, es würde einen Skandal auslösen, und niemand würde Ugo glauben, deshalb hatte er diesen scherzhaften Gedanken auch gleich wieder verworfen.

»Oh, Mademoiselle Florentine.« Noch so ein Grund, sich auf die Villa Auguste zu freuen. »Schön, Sie zu sehen.«

»Monsieur Gennevilliers, hocherfreut«, sagte die junge Frau im dunklen Kostüm. Sie war die Einzige, die seinen Namen nannte, und er konnte nichts dagegen tun, dass er sich darüber freute. »Hatten Sie eine gute Reise?«

»Die linke Spur gehörte ganz mir.«

»Na, ich hoffe, da kommen nicht wieder viele Briefe von der Polizei«, erwiderte sie, und ihr blondes Haar schien ihm der perfekte Rahmen für ihr fröhliches Lachen. Sie ging voraus, und er folgte ihr. »Ihr Tisch, wie immer.«

Die Wand im Rücken und dennoch ein Fenster zum Meer zu seiner Rechten, nur ein Stuhl, perfekt.

»Ich danke Ihnen, Mademoiselle, wie geht es denn Ihrer Familie?« Ach, diese Frau war ihm wirklich ein Jungbrunnen, er plauderte so gerne mit ihr und hoffte, dass sie noch einen kleinen Moment bei ihm stehen bliebe. Und sie tat es, als hätte sie nur diesen einen Gast und als wäre das Restaurant nicht wie stets bis auf den letzten Platz ausgebucht. »Bestens, Monsieur, die Zwillinge wachsen wie verrückt.«

»Sie sind jetzt fünf, oder?«

»Sechs, sie sind schon sechs.«

»Verrückt. Wie die Zeit rast. Wissen Sie schon«, er senkte die Stimme, »was Sie machen, wenn das hier vorüber ist? Ich kann mich sehr gern umhören, Sie wissen, ich kenne alle Gastronomen des Landes.«

Er wusste aber auch, dass Florentine nie ein Problem haben würde, etwas Neues zu finden. Die Chef de Service des besten Restaurants von Frankreichs Südwesten würde von allen umworben werden.

»Wer weiß, wer weiß«, sagte sie und zwinkerte verschwörerisch. Sofort war Ugo hellwach.

»Was meinen Sie, Mademoiselle? Macht er etwa weiter?«

»Fragen Sie ihn doch einfach selbst, er wird Sie ja nachher beehren, nachdem er Sie kulinarisch verwöhnen durfte.« Sie zündete die schlichte Kerze auf seinem Tisch an. »Hat sich an Ihrer Vorliebe beim Wein etwas geändert?«

»Wo denken Sie hin? In meinem Alter ändert sich nichts mehr.«

»Sie sind zu freundlich, als dass ich Ihnen darauf jetzt eine kokette Antwort geben würde. Also, ich bin gleich wieder da.« Und damit entschwand sie, und ihm blieb nur, ihr hinterherzusehen. Eine Schönheit mit außerordentlicher Bildung und berauschender Schlagfertigkeit – sie war wie geboren für diesen Beruf.

Ugo Gennevilliers betrachtete das Treiben im Saal. Der Service hatte vor einer halben Stunde begonnen, ungefähr die Hälfte der Tische war schon besetzt. Die jungen Kellner in ihren blütenweißen Hemden wuselten zwischen den Tischen umher, brachten Brot oder sogar schon den Gruß aus der Küche, einer war eigens dafür zuständig, leere Gläser nachzufüllen, während der Sommelier am Tisch der Bürgermeisterin von Bordeaux, die Ugo nur aus der Zeitung kannte, den richtigen Wein fürs Menü empfahl. Alles hier war so eingespielt wie das sprichwörtliche Uhrwerk, jeder kannte seinen Platz, jeder war eifrig, ohne hektisch zu sein, und jeder hatte ein verbindliches Lächeln im Gesicht, ohne dass es auch nur die geringste Spur aufgesetzt wirkte. Ugo rätselte immer, wie Auguste für diese Hütte am Ende der Welt sein Personal fand, in Paris war nicht mal ein Bruchteil der Servicekräfte so gut ausgebildet.

Aber das eigentliche Uhrwerk schnurrte hinter der elektrischen Schiebetür, die sich alle paar Sekunden öffnete und schloss. Einmal hatte der alte Fontaine Ugo in die Küche gebeten. Sein Meisterwerk.

Der Kritiker hatte nie einen ordentlicheren und saubereren Küchenraum vorgefunden als Augustes.

»*Alors*, hier ist er.«

Florentine zeigte ihm die Flasche. Der 95er Lacour. Er nickte, dann öffnete sie sie vorsichtig, roch am Korken und goss einen Schluck in ein Glas.

»Ich probiere für Sie, Monsieur, oder übernehmen Sie selbst?«

»Ich probiere gerne.«

Sie reichte es ihm, und er kostete. »Wunderbar. Genau richtig temperiert. Als hätte er auf mich gewartet.«

Sie goss noch ein wenig Rotwein nach, dann sagte sie lächelnd: »Wir haben für Sie das Sechs-Gänge-Menü von Maître Auguste vorgesehen. Natürlich mit der lauwarmen Entenstopfleber von Guillaume Fontaine. Sind Sie damit einverstanden?«

»Sehr einverstanden. Allerdings würde ich, wenn dies wirklich das letzte Mal ist, noch einmal den Hummer nehmen, als siebten Gang sozusagen.«

»Der Chef wird sehr froh sein, das zu hören. Wasser wie stets?«

Ugo nickte.

»Also, *Abatilles* aus Arcachon ohne Kohlensäure. Ich bin gleich zurück.«

Kapitel 2

Egal wie schön die wöchentliche Fahrt vom Meer zurück auch war, jedes Mal wenn Guillaume auf seinen Hof einbog, spürte er den Knoten im Bauch. Insgesamt viermal hatten die Schmierfinken sich jetzt schon bei ihnen zu schaffen gemacht, und mit jedem Mal waren die Worte grässlicher geworden. Beim letzten Mal hatten sie *Schluss mit der Qual – oder du bereust es* auf ihre Wand gemalt.

Er war zu spät gewesen, Corinne hatte schon begonnen es zu entfernen, mit Tränen in den Augen. Sie hatte nicht mehr mit ihm gesprochen, den ganzen Abend nicht. Letzte Woche war das gewesen. Als wüssten diese Kerle, wann er den Hof verließ. Er hatte seitdem aufgepasst wie ein Schießhund, aber er hatte niemanden gesehen, der ihm verdächtig vorkam.

Als er heute nach Hause kam und schon sicher war, trotz der Dunkelheit eine neue Schmiererei zu entdecken, atmete er auf, als er sah, dass die Wand sauber und leer war, ganz die alte rote Backsteinwand, die sein Urgroßvater mit eigenen Händen gemauert hatte.

Ein Glück. Es würde ein ruhiger Abend werden. Sie würden ein Confit de Canard essen wie jeden Freitag und eine Flasche von dem roten Tursan trinken, den er so mochte. Und dann viel zu spät ins Bett gehen. Aber morgen war Samstag, da konnte er auch um sechs aufstehen statt um fünf.

Als er in das alte Bauernhaus hineinging, das sie vor zwei Jahren so modernisiert hatten, dass er sich immer noch sehr darüber freute, hörte er sie schon in der Küche – und sein Knoten im Bauch war sofort wieder da, enger geschnürt als jemals zuvor.

Schnell ging er durch den Salon und in die Bauernküche. Auf dem Boden sah er zuerst die Rotweinlache und das kaputte Glas. Dann erst fiel sein Blick auf Corinne, die in der Ecke an der Spüle stand, in der Hand einen Zettel. Ihr ganzer Körper bebte, und die Tränen liefen ihr die Wangen herunter. Er ging auf sie zu und wollte sie in den Arm nehmen, doch sie stieß ihn weg.

»Nein, verdammt, lass mich in Ruhe, was ist das für ein Wahnsinn? Was wollen die von uns? Die machen alles kaputt ...« Sie drängte sich an ihm vorbei und warf den Zettel auf den Boden, an der Küchentür drehte sie sich um und wischte sich die verschwitzten Haare aus dem Gesicht, die Augen rot gerändert.

»Mach, dass das aufhört. Ich kann das nicht, Guillaume. Wenn die weitermachen, dann muss ich hier weg.«

Sie stürmte davon, die hölzerne Treppe hinauf. Guillaume Fontaine bückte sich und nahm den Zettel aus der Weinlache. Es tropfte rot auf den Boden. Die Schrift erkannte er sofort, es war die von der Wand.

Ihr Mörder.
Ihr meint, wir bluffen?
Dann machen wir jetzt ernst.
Wer jetzt noch eure Foie gras isst, dem wird es schlecht ergehen.
Stoppt die Tierqwal,
sonst leidet ihr so wie eure Enten.

Verdammt, diese Irren. Er las die Nachricht noch einmal.

Die Foie gras? Er las den Text noch einmal. Und spürte, wie er zu zittern begann. Was war mit den Stopflebern? Guillaume wollte sofort in Richtung Lager laufen, doch er besann sich und griff zu seinem Handy. Die Nummer kannte er auswendig. Es klingelte, zweimal, dreimal, viermal, sie waren mitten im Service. Er atmete tief durch. Keine Panik, keine Panik. Er musste schnell sein, aber er durfte nicht in Panik geraten. Kurz vor der Warteschleife hob sie ab.

»Willkommen in der Villa Auguste, was kann …«

»Florentine, hör zu, habt ihr die Foie gras schon serviert?«

»Guillaume, ähm, ja klar, das war doch unser Entr…«

»Nehmt den Gang sofort zurück, niemand darf davon essen!«

»Aber die Teller sind raus.«

»Holt sie zurück, denkt euch was aus, aber auf keinen Fall darf irgendwer die jetzt in den Mund kriegen.«

Kapitel 3

»*Mon cher*«, er hörte ihn schon von weitem, »*mon cher, ça va?* So schön, dich zu sehen.« Alle Gäste im Restaurant folgten mit den Augen dem Mann mit der gewaltigen weißen Kochmütze auf dem Kopf und der Schärpe in *bleu-blanc-rouge*. Die französischen Nationalfarben am Kragen – das bedeutete, dass dieser Koch einmal zum *Meilleur Ouvrier de France* gewählt worden war, zum besten Koch Frankreichs. Und nun blieb eben dieser Koch vor ihm stehen. Ugo stand auf und umarmte ihn, lang und innig.

»Na, du alter Gauner? Lässt du dich immer noch auf Rechnung ehrbarer Leute verköstigen?«

»So lange deine Gäste noch meine Zeitung lesen ...«

»Nun sieh uns an«, flüsterte Auguste Fontaine, »wie sehr wir in die Jahre gekommen sind. Ist das nicht wunderbar – und zugleich eine Katastrophe?«

»Du sagst es. Ich kann abends nur noch eine Flasche Lacour trinken, wenn ich es auf eine zweite ankommen lasse, muss ich bis zum Mittag schlafen.«

»Du Armer.«

»Wie geht es dir, Auguste?«

»Gut. Was soll ich sagen? Sehr gut. Ich dachte, ich erhole

mich nicht mehr, nach Sylvies Tod. Aber die Tage haben wieder eine Form.«

»Und dennoch willst du abtreten, und zwar mit meinen drei Sternen.«

Auguste Fontaine nickte, aber er zwinkerte dem Kritiker dabei zu.

»Das ist es, was die Leute sagen.«

»Ach komm, Florentine hat schon so was angedeutet. Raus mit der Sprache.«

»Du sollst nicht mit Florentine flirten, damit sie dir die Geheimnisse verrät, du Gauner.«

»Auguste …«

»Ich habe gesagt, dass ich aussteige«, flüsterte der Koch, wohl wissend, dass immer noch alle Augen auf ihnen ruhten. »Aber das muss ja nicht heißen, dass es hier nicht weitergeht.«

»Sag nicht, dass du die Villa verkaufst.« Unvorstellbar, die Häuser am Meer waren unbezahlbar.

»Das habe ich nicht gesagt.«

»Was ist dann dein Plan?« Ugo war außer Rand und Band.

»Wenn es spruchreif ist, bist du der Erste, versprochen. Aber nun genieß erst mal, was ich dir vorsetze. Ich kann dir sagen, einen besseren Steinbutt habe ich seit Monaten nicht mehr gesehen. Du weißt eben, wann du vorbeikommen musst. Bis nachher, *mon cher.*«

Und damit verschwand er. Ugo sah ihm lächelnd nach. Dann öffnete er sein Buch und blickte auf die beiden leeren kleinen Teller vor sich, bevor er schrieb:

Amuse-Gueule: halber Markknochen mit gedämpftem Pulpo und Wildkräutern aus eigenem Garten: zart, würzig, schmelzend 10/10
Amuse-Gueule: Millefeuille von Pyrenäen-Lachsforelle, perfekt 11/10

Er klappte das Notizbuch zu, auch diese Bewertung würde er niemandem zeigen. Elf von zehn Punkten, ein kleiner Scherz nur für ihn selbst. Aber er musste zugeben, selbst überrascht gewesen zu sein von der Zartheit des Süßwasserfischs, der sicher nicht aus einer Aquakultur stammte.

Der Lautstärkepegel im Restaurant hatte sich in den letzten Minuten verdoppelt, alle Tische waren nun besetzt, und er sah glänzende Augen, die sich über Vorspeisen beugten; die Gläser klirrten, es wurde geredet, der Stress des Tages fiel von allen ab. Egal wie viele Sterne das Restaurant hatte, egal wie teuer das Menü war: Die Entspannung und die Freude über diesen Ort waren mit Händen zu greifen – der schlichte Vorgang des Essengehens wurde in Frankreich gefeiert, zelebriert, und es war der pure Genuss, dabei zuzusehen.

»Monsieur«, ein junger Kellner war an seinen Tisch getreten, »ich darf Ihnen den ersten Gang präsentieren: die Foie gras von Guillaume Fontaine, lauwarm serviert, dazu unser Apfelchutney mit Piment d'Espelette und das selbst gebackene Brot von Maître Auguste. *Bon appétit.*«

»Vielen Dank«, erwiderte Ugo, nahm noch einen Schluck Wein und widmete sich dann seinem Teller. Er begann immer, indem er jede einzelne Komponente auf dem Teller probierte: Also nahm er erst mal ein Stück von der Entenstopfleber. Er schloss kurz die Augen und spürte die Zartheit und den Schmelz. Dann testete er einmal das tiefrote Chutney, ohne dabei auch vom Fleur de Sel zu nehmen, damit er nicht gleich einen versalzenen Mund hatte. Und schließlich achtete er darauf, alle Komponenten zusammen zu probieren, den sogenannten Akkord herzustellen: Er nahm alles zusammen auf die Gabel. Und schloss wieder die Augen, weil das Ergebnis so fein und gut war, dass selbst er, der legendäre Kritiker, von der Einfachheit, aber Qualität dieses Tellers hingerissen war: Die Foie gras war hauchzart, nicht die Spur dieser quietschigen Konsistenz, die sie in weniger guten Restaurants hatte. Ihr Geschmack war ganz unverstellt und voller Fülle – das Salz störte nicht einmal, es machte alles nur noch besser, genau wie der Apfelgeschmack mit dieser bitterscharfen Note der baskischen Paprika. Es war ein Wunder.

Er wollte gerade noch ein Stück der Foie gras nehmen, da hörte er Schritte von der Seite. Es waren die hohen Absätze von Florentine, keine Ahnung, wie sie das schaffte, den ganzen Abend in diesen Schuhen.

»*Excusez-moi, Monsieur Gennevilliers*«, ihr Ausdruck war auf einmal ganz anders, und wenn er sie nicht schon länger gekannt hätte, wäre ihm das Lächeln aufgesetzt vorgekommen, aber nein, sie war alarmiert. Sie hatte Angst. »Haben Sie schon gegessen?« Sie sah auf seinen Teller, bemerkte das fehlende Stück.

»Ist alles in Ordnung?«

»Selbstverständlich, Monsieur. Ich denke nur, die Küche hat hier einen bedauerlichen Fehler gemacht. Aber keine Sorge, Sie kriegen sofort eine andere Vorspeise. Verzeihen Sie.« Sie griff seinen Teller, bevor er etwas erwidern konnte, und er sah sie davonstürzen. Er glaubte ihr kein Wort. Betreten und nachdenklich griff er zu seinem Wein.

Er dachte gerade darüber nach, warum der Porsche im fünften Gang immer so ein kleines Gasloch hatte und ob er über die verschwundene Foie gras schreiben sollte, sicher würde es die Leser interessieren, da spürte er auf einmal einen Druck auf den Ohren. Er griff an sein linkes Ohr, vorsichtig, damit es niemand bemerkte, er hörte irgendwie die Musik nicht mehr richtig. Dafür war das Licht im Saal auf einmal viel heller, er musste die Augen zusammenkneifen, es wirkte grün und gelb, wie von einem verrückten Maler erdacht. Und dann wurde ihm übel. Nicht flau im Magen, wirklich übel. Ihm wurde nie übel, er hatte einen Kuhmagen, wie sein Vater. Und dann … Dann merkte er, wie die ganze Welt nach links wegrutschte. Oder war es rechts? Über diesen Gedanken verlor er den Halt und sah auf einmal nur noch die indirekte Deckenbeleuchtung genau über sich, eine Sekunde, vielleicht zwei, bevor alles dunkel wurde.

Kapitel 4

Das Telefon hatte in den vergangenen Monaten so selten geklingelt, dass er richtig erschrak, als in einer Ecke der Holzhütte der sonore Ton erklang. Luc musste wirklich überlegen, wo er das Handy hingelegt hatte, bis er es endlich aus einem Wäschehaufen ausgrub. Gerade noch rechtzeitig nahm er ab.

»Hey, sorry, ich störe dich absolut ungern. Ich weiß, Luc, du bist noch gar nicht wieder richtig an Bord, aber … kannst du kommen? Wir haben ein ernstes Problem.«

Der Commissaire lauschte Hugos aufgeregter Stimme, während Anouk mit Aurélie auf dem Arm durch die Cabane lief, um sie nach dem Baden fürs Bett fertig zu machen. Sie sah interessiert zu ihm herüber.

»Was ist denn los, *mon cher*?«

»Dieser Restaurantkritiker, dieser berühmte, du weißt schon …«

»Ugo Gennevilliers?«, fragte Luc wie aus der Pistole geschossen – jeder Franzose über vierzig, der in seinem Leben schon einmal ein Restaurant besucht hatte, kannte den Namen, der Mann war eine Legende.

»Genau der. Er ist zusammengebrochen, und die Restaurantleiterin ist besorgt, dass es eine Vergiftung sein könnte – ich meine, eine mutwillige Vergiftung.«

»Herrgott, welches Restaurant?«

»Die Villa Auguste.«

»In den Landes?«

»Ganz genau. Saint-Girons-Plage. Du weißt ja, bei Kapitalverbrechen sind wir auch dort zuständig. Die Kollegen in Dax bearbeiten nur kleine Fälle.«

»Okay, ich mache mich auf den Weg.«

»Ich weiß, Luc, es ist Wochenende, und du bist noch in Elternzeit, aber …«

»Hugo, alles gut, ich fahre sofort los.«

»Warte, eine Sache noch. Es sieht sehr ernst aus. Der Hubschrauber bringt den Mann nach Bordeaux, hier haben wir wohl Spezialisten für so was. Danach können wir immer noch in den Süden fahren.«

»Gut, dann komme ich ins Universitätskrankenhaus. Ich treffe dich dort, einverstanden?«

»Luc, ernsthaft? Mir fällt ein Stein vom Herzen.«

»Bis gleich.«

»Grüß Anouk.«

»Liebe Grüße von Hugo«, sagte Luc, als er sich zu ihr umwandte, er spürte in sich plötzlich eine längst verschollen geglaubte Energie.

»Oh, deine Augen funkeln ja so«, sagte Anouk und beobachtete ihn aufmerksam, »wenn ich wetten dürfte, würde ich sagen: Du hast einen Fall.«

Der Commissaire nickte, aber in seinen Blick mischte sich eine Spur des Bedauerns. »Ja, ich weiß, es ist unser letztes freies Wochenende, aber … Es gibt einen vergifteten Restaurantkritiker, unten in den Landes und … Wenn es nicht geht, sage ich Hugo ab, dann muss sich die Brigade aus Bayonne darum …«

»Vergiss es, Luc, wir Mädels machen es uns hier gemütlich, und du tust, was du tun musst. Nun fahr schon. Weißt du, ob du unten übernachten musst?«

Luc sah auf die Uhr. »Alles andere würde mich wundern. Ich meld mich, ja?«

»Nein, ich werde mit Aurélie ins Bett gehen, ich bin fix und alle. Wir hören uns morgen. Und dir«, sie beugte sich zu ihm vor und gab ihm einen langen Kuss, »wünsche ich viel Glück. Die Verbrecher im Südwesten sollten sich warm anziehen. Verlain ist zurück.«

Er lächelte sie an. »Danke. Und du ...«, er küsste Aurélie und genoss den Duft ihrer warmen Babyhaut, »schlaf gut und schenk Maman eine ruhige Nacht.«

Luc ging zu der hölzernen Kommode im hinteren Teil der Cabane und zog die Schublade auf, die er seit Monaten nicht mehr angefasst hatte. Er entnahm ihr den Ausweis der Police nationale und die orangefarbene Armbinde, die ihn als Beamten in Zivil auswies. Seine Dienstwaffe lagerte im Keller des Hôtel de Police, aber er ging nicht davon aus, dass er sie im Krankenhaus benötigen würde.

Ein letztes Winken, dann trat er hinaus in die Nacht. Die Kälte der Luft überraschte ihn. »Eisig«, murmelte er. Von November bis Februar war es sogar für die Aquitaine außergewöhnlich mild gewesen, sie hatten am Strand und im Seekiefernwald stundenlange Spaziergänge mit Aurélie im Tragetuch oder Kinderwagen unternommen und es sich zur Regel gemacht, sogar einmal am Tag auf der Terrasse vor der Cabane im Freien zu essen, die Wintersonne hatte sie von oben beschienen, es hatte so gut wie keine verregneten oder grauen Tage gegeben. Doch nun bot der Winter in seinen letzten Zügen noch einmal alles auf, seit einer Woche waren die Temperaturen auf knapp null Grad gesunken, morgens kratzte Anouk die Eissterne von der Fensterscheibe. Luc wusste, dass sein Freund Richard und die anderen Winzer im Médoc nun jeden Abend nervös auf die Barometer starrten, denn normalerweise war der März hierzulande mild, und die Reben begannen nun langsam auszutreiben und ihre ersten Knospen zu zeigen. Ein einziger Frost konnte die Triebe zerstören – und damit die mögliche Ernte eines ganzen Jahrgangs minimieren.

Luc stieg in seinen alten Jaguar XJ6, den er seit Wochen nicht mehr bewegt hatte. Der Motor sprang dennoch beim ersten Versuch an und schnurrte wie ein Kätzchen. Er lenkte den Wagen aus der Avenue des Dunes in die Avenue des Sables, vorbei an den hölzernen Buden, in denen im Hochsommer Crêpes verkauft wurden, Waffeln und Churros, diese fetttriefenden Schmalzteigstangen, die man nur guten Gewissens essen konnte, wenn man danach zwei Stunden auf seinem Surfbrett paddelte.

In diesen Monaten lag Carcans Plage im Winterschlaf. Die Urlauber aus der Schweiz, aus Holland, Deutschland und England waren daheim, genau wie die Sommerfrischler aus Paris. Nur die rund fünfzig Carcanaisen, die ganzjährig hier lebten, harrten in ihren Holzhäusern aus, fachten die Kaminfeuer an, trafen sich morgens im winzigen Supermarkt, der auch frisches Baguette backte, und genossen die Ruhe und Ursprünglichkeit des Ortes und die frische, salzige Luft, die der Ozean über die hohe Düne schickte, als Gruß an die Winterbewohner – eine verschworene Gemeinschaft, die Luc über alles liebte. Alle Carcanaisen hatten Anouk und Aurélie in ihr Herz geschlossen, sie beide gewissermaßen adoptiert – es hatte seit Jahren keinen Babynachwuchs mehr im Strandort gegeben.

Luc bog im kleinen Zentrum nach rechts ab, der große Zeltplatz lag zu seiner Linken, und dann nahm er die Anhöhe, hinaus aus dem Dorf und in den dunklen Wald, auf der schnurgeraden Straße, die ihn am Lac de Carcans, dem größten Süßwassersee Frankreichs, vorbei und dann in Richtung Bordeaux führte.

Anouk hatte recht: Er hatte die Zeit mit seiner kleinen Familie so sehr genossen wie keine andere Zeit in seinem Leben zuvor – und doch hatte er bei Hugos Anruf die Vorfreude auf das Adrenalin gespürt, das sein Leben als Polizist für ihn bereithielt. So trat er das Gaspedal noch ein wenig stärker durch, und in der nächsten halben Stunde kam ihm außer dem Postauto kein anderer Wagen entgegen.

Hinter Eysines bog er sofort auf die Rocade, die Ringstraße, die einmal um Bordeaux führte, und nahm die fast leere Autobahn bis in die westliche Vorstadt Mérignac. Von hier war es nur noch ein Katzensprung bis zum hoch aufragenden modernen Universitätskrankenhaus. Modern zumindest in jenem Teil, der als Neubau die Notaufnahme und die zentralen Einrichtungen beherbergte, die meisten Stationen aber waren in dem grässlichen Hochhaus aus den Sechzigern untergebracht, das seit Jahrzehnten kaputtgespart und nur noch notdürftig ausgebessert wurde. Auf dem Landeplatz, einem Rondell im Hof des Krankenhauses, stand ein roter Hubschrauber, dessen Lichter leuchteten, als wäre er eben erst gelandet.

Luc erblickte Hugo sofort, der Kollege stand im Eingangsbereich und sah den Commissaire erwartungsvoll an, während der den Oldtimer auf einen Kurzzeitparkplatz stellte.

»Fast so schnell aus Carcans wie ich aus dem Stadtzentrum«, rief Hugo ihm zu, als er näher kam, und dann umarmte ihn der Kriminalassistent kurz. »Ich freue mich sehr«, murmelte er.

»O ja, es ist wirklich eine Ewigkeit gewesen.«

»Und dann gleich so etwas …«

»Was genau ist denn passiert?«, fragte Luc.

»Gehen wir hinein, er ist vor einer halben Stunde per Heli

angekommen, und nun behandeln sie ihn direkt in der Notaufnahme.«

»Aber er lebt?«

»Noch«, sagte Hugo betreten. »Die Ärzte wissen nicht, was es
ist. Aber es sieht nicht gut aus.«

Sie nickten der Rezeptionistin zu und gingen den langen
grell beleuchteten Gang entlang, der von Stühlen gesäumt war,
auf denen bleiche Menschen saßen, die offenbar schon lange
warteten. Irgendwann standen sie vor der gläsernen Tür mit der
Aufschrift *Urgence*. Ein Pfleger ließ sie hinein.

»Docteur Richard kommt gleich, sie will unbedingt mit Ihnen sprechen«, sagte er, dann verschwand er schon hinter einer
der Türen. »Dort drinnen«, sagte Hugo und wies auf ein Fenster.
Um das Bett waren so viele Maschinen und Mediziner versammelt, dass die Person darin von hier draußen aus gar nicht zu
sehen war. Hugo schlug sein Notizbuch auf.

»Der Anruf kam um kurz vor neun Uhr. Das Restaurant
hat den Notruf gewählt und ist in der Leitstelle der Landes in
Dax gelandet, von dort wurde Bordeaux angefunkt, und dann
sind die Kollegen bei mir gelandet. Das war um einundzwanzig Uhr und drei Minuten. Der Patient heißt Ugo Gennevilliers,
zweiundsiebzig Jahre alt, Journalist und Gastrokritiker beim
Guide …«

Hugo stockte, weil sich die Tür öffnete und eine Ärztin aus
dem Zimmer kam. Sie nahm die Haube ab, und ihre langen
dunkelbraunen Haare fielen wie ein Vorhang über ihr Gesicht.
Sie strich sie weg und blieb vor den beiden Polizisten stehen.
Luc fiel es schwer einzuschätzen, wie alt sie war, er hatte sie
noch nie hier gesehen.

»*Bonjour*, ich bin Docteur Sophie Richard. Ich leite jetzt die
Abteilung der Intensivmedizin hier im Krankenhaus. Wir haben den Patienten aufgenommen.« Sie sprach vordergründig

ganz ruhig, und doch sah Luc die professionelle Anspannung, die in ihren dunklen Augen blitzte, sie musste wieder hinein, sie wollte diesen Mann retten, aber dafür brauchte sie etwas.

»Commissaire Luc Verlain, das ist mein Assistent Hugo Pannetier, wir sind von der Brigade criminelle hier in Bordeaux.«

»Ich muss Ihnen sagen, dass Ihr Mann sehr krank ist, sein Herz spielt verrückt, wir müssen ihn irgendwie stabilisieren, wir versuchen gerade alles, Atropin, Naloxon, Magnesium, aber Sie müssen mir hier helfen. Die Sanitäter im Hubschrauber haben etwas von einer Vergiftung erzählt, aber ich wurde daraus nicht schlau. So kann ich kein Gegengift suchen – wenn es überhaupt eines gibt. Also, was wissen Sie?«

Luc sah Hugo an, der nun seinen Bericht vollenden konnte. Er blickte in seinen Notizblock, als er antwortete.

»Ich habe mit dem Restaurant telefoniert, die Servicechefin meinte, es gebe den Verdacht, dass etwas mit der Entenstopfleber nicht stimmte.«

»Die Foie gras?« Die Ärztin zog eine Augenbraue in die Höhe. »Wie denn das? Ein Umweltgift? Das kann nicht sein – das führt alles nicht zu so einer schnellen und drastischen Reaktion des Körpers.«

»Nein, eher, dass jemand dort etwas manipuliert hat.«

»Eine vorsätzliche Vergiftung?« Sie schüttelte den Kopf. »*Merde.* Dann kann es alles sein. Hören Sie, ich brauche mehr Informationen. Sonst stirbt der Mann. Finden Sie etwas raus, und dann rufen Sie mich an. Hier«, sie reichte Hugo einen Zettel, »auf der Nummer werde ich sofort angepiept. Beeilen Sie sich.«

Und dann war sie wieder verschwunden, und Luc sah sie auf der anderen Seite des Fensters ans Bett treten.

»Nun, dann fliegen wir wohl besser, hm?«

»Ich frage die Leitstelle, ob der Heli uns mitnimmt.«

Samedi – Samstag

EINE VILLA AM MEER

Kapitel 5

Luc war beeindruckt von der Fähigkeit der beiden Piloten, denn als sie die Innenstadt von Bordeaux verlassen hatten, waren die Lichter fast vollständig unter ihnen verschwunden, da war nur eine glatte dunkle Fläche, selbst die Bäume waren nur noch sich vereinzelt abzeichnende Schemen, und doch wussten die Männer vor ihren grün leuchtenden Bildschirmen genau, was sie tun mussten. Luc saß neben Hugo, der Notarzt ihnen gegenüber, alle fünf Insassen trugen Headsets.

Der Hubschrauber beschrieb eine scharfe Linkskurve, und auf einmal teilte sich das Bild in drei verschiedene Schattierungen: Da war links das tiefe Schwarz des Waldes, dann folgte das helle Grau, der Sand des Strandes von Cap Ferret. Luc sah, wie die Sichel immer enger wurde, sie flogen nach Süden, die Halbinsel wurde von Meter zu Meter schmaler. Kurz erinnerte er sich an seinen letzten Fall, der ihn genau an die Spitze des Caps gebracht hatte, in einer katastrophalen Sturmflut in der Nacht von Aurélies Geburt. Die Auflösung des Falls war so tragisch wie folgenreich gewesen.

Und dann kam rechts neben dem Strand das helle Grau: das Wasser des Ozeans, immer wieder gekrönt von den weißen Flecken, die die Wellen waren und wie sauber gezogene Linien gen Osten flossen.

Nun überflogen sie die Inselspitze, das offene Meer rauschte heran, um die Kurve zu kriegen in das Bassin d'Arcachon, das größte Austernbecken des Landes. Und dann links, nun flogen sie genau darüber hinweg, die höchste Düne des Kontinents, die Düne von Pilat, hell wie eine Erscheinung aufragend, hatte der Sand bizarre Formen angenommen, wie eine gigantische Welle genau vor dem Wald, selbst jetzt in der Nacht schien die Düne zu strahlen. Luc musste unwillkürlich lächeln.

Darüber, dass ihn sein Weg hierher zurückgeführt hatte, in die Aquitaine, in dieses neue Leben, das glücklicher nicht hätte verlaufen können. Und nun gab es sogar noch einen Flug am Meer entlang, auch wenn der Anlass dafür wiederum kein glücklicher war.

»Hier an der Düne müssen wir langsamer machen wegen der Sandverwehungen, gleich geht's wieder schneller«, versprach der Pilot übers Mikro. Gleich darauf schien er aber den Gashebel wieder durchzuschieben, der Hubschrauber beschleunigte, und sie flogen über den endlosen Strand hinweg, an den sich alle paar Kilometer einer der herrlichen Strandorte schmiegte, die nun genauso wie Carcans Plage, Lucs Heimat, in tiefem Winterschlaf lagen. Da waren Biscarrosse, Mimizan, Contis und schließlich genau unter ihnen die schmale Straße von Saint-Girons-Plage, die aufs Meer zuführte, von nur wenigen Häusern gesäumt, in denen sich Restaurants und Bars befanden, die aber erst im Frühjahr wieder ihren Betrieb aufnehmen würden. Dann kam der Hauptort Saint-Girons in den Blick.

Luc durchfuhr es, aber nicht in dieser unangenehmen Art, eher vorfreudig. Saint-Girons. Genau. Er hatte ganz vergessen, wer da jetzt wohnte. Er würde später wieder darüber nachdenken. Aber er sah in Hugos Gesicht, dass der den gleichen Gedanken hatte.

Und dann setzte der Pilot zur Landung an, und schon sahen sie die Lichter des Gebäudes, das dort oben mitten in den Dünen stand und in dem noch niemand ins Bett gegangen zu sein schien.

Anmutig sah diese Cabane aus, ein Strahlen auf der Anhöhe, und der Commissaire versuchte einen Blick in die Fenster zu erhaschen, was ihm allerdings nicht gelang, weil der Heli bei der Landung am Strand zu viel Sand aufwirbelte.

»Danke, Hauptmann!«, rief Luc. Der Pilot drehte sich um und reckte den Daumen hoch. »Raus mit Ihnen. Viel Glück bei den Ermittlungen.«

Luc öffnete die Tür und sprang zuerst hinaus, Hugo folgte ihm auf dem Fuße. Sie entfernten sich schnell vom Hubschrauber und duckten sich, als der mit großem Getöse wieder abhob. Schon in etwa fünfzig Metern Höhe beschrieb er eine Kurve über dem Meer und flog dann Richtung Landesinneres davon.

Der Lärm der Rotoren klang noch in Lucs Ohren nach, erst allmählich hörte er das Getöse der Wellen wieder, und dann spürte er auch die Kälte, die hier mitten am Strand herrschte. Sie nahmen den Weg, der mit hölzernen Bohlen ausgelegt war, natürlich für die Gäste, die zwischen den Gängen einen Spaziergang machen wollten, aber sicher auch für jene Gäste, die wie sie mit dem Hubschrauber hier ankamen, wenn auch aus anderen Gründen.

Es ging steil bergan, die Düne hinauf, dann kam ein niedriges Gartentor aus verwittertem Holz, das knarzte, als Luc es öffnete.

»Wow«, entfuhr es Hugo. »Ich bin nie hier gewesen. Ist wohl auch nicht ganz unsere Liga, hm?«

Der Bohlenweg führte sie in Richtung des hell erleuchteten

Hauses, das ein weißes Schild mit einer geschwungenen Schrift als *Villa Auguste* auswies. Aus dem Schornstein quoll Rauch.

Leise öffnete Luc die Eingangstür, und die beiden Polizisten fanden sich im Gastraum wieder. Im Kamin prasselte ein Feuer, aber noch beeindruckender war die große Anzahl weiß und schwarz gewandeter Menschen, die sich im Zentrum des Raumes an ein paar zusammengeschobenen Tischen niedergelassen hatten. Manche starrten in die Luft, andere hatten die Gesichter in den Händen verborgen, der Commissaire sah Verzweiflung und Wut, aber es konnte auch Erschöpfung sein.

Gerade in dem Moment, in dem die Kellner und Köche sie bemerkten, nahm auch schon etwas anderes ihre Aufmerksamkeit in Anspruch: Die Schiebetür zur Küche öffnete sich, und ein Mann kam heraus, ein Koch wie aus dem Märchenbuch, groß und dick, das Gesicht rosig, und die Art, wie er seine weiße Kluft trug, die Trikolore am Kragen, sein forscher Gang – kurz, alles an ihm strahlte die stolze Würde aus, die erst Erfahrung und anhaltender Erfolg einem angedeihen ließen. Dieser Mann war zweifelsohne der Koch, der diesem Restaurant seinen Namen gab.

»Meine Herren, ich habe Sie ankommen sehen. Ich bin Auguste Fontaine. Es ist ein sehr unerfreulicher Anlass, dennoch heiße ich Sie hier willkommen.«

»Guten Abend, Monsieur«, sagte Luc und ergriff die ihm angebotene Hand. Der Mann war genauso groß wie Luc, wirkte aber deutlich größer, und allein sein Bauchumfang hielt die Polizisten auf Abstand. »Das ist Kriminalassistent Hugo Pannetier, ich bin Commissaire Luc Verlain. Wir sind von der Brigade criminelle in Bordeaux, und wir übernehmen die Ermittlungen in diesem Fall.«

»Ist es also wirklich ein Fall, wie ich es befürchtet hatte? Der arme Ugo.«

»Sie kennen ihn gut?«

»Ich kenne ihn so lange, wie ich koche. Es ist …«, er räusperte sich, »wie geht es ihm?«

»Wir hoffen, dass wir etwas für ihn tun können. Er ist im Hôpital de Bordeaux in guten Händen, aber ich fürchte, seine Aussichten hängen an unseren Ermittlungen.«

»Es ist …« Er hob die Hände in den Himmel, in einer Geste, die so dramatisch war, dass sie nur verstehen konnte, wer wusste, welche Stellung Chefköche in Frankreich hatten: den von Gottheiten. »… Es ist eine Tragödie, und ausgerechnet an diesem Abend.«

»Können Sie uns bitte genau schildern, was vorgefallen ist?«

»Natürlich, Commissaire. Kommen Sie.« Er ging voran und führte sie zu einem Tisch in der Ecke des Raumes. Einen Augenblick später stand schon ein junger Mann neben ihnen, der sich unbemerkt von seinem Platz erhoben hatte. Er sah die drei Männer fragend an.

»Möchten Sie etwas trinken?«, fragte Auguste Fontaine.

»Ehrlich gesagt: Ein Kaffee wäre gut. Es verspricht eine lange Nacht zu werden.«

Auguste nickte, und der junge Mann verschwand. Dann sprach der Chefkoch leise in seinen Jackenärmel. »Florentine?« Hugo und Luc sahen den alten Fontaine fragend an. Der nickte. »Wir sind hier alle über Funk miteinander verbunden. Anders können Sie in einer Sterneküche nicht kommunizieren.«

Gleich darauf stand eine junge Frau neben ihnen und reichte den Beamten freundlich die Hand.

»Das ist Florentine Silva. Sie ist meine Restaurantleiterin. Sie hat heute Abend Ugo betreut und hat ihn – nun ja – buchstäblich vom Stuhl fallen sehen.«

»*Horrible*, der Arme«, sagte sie, und ihr Blick sprach Bände, »ich sehe es noch vor mir, er wurde kreidebleich, und dann hat er so gewürgt, es war … Wissen Sie, ich kenne Ugo schon so lange, niemals hätte ich gedacht, dass ich mit ihm einmal so eine Tragödie erleben muss. Man …«, sie stockte, »man liest so viel über ihn, dass man denken könnte, er sei kein sympathischer Mann, aber ich kann Ihnen versichern, hier ist er immer tadellos.«

Luc und Hugo tauschten einen schnellen Blick.

»Was hatte Ugo Gennevilliers zu diesem Zeitpunkt schon alles gegessen?«, fragte Luc und nahm einen Schluck von dem starken und heißen Espresso, der ihn augenblicklich in einen Zustand äußerster Spannung versetzte. Die Restaurantleiterin musste nicht einmal einen Zettel konsultieren, die Antworten kamen wie aus der Pistole geschossen.

»Als Amuse-Gueules haben wir heute den legendären Markknochen von Auguste serviert, mit lauwarmem Pulpo, danach die gedämpfte Lachsforelle im Blätterteig. Allerdings haben alle Tische den gleichen Gruß aus der Küche bekommen, und niemand anders hat diese Symptome gezeigt, deshalb glauben wir, dass es daran …«

Auguste Fontaine räusperte sich. Alle Blicke richteten sich auf ihn.

»Ich denke, wir müssen gar nicht lange herumdrucksen, Florentine. Wir wissen wohl schon, woher diese außerordentliche Katastrophe rührt – nun ist es an Ihnen herauszufinden, warum.«

Luc wollte nachfragen, aber der Sternekoch fuhr gleich darauf fort.

»Wir haben während des Service einen Anruf aus Grenade-sur-l'Adour bekommen, dort wohnt mein wunderbarer Sohn, Commissaire. Guillaume. Er ist Entenzüchter. Ich wusste es bisher nicht, er teilt seine Sorgen nicht gern mit mir, weil er meint, ich hätte auch so genug zu tun, aber es gab offenbar einen Anschlag auf seine Produkte, eine Erpressung oder was weiß ich – Guillaume ist außer sich, er versteht die Welt nicht mehr. Er hat uns zwei oder drei Minuten vor dem Zusammenbruch angerufen und gefragt, ob wir schon seine Foie gras serviert hätten – und ja, nun, offenbar hatte Monsieur Gennevilliers ausgerechnet eine Scheibe der Entenleber bekommen, die ...« Er schüttelte wütend den Kopf. »Ich kann es alles nicht fassen, es ist ein Anschlag – ein Anschlag auf mein Erbe. Und wenn ich den in die Finger kriege, der hier meinen Ruf zerstören will, dann bringe ich ihn um.«

In wenigen Sekunden war aus dem distinguierten älteren Herrn ein bebender Koloss geworden, die Kochmütze zitterte auf seinem Kopf, und sein Gesicht war so rot, dass sich Luc ernsthaft zu sorgen begann. Auch am Tisch der Küchenbrigade wurden Köpfe in die Luft gereckt, doch niemand schien sich ernsthaft zu wundern – dies war der Ton, der in den großen Küchen der Welt bis heute gepflegt wurde.

»Das klingt allerdings wie ein ernstes Verbrechen«, sagte Luc. »Ist Ihr Sohn schon auf dem Weg hierher?«

»Er wollte es eigentlich sein. Allerdings ist seine Frau zusammengebrochen, als sie davon gehört hat, sie ist eine sehr nervöse Person. Er musste auf den Arzt warten, und wir haben verabredet, dass wir uns morgen treffen.«

»Ich verstehe. War denn Monsieur Gennevilliers der Einzige, der von der Foie gras gegessen hatte?«

»Nein, wir hatten bereits zwölf Teller geschickt«, sagte Florentine. »Sie müssen wissen: Die lauwarme Entenleber von Guillaume ist eine Spezialität des Hauses. Allerdings dachten wir ...« Sie blickte zum Tisch. »Also, vielleicht ist es besser, wir würden mit dem Souschef sprechen, er verantwortet die wichtigen Vorspeisen hier im Haus.«

»Ja, wir sollten besser in die Küche gehen«, sagte auch Auguste Fontaine und erhob sich, Florentine tat es ihm nach, also standen auch Luc und Hugo auf – es schien, als wären es hier nicht die Polizisten, die den Ton angaben.

»Roland«, sagte der Chef, und sofort erhob sich in der Mitte des Raumes ein großer schlanker Mann. Sein Gesicht erinnerte an das eines Windhundes, da waren nur Wangenknochen, nichts, was man als Wangen hätte bezeichnen können, die hohe Stirn unter dem wilden grauen Haar lag in Falten. Zu fünft gingen sie auf die Schiebetür zu, die sich lautlos öffnete und hinter Hugo wieder schloss, und dann standen sie in dem riesigen Raum ohne Fenster – nein, Luc korrigierte sich, dort hinten war ein Fenster, ein kleines, das hinausging zum Meer. In der großen Küche war es heiß, obwohl hier doch schon seit Stunden nicht mehr gekocht wurde. Der Commissaire konnte nicht umhin, die feinen Düfte aufzunehmen, ein reiches Bukett aus Gewürzen und Kräutern, aber da lag auch etwas Schwereres in der Luft, der Geruch von Jod und Eisen, als hätten sich die Essenzen aller Fische, Lämmer und Rinder, die hier über die Jahre zubereitet worden waren, in den Wänden festgesetzt.

»Roland, die Herren sind von der Polizei, das ist Roland le Correc, der Souschef der Villa Auguste.«

»Hmm …«, murmelte der Windhund, und seine Wangenknochen bewegten sich einmal nach oben, genau wie seine dünne Nase, deren Flügel sich hoben und senkten, als hätte sie Witterung aufgenommen.

»Monsieur le Correc, können Sie uns sagen, wie es mit der Vorspeise abgelaufen ist, die Monsieur Gennevilliers serviert wurde?«

Die Augen des Kochs lagen tief in ihren Höhlen, viele rote Äderchen waren darin zu sehen, sie bildeten ein erstaunliches Muster. »Nicht nur dem Kritiker. Auch einigen anderen Gästen.« Er antwortete leise, als erzählte er all das beiläufig irgendeinem uninteressierten Zuhörer.

»Sind Sie generell mit den Vorspeisen befasst?«, fragte Luc und legte einige Strenge in seine Stimme. Ihm war die Art des Mannes zuwider, und er wollte zu dieser späten – oder frühen – Stunde nicht derart behandelt werden.

»Wo denken Sie hin? Ich bin der Souschef des Restaurants. Ich befasse mich mit allen Soßen, und ich kontrolliere die Teller am Pass.« Er wies zu der großen Anrichte, über der die Wärmelampen hingen. Der Pass befand sich direkt an der Tür, die zum Gastraum führte, sie war die Verbindung zwischen Küche und Service. »Allerdings«, fuhr le Correc fort, »kümmere ich mich eben auch um die wichtigsten Gerichte des Restaurants, und da gehört die Foie gras nun mal auf jeden Fall dazu. Das ist ein Teller, den können Sie jungen Leuten nicht anvertrauen. Sie müssen die Entenleber lieben – und mich können Sie nachts um vier wecken, und ich schneide Sie Ihnen blind auf.«

»Gut, ich werde einmal drauf zurückkommen, wenn ich nachts um vier Hunger habe«, sagte Luc. »Können Sie uns Ihren Arbeitsplatz zeigen?«

Der Souschef wies auf einen metallenen Tisch weiter hinten im Raum, von dem aus er die ganze Küche überblicken konnte.

»Zeigen Sie uns bitte, wie Sie die Teller angerichtet haben.«

Als sie näher zu dem Platz kamen, hörte der Commissaire, wie sich Auguste Fontaine räusperte. »Na, hier sieht es aber aus«, sagte er. Roland le Correc wollte einen Lappen nehmen, der bereitlag, um die roten Soßenflecken zu entfernen, doch Luc ging gerade noch so dazwischen.

»Sie müssen bitte alles so lassen. Das hier ist ein … Tatort.«

Er musste dem Koch den Lappen förmlich aus der Hand nehmen. Luc ahnte, dass der Souschef nur deshalb so herablassend zu anderen war, weil er oft genug vom alten Auguste genauso behandelt wurde.

»Hier bereiten Sie also die legendäre Foie gras zu.«

»Ganz recht. Es ist ein Teller mit einer sehr simplen Zusammenstellung, wenn man in dieser Kategorie von simpel sprechen kann: Ich schneide eine dicke Scheibe von der Stopfleber ab, würze sie mit Salz, Pfeffer und Piment d'Espelette und erwärme unsere Creme aus Süßwein und schwarzem Pfeffer, die ich aber erst am Pass angieße. Dazu gibt es einen sehr grazil angerichteten Salat aus jungem Spinat und unser hausgebackenes Brot. Es ist die vielleicht erlesenste Vorspeise, die wir bieten.«

Luc besah sich die schmutzigen Schneidebretter und Messer, die herumlagen. Dann blickte er den Souschef direkt an.

»Und alle haben das Gleiche bekommen?«

Der Seitenblick des Souschefs zu Fontaine dauerte nur den Bruchteil einer Sekunde, und doch bemerkte Luc ihn und sah den Maître kaum merklich nicken.

»Ähm«, räusperte sich der Souschef, »nun ja, es ist so, dass …«

»Hören Sie, Monsieur Gennevilliers kämpft um sein Leben, ich wäre Ihnen wirklich sehr verbunden, wenn Sie hier nicht so herumdrucksen würden.«

»Nein«, antwortete le Correc mit nun fester Stimme. »Es haben nicht alle das Gleiche bekommen. Wir haben ungefähr eine Ahnung, wann der Kritiker des *Guide Michelin* hier eintrifft, der Besuch bei uns ist für Ugo … verzeihen Sie, für Monsieur Gennevilliers immer der krönende Abschluss seiner Testreise. Und als unser Voiturier gesehen hat, dass er in der Wagenschlange stand, hat er uns gleich Bescheid gegeben. Damit haben wir in der Küche Zeit, die besten Produkte, die wir in diesen Tagen bereitgelegt haben, anzurichten. Bis zur Perfektion.«

Auguste Fontaine trat zwischen seinen Souschef und die Polizisten, und seine gewaltige Erscheinung ließ Hugo einen Schritt zurückweichen. »Nicht dass Sie das falsch verstehen,

Commissaire. Ich will, dass Sie die Wahrheit erfahren. Natürlich kriegt hier jeder Gast die besten Produkte – ich halte es stets mit Oscar Wilde.«

Luc lächelte. »Der sagte: ›Ich habe einen sehr einfachen Geschmack – ich bin immer mit dem Besten zufrieden‹?«

»Ich wusste, dass Sie belesen sind, Commissaire. Ganz genau. Das könnte mein Motto sein. Aber natürlich gibt es bei jeder Lieferung in der Woche den einen Steinbutt und den einen Hummer und die eine Entenstopfleber, die – nun ja – makellos sind. Gar kein Fettrand, keine Sehne, die man mühevoll ziehen muss, eine Frische, die aus allen Poren dringt. Und wenn wir wissen, dass Ugo anrückt, nun ja, dann haben wir eben noch mal ein Prozent mehr Qualität. Die anderen Gäste werden das nicht schmecken, aber Ugo, Ugo schmeckt es.«

»Sie haben eine sehr hohe Meinung von diesem Kritiker?«

»Wir sind … Nun ja, wir sind vor vielen Jahren Koch und Kritiker gewesen. Heute sind wir Freunde – und es erfüllt mich deshalb mit großer Traurigkeit, was Ugo ausgerechnet in meinem Haus zugestoßen ist.«

Luc verkniff sich die Frage, warum Ugo Gennevilliers dann über die Sternevergabe seines Freundes Auguste entscheiden durfte – gerade redeten alle so frei von der Leber weg, da hätte jede Provokation nur gestört.

»D'accord, Monsieur le Correc. Können Sie mir dann die Produkte zeigen, die Sie verwendet haben? Für den Teller von Gennevilliers, aber auch für die anderen Gäste.«

Der Souschef nickte, bückte sich und öffnete die Kühlklappe, dann entnahm er zwei Metallkästen, die abgedeckt waren. Er hob die durchsichtigen Deckel ab. Aus dem einen schauten sattgrüne Salatblätter heraus, in dem anderen lagen vier Entenstopflebern.

»Diese hier habe ich für die meisten Teller benutzt«, er wies auf zweieinhalb Stücke, die auf der linken Seite des kleinen Schiebers lagen, »und diese hier war für Ugo.« Die angeschnittene Foie gras auf der rechten Seite sah tatsächlich tadellos aus, golden in der Farbe, die hellen Flecken des Schmelzes glänzten durch die Kälte.

»Ich bitte Sie, auch jetzt nichts anzufassen. Wir müssen unbedingt herauskriegen, womit Ugo vergiftet wurde. Die Ärztin in Bordeaux wartet auf eine Analyse, damit sie ihn schnell behandeln kann.«

Luc sah Hugo an. »Bringst du die Proben ins Labor? Jetzt gleich?«

»Dann rufe ich wohl besser wieder den Helikopter, was?«

Der Polizist, der früher bei der Sondereinheit CRS gearbeitet hatte, war sehr versiert im Umgang mit komplizierten Delikten. Sofort zog er aus seiner Innentasche zwei Beweismittelbeutel und Handschuhe. Dann entnahm er vorsichtig die Leber und verpackte sie. »Nimm auch die anderen mit«, sagte Luc, »wir müssen auf Nummer sicher gehen.«

Hugo tat, wie ihm geheißen. »Noch etwas, Commissaire?«

»Sie sollten bitte auch eine Probe der Amuse-Bouches einpacken, Monsieur le Correc, ist das möglich? Zum jetzigen Zeitpunkt müssen wir alles in Betracht ziehen.«

»Natürlich, Commissaire.«

Während der Souschef nach vorne zum Pass ging, wählte Hugo die Nummer der Leitstelle, und Luc hörte, wie er leise, aber bestimmt ins Telefon sprach.

Auguste Fontaine stand im Gang seiner hell erleuchteten Küche und sah etwas verloren aus. Er fing Lucs Blick auf und straffte sich.

»Das ist das Schlimmste, was einem Koch passieren kann, wissen Sie das, Commissaire?«

»Weil nun Ihre Sterne auf dem Spiel stehen?«

Fontaine winkte mit seiner Hand durch die Luft, als verscheuchte er eine lästige Fliege.

»Ach was, ich bitte Sie. Dieser Sternekram. Wissen Sie, seit wann ich drei Sterne habe? Damals hatte ich noch volles Haar.« Er lachte bitter. »Nein, es geht um Vertrauen. Die Menschen kommen zu mir, weil sie mir vertrauen. Sie vertrauen darauf, dass ich sie auf eine Reise schicke, eine Reise im Kopf, eine Reise in die Welt der Genüsse. Von so etwas … Gift … und zerstörtem Vertrauen … davon kann man sich nur schwer erholen.«

Luc trat ein Stück näher und senkte seine Stimme.

»Wir werden herauskriegen, was passiert ist. Und dann klärt sich das alles auf, Maître.«

»Das hoffe ich«, antwortete Auguste Fontaine und schien durch das kleine Fenster am Ende des Raumes aufs Meer hinauszusehen. Luc folgte seinem Blick. Da war nur undurchdringliches Dunkel.

»Hören Sie, wir werden die Proben nun analysieren. Wenn wir ein Ergebnis bekommen, sollte ich schon mit Ihrem Sohn gesprochen haben. Damit wir weitere vergiftete Stücke abfangen können. Haben Sie wirklich keine Idee, was dort genau das Problem ist?«

»Wie gesagt, Commissaire, er teilt seine Probleme nicht gerne mit mir. Nur seine Erfolge. Ich habe nicht mit ihm gesprochen, nur Florentine. Und als ich später anrief, war er ganz kurz angebunden, weil seine Frau in Ohnmacht gefallen war.«

»Sie sollten mir seine Adresse geben, damit ich mich gleich auf den Weg machen kann.«

»Natürlich, Commissaire. Kennen Sie Grenade-sur-l'Adour? Es ist *la petite France* – und meine Heimat. Wenn ich nicht hier wäre, dann wäre ich dort. Ich wollte mich dahin zurückziehen, sobald mein Stern im Sinken begriffen ist. Aber dass es so schnell geht …«

Luc hätte ihn gern aufgemuntert, aber der alte Mann sah nur in die Weite. »Es ist ein Dörfchen im Inneren der Landes, richtig?«

»Ja, dort hat Guillaume seinen Bauernhof. Es ist das Zentrum der Geflügelzucht in Frankreich, müssen Sie wissen.«

»Ich werde mich gleich dorthin aufmachen.« Luc sah auf die große Uhr, die über einem Herd in der Ecke hing. Drei Uhr dreißig. »Dann werde ich bei Tagesanbruch dort sein.«

»Viel Glück, Commissaire.«

»Wir werden uns noch heute wiedersehen«, antwortete Luc.

»Werden Sie das Restaurant zwangsschließen?«, fragte der Koch.

»Wenn es wirklich an der Foie gras lag, die wir ja bereits sichergestellt haben, dann wird das nicht nötig sein. Könnten Sie denn morgen Abend wieder öffnen?«

»*The show must go on*«, sagte Auguste Fontaine schulterzuckend. »Wir sind wie jeden Tag ausgebucht. Aber es kann auch gut sein, dass alle ihre Tische absagen, wenn das hier durchsickert.«

»Wir werden die Presse nicht informieren, Maître«, sagte Luc.

»Das ist auch nicht nötig. Wenn ich's mir recht überlege: Die Gourmets, die zu mir kommen, sind so gut vernetzt – dass der führende Kritiker des Landes vom Stuhl gefallen ist, weiß mittlerweile wahrscheinlich jeder Koch und jeder Gast von hier bis nach Paris.«

Kapitel 6

Als sie wieder in den Gastraum kamen, hatten die Bediensteten das Licht gedimmt, sodass der Raum viel gemütlicher wirkte mit seinen runden Holztischen und den violett bespannten Stühlen. Über jedem Tisch hing eine dieser nackten Designerlampen, in denen der Glühfaden rot schimmerte. Die Angestellten saßen an der großen Fensterfront zum Meer an einer langen hölzernen Tafel, in deren Mitte eine Flasche Rotwein und mehrere leere Flaschen Bier standen, alle wirkten zutiefst niedergeschlagen, plauderten nur leise, zwei hatten schon den Kopf in die Hände gelegt und waren scheinbar eingenickt. Luc fühlte mit ihnen: den ganzen Nachmittag vorbereitet und gekocht, dann der Service abends und dann dieser schreckliche Zusammenbruch, klar, dass nun irgendwann das Adrenalin weg war und die Müdigkeit kam.

Florentine war die Einzige, die aufstand und sich zu Luc und ihrem Chef gesellte.

»Commissaire, Sie sollten unbedingt noch Monsieur Joffe besuchen.«

»Monsieur Joffe?«

»Ah, natürlich, Sie kennen ihn wohl besser unter Commissaire Joffe. Er war bei der Polizei in Dax, und er wohnt gleich nebenan. Wir haben ihn vorhin direkt alarmiert, und er ist sofort zu uns gekommen. Als die Rettungskräfte eintrafen, hat er sich zurückgezogen. Aber er wollte mit Ihnen sprechen.«

Commissaire Joffe, natürlich. Luc hatte den altehrwürdigen Beamten der Polizei des Département Landes als junger Polizist kennengelernt. Nun war er wohl parallel mit Commissaire Preud'homme, Lucs ehemaligem Vorgesetzten, in Rente gegangen.

»Sehr gut, vielen Dank, das ist bestimmt hilfreich«, sagte Luc. Ein Polizist als erster Augenzeuge, besser ging es nicht. Weil er und seine Kollegen schon im ersten Jahr auf der Polizeischule gelernt hatten, worauf sie in solchen Situationen achten mussten. »Ich werde mich aber erst mal auf den Weg zu Monsieur Fontaine junior machen.«

Sie verabschiedeten sich voneinander, und gerade als Luc sich dem Ausgang zuwandte, fing er den Blick einer jungen Frau auf, die am Ende des Tisches saß. Sie war asiatischer Herkunft oder Abstammung, hatte lange dunkle Haare, und ihr Gesicht fiel ihm als explizit hübsch auf. Sie wirkte scheu, doch das konnte an ihrem angsterfüllten Blick liegen. Auf die Entfernung und im gedämpften Licht war er sich nicht sicher, ob sie geweint hatte. Er riss sich los und öffnete die Tür, dann trat er hinaus in die Kühle der Nacht. Sofort umfing ihn das Rauschen des nahen Ozeans, der Mond tauchte den Sand um ihn herum in ein helles Glitzern. Er musste sich erst mal orientieren, es dauerte einen Moment, ehe das Haus nebenan als Schemen erkennbar wurde, das Haus, das genauer gesagt eine Villa war wie diese hier, die das Restaurant beherbergte. Das Haus des Monsieur Joffe lag gänzlich im Dunkeln, und er entschied, dort jetzt am Morgen um kurz vor vier nicht zu klingeln. Stattdessen wandte er sich an den jungen Gendarmen, der an einem rot-weißen Absperrband Wache hielt, was hier draußen in der Einöde einem Gastronomiekritiker gleichkam, der Kettenraucher war. »Guten Morgen, Brigadier, Commissaire Verlain, Police nationale de Bordeaux.«

Obwohl sie offiziell nicht derselben Truppe angehörten – schließlich war der Gendarm ein Soldat, der dem Verteidigungsministerium unterstand, während Luc dem Innenminister gehorchen musste –, salutierte der junge Mann. »Haben Sie noch Kollegen hier vor Ort?«

»Ja, der restliche Trupp geht Patrouille, Anweisung des Lieutenant.«

»Darf ich mir das für einige Stunden ausleihen?« Luc wies auf das blaue BMW-Motorrad mit der weißen Aufschrift *Gendarmerie*, das im Sand aufgebockt stand. »Wir sind mit dem Helikopter gekommen, und ich muss dringend einen Zeugen befragen. Es würde sehr helfen.«

Der junge Brigadier sah sich ratsuchend um. »Ja, äh, na gut, Commissaire … Aber Sie müssen es heil wiederbringen, ich will keinen Ärger kriegen.«

»Keine Sorge, Brigadier. Um diese Jahreszeit sind zwar viele Rehe unterwegs, aber ich bin ganz gut im Hakenschlagen.«

Luc nahm den Helm vom Sitz und setzte ihn auf, dann drehte er den Schlüssel im Schloss und spürte die leichte Gänsehaut, als der schwere Motor mit einem satten Röhren in Gang kam. Er hatte in Paris aufgehört, schwere Motorräder zu fahren, denn im Wahnsinn des Hauptstadtverkehrs fuhr man auf einer Vespa einfach angenehmer und sicherer. Hier draußen im Südwesten aber hatte er im Falle des toten Winzers das erste Mal wieder auf einer Maschine gesessen und das Glück der Geschwindigkeit und der rasanten Kurvenfahrten genossen. Er legte einen Gang ein, suchte den Schleifpunkt, und der Koloss von Motorrad setzte sich sofort in Bewegung.

Kapitel 7

Anfangs war es nur ein wenig Blau im Dunkel des Himmels, dann aber, gerade als Luc auf der schnurgeraden Straße in den Seekiefernwald eintauchte, begannen die hohen, schlanken Bäume mit ihren vom Wind gebogenen Stämmen rechts und links zu schimmern, das untrügliche Zeichen dafür, dass der Tag erwachte – und kurz darauf konnte der Commissaire sogar durch den Helm und über das Surren des Motors hinweg hören, wie die Vögel mit ihrem Gesang den Morgen begrüßten.

Beim Anblick des dichten grünen Waldes war kaum zu glauben, dass hier vor dreihundert Jahren nur Sümpfe und Morast gewesen waren. Denn dafür stand das französische Wort *lande* – für eine landwirtschaftlich unbrauchbare Heidelandschaft, eine wirtschaftlich abgehängte Region. Doch dann ließ Napoleon Teile der Sümpfe trockenlegen und aufforsten, und zwar mit den hierfür besonders geeigneten Seekiefern, die *pins maritimes*, die heute noch hier stehen, dicht an dicht. Die Landes erlebten mit der Harzgewinnung aus den Bäumen eine schnelle Blüte, die aber ebenso schnell wieder verging. Mittlerweile war der Landstrich ein Wirtschaftsfaktor für die Holzgewinnung und Papierherstellung – und gleichzeitig ein Naturparadies.

Luc drehte am Gashebel, und die Maschine machte einen Satz nach vorne, schnell lagen die Strandorte hinter ihm, er fuhr in den kleinen Ort Léon ein, unter dessen hübschem Kirchturm die fleißigen Händler gerade begannen, alles für den Markt vorzubereiten, der Gemüsemann stellte eben seine Artischockenkisten auf den Holztisch, über dem Platz hingen blauweiße Wimpel. Luc raste wieder aus dem Ort hinaus, durchquerte Minuten später Magescq und nahm nur ganz kurz die breite vierspurige Départementale 824, wo er die Maschine auf hundertfünfzig Stundenkilometer beschleunigen und geschwind die wenigen Pendler überholen konnte, die zu dieser Stunde bereits der Arbeit entgegenfuhren. Beim Anblick des Motorrads eines Ordnungshüters, Blaulicht inklusive, hielten sich alle anderen sowieso an die Verkehrsregeln.

Hinter Dax fuhr er wieder ab und nahm die gerade Landstraße gen Osten, bis er hinter Saint-Sever wusste, warum er das Motorrad genommen hatte. Vor ihm tauchte die Landschaft auf, die er so sehr liebte: die grünen Hügel, die wie hingetupft aussahen, mit ihren Buchen und Platanen obendrauf, es war fast wie in der Toskana, ein Meer aus geschwungenen Feldern und kleinen Wäldern, links und rechts wechselten sich Mais- und Getreidefelder ab, ab und zu stand da eine Kuhherde, und die enge Straße begann sich in ausschweifenden Kurven den Hügel hinaufzuwinden. Um diese Uhrzeit war nicht mit Traktoren zu rechnen, deshalb nahm Luc die Kurven mit zunehmender Geschwindigkeit und immer größerer Freude. Er war zuletzt vor einigen Jahren hier gewesen, sein Vater hatte einen Freund gehabt, der am Fluss Adour Lachsforellen züchtete, aber leider vor einiger Zeit verstorben war. Dennoch erkannte er Grenade-sur-l'Adour sofort wieder, als er das Städtchen erreichte. Und sofort wusste er auch, was Auguste Fontaine mit seinem Ausspruch von *la petite France* gemeint hatte. Es war tatsächlich Frankreich im Kleinen. Nach einem Blick auf den Tachometer bremste er kurzerhand auf dem Marktplatz und bockte die Maschine auf dem Parkplatz auf. Da stand er nun, mitten in diesem Dorf, und fand sich im Vierklang der französischen Lebensart wieder: Am Ende der Straße lag die Kirche aus grob gehauenen Steinen mit ihren zwei Türmen und den Fensterbildern, die in Richtung Ortskern zeigten. Vis-à-vis war die Post in einem hübschen Gebäude aus hellem Sandstein, das gelbe Schild hing genau unter den grauen Fensterläden der oberen Etage. Schräg gegenüber das Hôtel de France, weiße Fensterläden mit roten Markisen. Und auf der anderen Seite wiederum – dafür war der Ort bekannt – lagen Bäcker, Fleischer und zwei Cafés unter einem ausladenden Arkadengang, der an heißen Tagen Schatten spendete. Luc erinnerte sich, hier mit seinem Vater nach der Beerdigung des Freundes ein Bier getrunken zu haben. Und auch heute steuerte er direkt auf das Café rechter Hand zu, der Wirt hatte eben die Rollläden hochgezogen.

»*Bonjour*«, sagte Luc, den Helm unter den Arm geklemmt. »Kann ich denn schon einen Kaffee haben?«

»Wenn ich geöffnet habe, gibt es auch Kaffee. Was soll ich denn sonst trinken?«, fragte der Mann mit Vollbart und Handtuch überm Arm und grinste. »So früh schon im Dienst, Brigadier?«

Er hatte die Aufschrift *Gendarmerie* auf dem Helm bemerkt.

»Leider ja«, sagte Luc, ohne den Wirt zu korrigieren. Der mahlte erst in aller Ruhe die Bohnen, dann stopfte er das Sieb in die Maschine und drückte auf die Taste. Allein der Geruch des starken Espresso machte Luc eine Spur wacher. »*Merci beaucoup*«, sagte er, als der Mann die Tasse auf den alten Zinktresen stellte, und nahm sogleich einen Schluck.

»Was Ernstes?«, fragte der Mann.

Luc überlegte nur kurz. Ein wildes Stille-Post-Spiel über vergiftete Kritiker am potenziellen Ort der Vergiftung wäre zu diesem frühen Zeitpunkt der Ermittlungen sicher keine gute Idee.

»Ein Bauer hat uns gerufen. Es gab wohl irgendein Problem mit seiner Zucht.«

»Oh, hat er also doch gemacht, was ich ihm gesagt habe, Gott sei Dank. Ich dachte schon, er will alles wieder alleine regeln.«

»Sie meinen …« Luc ließ die Worte in der Luft hängen.

»Na klar, Guillaume.«

»Sie haben Guillaume Fontaine empfohlen, sich an uns zu wenden?«

»Mit diesen grünen Jungs braucht man sich nicht anzulegen, hab ich ihm gesagt. Gut, dass Sie da sind. Das, was die seit Wochen machen, grenzt ja schon an Ökoterrorismus.«

»Was meinen Sie?«

Die Augen des Wirtes wurden zu schmalen Schlitzen, und er musterte Luc. Auf einmal schien er auf der Hut zu sein. »Na, da fragen Sie mal lieber Guillaume, wenn Sie ohnehin zu ihm unterwegs sind.«

»Die Straße runter, richtig?«

»Genau, über die Brücke und dann rechts, raus aus dem Ort, zwei Kilometer in Richtung Eugénie und kurz nach dem Wasserturm nach rechts. Können Sie nicht verfehlen. Der Name steht bei dieser Familie ja immer groß dran.«

»Vielen Dank. Ein Euro?«

»Lass mal stecken. So wie eure Gendarmerie bezahlt wird, muss man euch ja unterstützen, wo man kann.«

»*Merci*«, sagte Luc und verließ die Bar, bockte das Motorrad wieder ab und setzte auf, dann betätigte er den Startknopf, und die Ruhe auf dem Marktplatz von Grenade-sur-l'Adour war dahin. Er lenkte die Maschine auf die Départementale Nummer 11, fuhr auf die kleine rote Brücke und warf einen Blick nach rechts. Unvorstellbar: In Bayonne im Baskenland war der

Adour ein riesiger Strom, der sich hundert Meter breit durch die Stadt wand und kurz darauf in den Atlantik mündete. Hier aber war er ein hübsches kleines Flüsschen, das gemütlich in seinem Bett lag, überragt von Weiden, deren Äste im Wasser lagen. Auf der rechten Seite standen die Dorfhäuser eng am Fluss, die Balkone und Terrassen gingen hinaus aufs Wasser, ein Bewohner hatte sogar schon die Angel ausgeworfen, quasi aus dem Wohnzimmer heraus – so konnte man sich auch um sein Mittagessen kümmern, frischer ging es nicht.

Der Wirt hatte die Strecke gut beschrieben, zur Rechten fuhr Luc an einem hohen Maisfeld vorbei, gerade als die Sonne aufging, dann bremste er hinter dem Wasserturm und erblickte auch schon das Schild *Ferme du canard heureux*, darunter in ebenso großen Buchstaben *Foie gras de qualité* – hier gab es offenbar nichts zu verstecken. Luc fuhr langsam über den Kiesweg und ließ die Maschine ausrollen, doch gerade als er absteigen wollte, flog schon die Tür auf, und ein großer Mann kam herausgestürzt. Dass er mit Auguste Fontaine verwandt war, war offensichtlich: Er war genauso hochgewachsen und massig, ein junges Abbild seines Vaters. Sein Gesicht war wütend, und er rief: »Weg hier, scher dich weg!«, aber dann blickte er genauer hin, schien der Aufschrift auf dem Motorrad gewahr zu werden. Er wurde eine Spur blasser, und Luc hörte ihn deutlich freundlicher, fast peinlich berührt, sagen: »Oh, *excusez-moi, Monsieur*, ich dachte, Sie wären einer von denen.«

Er setzte seinen Helm ab und ging auf den Mann zu, sie waren ungefähr gleich groß, und auch die Dreitagebärte sahen ähnlich aus, genau wie die Augenringe, dachte Luc. Nur kamen seine von Aurélies nächtlichen Ruhestörungen, während die von Guillaume Fontaine vermutlich Zeugen seiner Sorgen waren.

»Entschuldigen Sie die frühe Störung«, sagte der Commissaire, »Luc Verlain, Police nationale aus Bordeaux.«

»Nein, ich muss mich entschuldigen, ich wäre fast mit einem Gewehr aus der Tür gelaufen, und dann wären Sie wohl kaum so nett zu mir. Aber meine Nerven liegen wirklich blank.«

»Wie geht es Ihrer Frau?«

»Oh, Sie wissen davon?«

»Ich komme direkt von Ihrem Vater …«

»Auguste«, er lächelte sanft, »er hat ihnen doch bestimmt erzählt, dass meine nervöse Frau einen ganz schlimmen Zusammenbruch hatte, oder? Er ist ein alter Leuteschinder – und er kann schlecht damit umgehen, wenn jemand Gefühle zeigt. Aber eigentlich mag er Corinne sehr gern. Der Arzt aus dem Dorf hat ihr ein Beruhigungsmittel gegeben, jetzt schläft sie endlich.«

»Ihr Vater mag auch Ugo Gennevilliers, hatte ich den Eindruck – und er ist sehr besorgt um ihn. Deshalb würde ich gerne wissen, was es mit den Entenstopflebern auf sich hat, die nicht in Ordnung gewesen sein sollen.«

»Na, dann kommen Sie mal, Commissaire. Ich saß die ganze Zeit im Sessel und hab Wache gehalten. An Schlaf ist bei mir heute eh nicht zu denken. Und in einer halben Stunde würde ich auch an normalen Tagen aufstehen.«

Das Haus war hübsch, dachte Luc, eines dieser typischen Landaiser Bauernhäuser mit weißen Mauern und roten Schmucksteinen, die fachmännisch zu kleinen Mustern gelegt worden waren. Die weißen Sprossenfenster sahen frisch gestrichen aus, und sogar von außen konnte Luc sehen, dass hier eine weibliche Hand das Haus hegte und pflegte. Im Vorgarten war ein buntes Kräuterbeet angelegt. Als sie um das Haus herumgegangen waren, änderte sich die Szenerie. Hier sah alles nach Arbeit aus: Da war eine große Scheune mit rotem Dach und daneben die Weide, grünes Gras bis zum Horizont, auch hier standen Kräuter und Blumen – und Luc musste kurz innehalten, als er erkannte, dass auf der Wiese Hunderte Enten umherwatschelten, große und kleine, die munter dabei waren, ihren Morgen mit dem Fressen frischen Grases zu verbringen.

»Ja, die sind Frühaufsteher«, sagte Guillaume Fontaine. »Hier, ich bin noch nicht zum Putzen gekommen, und die Sauerei ist noch auf der Wand, es war einfach zu viel los.«

Die Schrift lief über die ganze Länge der Wand. *Tortionaire.* Rote Farbe.

»Herrgott«, stieß er aus. »Wann ist denn das passiert?«

»Wann? Das passiert hier andauernd. Seit ein paar Monaten. Seit eine kleine Gang von verblödeten Stadtkindern sich entschieden hat, dass ausgerechnet ich ihr Feind bin. Nicht irgend so ein großer Konzern, der die Tiere hält wie Sau, nein, an die kommt man nicht ran, weil die sich mit Stacheldraht schützen. Aber ich kann und will keinen Stacheldraht, und deshalb, Weg des geringsten Widerstands, haben sie mich auserkoren, um mir die Wand vollzukritzeln – und um noch weiterzugehen.«

Luc betrachtete die Schrift und runzelte die Stirn. »Da ist ein Fehler drin.«

»Bitte?« Guillaume sah ihn überrascht an.

»Na dort, ein Schreibfehler. Es heißt *Tortionnaire* mit Doppel-N.«

»Meinen Sie, ich schaue auch noch genau hin, wenn mich jemand beleidigt?« Der Bauer griff Luc beherzt am Arm und zog ihn mit sich. »Kommen Sie, ich zeig Ihnen was.« Sie gingen ein Stück hinaus auf die Wiese, Guillaume Fontaine griff in sein Hemd und zog eine Trillerpfeife hervor. Sie war kaum hörbar, als er hineinblies, doch der, auf den es ankam, reagierte sofort. Offensichtlich hatte der Hund in der Entenschar geschlafen, denn plötzlich erhob er sich und kam auf sein Herrchen zu.

»Den brauchen wir, wegen der Räuber. Hier gibt es so viele Füchse. Und bald kommen auch noch die Wölfe aus den Pyrenäen. Aber wir … Wir sind die Mörder.« Er zeigte auf die Enten, die in ihrem weißen Gefieder über die Wiese schnatterten, der Hund in ihrer Mitte machte sie etwas nervös.

»Sehen Sie? Die Enten sind draußen, sechs Monate lang. Sechs Monate können sie Gras fressen, die Sonne genießen und kriegen weder Medikamente noch irgendwelches Zuchtfutter. Glauben Sie, irgendeins der Schweine, die am Ende im Supermarkt landen, hatte es so gut? Aber vorm Intermarché, da demonstriert keiner.«

»Ich glaube, den Tierschützern geht es eher um den anderen Teil Ihrer Zucht, oder?« Luc war nachdenklich geworden, denn die Enten sahen in der Tat sehr glücklich aus, wie sie im tief stehenden Sonnenlicht über die taufeuchte Wiese spazierten.

»Das weiß ich auch«, sagte Guillaume Fontaine schroff, »aber ich kann Ihnen auch diesen Teil ohne Scham zeigen, denn auch dort bin ich ganz bestimmt kein *Folterer*.« Er zog das Wort in die Länge, sein Ton irgendwo zwischen Ironie und Fassungslosigkeit. »Ich würde es Ihnen gerne zeigen, aber«, ein Blick auf die Uhr, »dann würden wir die Enten aufwecken. Dort drinnen ist es noch dunkel, und ich achte auf den Rhythmus der Tiere.«

»Das ist in Ordnung«, sagte Luc und war ganz froh, dass er vor dem Frühstück und nach einer langen Nacht nicht in diesen Stall musste. »Sie werden doch eine Idee haben, wer verantwortlich ist – für die Schmierereien?«

Guillaume Fontaine schüttelte den Kopf und ballte die Fäuste. »Wenn ich das wüsste, würde ich mich auf mein Motorrad setzen und mir denjenigen vorknöpfen. Ich arbeite immer mit offenem Visier, so bin ich. Wenn jemand ein Problem mit mir hat, dann soll er mir das sagen, dann klären wir das. Aber so …?«

»Sie werden ja nicht der einzige Züchter sein, dem das widerfahren ist.«

»Doch, hier im Dorf bin ich wohl der Einzige. Na klar, ab und zu hört man von Tierschützern, aber so langsam wird es doch mehr. Das ist Fundamentalismus, wissen Sie? Da wollen Leute uns allen ihre Ideen aufzwingen, ganz Frankreich soll nur noch Gurken und Körner fressen. Aber wissen Sie was? Diese Leute sind nicht aus unseren Dörfern, nie. Die wissen überhaupt nichts, die kommen aus der Stadt und haben überhaupt keine Ahnung von unserer Arbeit – und von unserer Tradition.«

»Ich muss mir unbedingt den Ort ansehen, an dem Sie die Foie gras lagern.«

»Den hier sollten Sie sich auch ansehen.« Der Bauer griff in seine Hosentasche und reichte dem Commissaire den Drohbrief. »Meine Frau hat ein Rotweinglas fallen lassen vor Schreck, deshalb sieht das so aus. Die wahren Folterer sind diese Menschen. Die arme Corinne …« Luc betrachtete die verlaufene Schrift und das völlig durchtränkte Papier. Ein Wunder, dass noch etwas zu lesen war. Er überflog die Zeilen, dann las er sie noch einmal genau. Er runzelte die Stirn. »Hier ist auch ein Fehler.«

»Hm?«

»Sehen Sie: Tierqwal. Mit einem W statt einem U. Hier schreibt jemand, wie er spricht. Das ist … merkwürdig.«

»Sind vielleicht nicht die hellsten Leuchten, diese Tierschützer«, murmelte Guillaume. »Kommen Sie«, sagte er dann und führte den Commissaire in Richtung einer kleineren Scheune, die mit der großen durch einen Gang verbunden war. Er öffnete eine Tür, und sie betraten einen schummrigen Raum. Stickig war es hier drinnen, und dichter Stallgeruch waberte durch die Luft. Luc meinte aber noch etwas anderes zu riechen: Blut. Die Maschinen, die hier standen, waren aus Metall, ein langes Fließband mit Haken, er verstand sogleich. Das war der Raum, den die Enten am Ende ihres Lebens sahen. Er hielt die Luft an. Gottlob führte ihn Guillaume weiter, nebenan roch es frisch und steril, ein Fenster war offen, Hunderte Dosen standen auf großen Paletten, daneben ein großer Kühlraum. »Hier konservieren wir die Keulen und die Brüste, wir verkaufen alles Fleisch an die Kunden«, sagte der Bauer. »Und hier geht's weiter.«

Er drückte den Griff nach unten und zog die schwere Stahltür auf, sofort strömte die Kälte als Nebel in den Raum, und die beiden Männer betraten die Kühlkammer.

In diesem Raum gab es auf den ersten Blick nur ein Produkt: Auf langen Metallbrettern lagen Hunderte vakuumierte Entenstopflebern, Luc erkannte die feine Maserung, das helle Gelb, alles sah frisch und sehr hygienisch aus.

»Hier lagern wir die Foie gras. Die konservieren wir nicht. Wir vakuumieren sie nur. So verkaufen wir sie an die Köche der Region – und bis nach Paris. Die Besten sind natürlich immer für meinen Vater.«

Luc ging die Regalbretter ab und betrachtete die Innereien. Sie alle lagen in blanker Folie, alle sahen unversehrt aus. Er verzichtete darauf, sie zu berühren, die Spurensicherung müsste sich alle vornehmen. Am untersten Regalbrett war ein laminierter Zettel angebracht. VA stand darauf. Darüber lagen sechs oder sieben gesonderte Pakete. Guillaume schien seinen Blick bemerkt zu haben.

»Das sind die absolut makellosen Stücke. Sie sind für die Villa Auguste. Ich liefere einmal in der Woche persönlich ins Restaurant.«

»Sie stehen Ihrem Vater sehr nah?«

»Er ist mein Vertrauter – und mein Mentor. Was er für die Küche der Region getan hat, ist einmalig.«

»Das klingt …«, Luc zögerte, »… ehrlich gesagt nicht so, wie ich über meinen Vater reden würde. Es klingt … professionell.«

Guillaumes Miene verzog sich zu einem klugen Lächeln. »Ja, das könnte stimmen. Wissen Sie, als wir Kinder waren, stand mein Vater am Herd. Morgens, wenn wir frühstückten, hat er mit seiner Küchencrew das Mittagessen vorbereitet. Abends, wenn wir aus der Schule kamen, hat er den Abendservice vorbereitet. Wir hatten nicht viel Zeit zusammen. Am Herd steht er heute noch, es ist sein ganzes Leben. Und doch hat er mich alles gelehrt.«

»Aber Koch werden wollten Sie trotzdem nicht?«

»Ich setze die Tradition der Familie lieber auf dem Bauernhof fort, meine Familie betreibt seit vier Generationen die Entenzucht. Auguste war der Erste, der aus dieser Tradition ausgebrochen ist. Und zwar sehr erfolgreich. Drei Sterne – können Sie sich vorstellen, was das heißt? Wie viel Arbeit das ist? Für mich wäre das jedenfalls nichts, ich wusste es von Anfang an. Hier bin ich viel näher an der Natur. Und an den guten Produkten.«

»Sie sagten: *wir.*«

»Hm?«

»Eben gerade. Als Sie sagten: *wenn wir aus der Schule kamen* – wer ist denn der andere Fontaine?«

Wieder war da dieses sanfte Lächeln. »Rémy. Er ist vier Jahre jünger als ich. Und … na ja, ganz anders. Dabei wäre er fast in Papas Fußspuren getreten.«

»Er ist auch Koch?«

»Na ja, wenn Sie so wollen, ja, dann ist Rémy Koch. Aber er ist das genaue Gegenteil von Papa und mir. Er lebt in Monaco – und erfreut sich an allem, was so weit von der Natur entfernt ist, wie es nur geht. Ich meine das gar nicht böse, ich mag Rémy sehr, aber er wollte, als er achtzehn geworden war, nichts lieber, als so weit wie möglich von hier wegzukommen.«

»Weiß er schon, was passiert ist?«

»Ich habe keine Ahnung. Er hat mich vor ein paar Tagen angerufen. Aber ich hatte noch keine Zeit, ihn zurückzurufen. Vielleicht sollte ich das heute mal tun.«

Luc nickte, dann zeigte er auf die Holztür, die von draußen ins Lager führte.

»Sagen Sie, ist dieser Raum normalerweise abgeschlossen? Vorhin haben Sie die Tür einfach nur aufgedrückt.«

»Hier schließt niemand seine Tür ab, da können Sie jeden fragen. Wir sind hier ja nicht in Paris. Das war immer ein sicherer Ort, an dem der eine Nachbar dem anderen vertraut. Aber diese Schmierereien – und dass jetzt noch viel mehr passiert? Das wird alles verändern.«

»Das heißt, jeder konnte hier rein und raus?«

»Eigentlich schon«, sagte Guillaume schulterzuckend. »Aber Otis ist ja immer in der Nähe. Ich würde es niemandem empfehlen, so ein Hund, der Enten hütet, ist nicht ohne.«

»Es tut mir leid, Monsieur Fontaine. Aber ich muss all Ihre Produkte beschlagnahmen.«

»Was?«, fuhr der Bauer auf. »Wissen Sie, wie viel Geld hier lagert? Wie viel Qualität? Das ist meine Produktion des ganzen letzten Monats. Wenn Sie das mitnehmen, dann …«

»Ich verstehe Sie. Aber wir müssen wissen, was mit Ihrer Foie gras geschehen ist. Ich werde jemanden vorbeischicken, der Proben entnimmt. Das müsste für den Moment reichen. Wir sind uns eben immer noch nicht sicher, wie und womit die Foie gras vergiftet wurde.«

Widerstrebend nickte Guillaume. Dann gingen sie rasch aus dem Kühlraum hinaus. Luc drehte sich abrupt um, sodass der Bauer ganz nah vor ihm zum Stehen kam. Ihre Gesichter waren auf gleicher Höhe, Luc senkte seine Stimme.

»Ihre Scheune wird beschmiert, sogar mehrfach, Ihre Frau erhält eine Nachricht, Ihre Foie gras wird vermutlich vergiftet – und Sie wollen mir sagen, Sie haben keine Idee, wer dahintersteckt. Ich glaube Ihnen nicht, Monsieur Fontaine.«

Der Mann wurde eine Spur blasser um die Nase, aber seine

Miene zeigte nur Trotz. »Ich habe doch gesagt, ich weiß es nicht. Ich … Sie sollten Ihre Arbeit machen.«

»Das werde ich. Auch wenn meine Arbeit leichter wäre, wenn Sie ehrlich wären.«

»Wird er durchkommen? Monsieur Gennevilliers, meine ich.«

»Man kämpft in Bordeaux um sein Leben«, sagte Luc kühl. »Es wäre gut, wenn wir schnell herausfänden, was die Vergiftung ausgelöst hat. Meine Kollegen werden deshalb rasch herkommen. Sie sollten hierbleiben.« Luc machte eine Pause, dann sah er den Bauern ernst an. »Und schließen Sie endlich die Tür zum Lager ab.«

Kapitel 8

Zurück beim Motorrad wollte Luc gerade zu seinem Handy greifen, als es in seiner Hosentasche schon zu vibrieren begann.

»*Cher Hugo*, ich wollte dich auch gerade anrufen.«

»Na, dann Sie zuerst, Commissaire.«

»Kannst du die Spurensicherung herschicken? Grenade-sur-l'Adour heißt der Ort, es ist der Bauernhof von Guillaume Fontaine. Die Kollegen sollen Proben der Foie gras entnehmen.«

»Das mache ich sofort. Ich habe eben in Dax angerufen. Im Krankenhaus. Man fängt gerade an, daran zu arbeiten.«

»Jetzt erst?« Luc konnte seinen Ärger nicht verbergen.

»Tja, Commissaire. Es ist Dax, nicht Paris. Da gibt es keinen Notdienst in der Spurensicherung, weil man dort mit so etwas nicht rechnet. Ich muss Ihnen jetzt ja nicht noch mal erklären, was *ländliches Frankreich* bedeutet.«

»Ich dachte, das heißt nur, dass es hier vier Stunden Mittagspause gibt. Na gut, ich fahre dort später mal vorbei und trete etwas aufs Gas.«

»Ähm, Commissaire, deswegen rufe ich eigentlich an.« Hugos Stimme wurde leiser. Luc ahnte Schlimmes. »Sie sollten lieber herkommen. Hier ist …« Der Commissaire hörte die

Schritte seines Kollegen, Hugo schien sich im Raum zu bewegen. »… Hier ist jemand aufgetaucht, der Sie sehr dringend sehen will. Und sagen wir mal so: Er hat sich seit der Reha nicht verändert.«

»Sie meinen doch nicht etwa Aubry?«

»Kommen Sie her?«

»Ich eile«, sagte Luc und verzog sein Gesicht. »*Merde*«, flüsterte er. Wie war der Kerl so schnell an den Tatort gelangt? »Bis gleich, Hugo.«

»Fahren Sie vorsichtig, Commissaire.«

Laurent Aubry. Luc setzte seinen Helm auf und ließ das Motorrad an. Dann zog er am Gashebel, und der Kies spritzte. Er durfte Hugo nicht so lange allein lassen. Laurent Aubry. Sein neuer Chef. Er hätte sich ohrfeigen können.

Als er sich vor zwei Jahren von der Pariser Mordkommission nach Bordeaux hatte versetzen lassen, um seinen kranken Vater zu pflegen, war noch alles in bester Ordnung gewesen: Sein Mentor Commissaire général Preud'homme hatte den Posten als Leiter der Kriminalpolizei der gesamten Region inne und hatte dafür gesorgt, dass sein einstiger Schüler wieder zu ihm geschickt wurde. Er hatte Luc bei den wichtigen Fällen freie Hand gelassen – und sich stets für ihn und die ganze Truppe eingesetzt. Ein Polizist alter Schule, ein Mann, der wusste, dass er den Beamten im Feld den Rücken freihalten musste.

Doch nach den Ereignissen im Baskenland, die Luc fast die Karriere und in drei aufeinanderfolgenden Nächten sogar beinahe das Leben gekostet hätten, war Preud'homme zu dem bitteren Entschluss gekommen, dass er seine Berufslaufbahn beenden musste – er fühlte sich einfach zu alt für all die Aufregung. Sein Nachfolger wurde Laurent Aubry. Ein Mann, der das genaue Gegenteil des honorigen Preud'homme war. Ein junger Karrierist aus Paris, jemand, der nie zuvor als Polizist gearbeitet hatte. Ein Mann im teuren Anzug, der sich für seine Untergebenen nicht interessierte, dem dafür aber sehr wichtig war, was der Präfekt und der Minister von ihm hielten. Auch weil er vermutlich schon an den nächsten hohen Posten seiner Karriere dachte. Er hatte Menschen dieser Couleur in Paris immer nur aus der Entfernung gesehen: Aufsteiger, die sich von Sesseljob zu Sesseljob schleimten, denen der eigene Parkplatz in der Polizeipräfektur wichtiger war als der Zusammenhalt ihrer Truppe. Doch die Polizei der Hauptstadt war zu groß gewesen und die Probleme zu gewaltig, als dass sich Luc von solchen Leuten aus der Ruhe hätte bringen lassen. Hier in Bordeaux war das anders – nun war er Aubry direkt untergeben.

Schon gleich zu Beginn war ihre Zusammenarbeit in einer Katastrophe gemündet: Bei ihrem ersten gemeinsamen Fall in der Rue de Paradis hatte Laurent Aubry unbedingt mitermitteln wollen – und war nach einer Reihe falscher Entscheidungen im Krankenhaus gelandet. Seither war er in der Reha gewesen, um sich zu erholen. Und ausgerechnet jetzt sollte das alles wieder von vorne beginnen?

Luc nahm die Kurven viel zu schnell, die Herrlichkeit der Landaiser Landstraße war vergessen. Sein Ärger war zu groß. Über Aubry. Und über sich selbst.

Denn es war seine eigene Schuld. Er hätte ja Preud'hommes Job haben können – aber Luc wollte lieber draußen sein, Zeugen befragen, ermitteln. Im Auge des Sturms.

Nun hatte er den Salat. Und den Sturm. Dabei schien dieser Fall schon für sich genommen schwierig genug.

Kapitel 9

Die Kurven auf der Rückfahrt nahm Luc in noch höherem Tempo als zwei Stunden zuvor. Auf der Straße war nun schon mehr los, was hier im ländlichen Teil der Region hieß, dass ihm innerhalb von zehn Minuten immerhin drei bis vier Autos entgegenkamen und er einmal einem ausscherenden Traktor ausweichen musste, mit einem Haken, der einem Hasen alle Ehre gemacht hätte. Nach einer halben Stunde atemloser Fahrt konnte er schon das Meer riechen. Kurz vor Moliets-et-Maa bog er rechter Hand auf die kleine Alleenstraße ab, die ihn im Schatten der herrlichen Seekiefern bis über den kleinen Strom führte, den Courant d'Huchet, der den See von Léon mit dem Ozean verband. Noch einmal links ab, wo ein Schild so unscheinbar an einen Holzpfahl geschraubt war, dass es leicht zu übersehen war. Aber wahrscheinlich hätten die Gourmets dieser Welt gar kein Schild gebraucht, um das Mekka der Atlantikküche zu finden.

Der Weg wurde holprig, eine Mischung aus Steinen und hohem Sand, als wollten die Bewohner am Ende dieser Straße gar nicht gefunden werden – und als wäre man schon auf der hohen Düne, die den Strand vom Land trennte. Irgendwann hörten die Seekiefern auf, hohe Büsche, Brombeersträucher, wilde Rosen säumten nun den Weg, und in der Ferne war nur noch Sand, Sand, Sand. Und dann tauchte sie zu seiner Linken auf, die verwunschene Siedlung, die genau am Strand lag. Wobei *Siedlung* das falsche Wort war, es war eher eine Oase, die zunächst wie eine Fata Morgana wirkte: Zum ersten Mal sah er die Häuser im Licht des Morgens. Es war immer merkwürdig, in der Nacht irgendwo anzukommen, einen Ort im Dunkeln kennenzulernen, um dann am nächsten Morgen festzustellen, dass er eine ganz andere Atmosphäre hatte als gedacht, dass er viel lichter, freundlicher und einladender war als angenommen.

Jetzt konnte er also sehen, wie einsam die Villen standen, wie grazil sie sich in die Umgebung einfügten. Ein kleiner Farbklecks, der dem goldenen Sand und dem Grün der Flora ein weiteres Strahlen hinzufügte.

Es waren drei, nein, er hatte das Haus weiter hinten übersehen, vier rechteckige Strandvillen, die alle baugleich waren: weißes Holz in dicken hübsch gemaserten Pfählen, die Villen waren wohl zur selben Zeit aus den gleichen Bäumen gebaut worden. Die Fensterläden und Fensterrahmen waren in einem tiefdunklen Rot gestrichen. Genau wie die Säulen, die den Überhang des Daches hielten, und zwar jeweils um die ganze Villa herum, sodass eine das Haus komplett umlaufende regengeschützte Terrasse entstand – es musste ein genialer Architekt gewesen sein.

Was für ein Ort! Luc war sprachlos. Auch seine Cabane, die Holzhütte seines Vaters Alain, stand nicht weit vom Strand entfernt, in der kleinen Avenue des Dunes in Carcans Plage. Aber immerhin musste er noch die große Düne des Dorfes hinaufklettern, um zum Meer zu gelangen, sicher ein Weg von fünf Minuten. Hier aber waren die Häuser auf die Düne gebaut worden, sodass sie wirklich *am* Strand standen – und das war auch hier in der Aquitaine eine echte Besonderheit.

Er schaltete den Motor der schweren Maschine aus, nahm den Helm ab und bockte das Motorrad auf, der Sandboden war einfach zu weich, als dass man sich auf den Ständer hätte verlassen können.

Während er auf das Restaurant zuging, betrachtete er den Parkplatz. Er war beinahe leer, die Einsatzfahrzeuge der Polizei waren verschwunden, ihre Insassen ausgeschwärmt, um zu ermitteln oder sich anderen Dingen zuzuwenden. Da standen nur drei Wagen: ein Lieferwagen mit Kühlaufbau, eine große Mercedes-Limousine mit Pariser Kennzeichen und – was ihn nach Hugos Anruf glücklicherweise nicht mehr böse überraschte – der dunkle Renault Talisman mit dem Kennzeichen 33 für das Département Gironde, die Limousine, die dem Leiter der Polizei von Bordeaux zur Verfügung stand. Luc atmete noch einmal tief durch, dann zog er die Flügeltür auf und betrat das Restaurant, in dem es dunkel und kühl war. Ein Raum, der am Morgen viel von seiner Magie verloren hatte – ganz ohne Kerzen und das Licht der Kronleuchter, ohne Tischdecken und feines Porzellan. Es war einfach nur ein großer Saal, an dessen Ende das Meer zu sehen war, das im Licht der aufgehenden Sonne glitzerte.

Der Raum war verlassen, die Mitarbeiter schienen sich nach der langen Nacht alle schlafen gelegt zu haben, nur aus der Küche waren ein paar Stimmen zu hören. Wütende Stimmen.

»… sage es Ihnen jetzt zum letzten Mal: Sie werden heute Abend nicht öffnen.«

»Es ist aber doch alles vorbereitet, jetzt wird die Ware geliefert, Sie ermitteln doch, damit es keine Gefährdung der Gäste gibt.«

»Unser bester Kritiker liegt noch auf der Intensivstation, im Namen des *Guide Michelin* weise ich Sie an, Monsieur Fontaine …«

Luc ging auf die Schiebetür zu, die sich rasch öffnete, und

schon stand er inmitten des heftig aufwallenden Streits. Da stand Auguste Fontaine mit hochrotem Kopf, ihm gegenüber Laurent Aubry mit wütender Miene, daneben ein kleiner Mann im Anzug, der eine randlose Brille trug, neben diesem ein weiterer Mann in einem Kittel, der eine geöffnete Kiste mit Fischen in der Hand hielt, aus der das Eis tropfte, und zwischen diesen vieren blickte Hugo wie ein ratloser Schiedsrichter hin und her.

»Luc!«, entfuhr es Hugo, der offenbar so erleichtert war, dass er seinen Kollegen kurzerhand mit Vornamen ansprach.

»Commissaire, na endlich, also, hören Sie mal: Haben Sie Monsieur Fontaine gestattet, dieses Restaurant, das ja nun ein Tatort ist, wiederzueröffnen? Heute Abend schon?«

Laurent Aubry war von seiner schweren Verwundung nichts mehr anzusehen, aber er war schlanker geworden, beinahe hager, und sein Hautton war noch blasser, als Luc ihn in Erinnerung gehabt hatte. Doch seine äußere Erscheinung war wie stets tadellos, er sah aus wie aus dem Ei gepellt in seinem Anzug und mit den schwarzen Lederschuhen. Der Commissaire hingegen fühlte sich, als wäre er seit drei Tagen ununterbrochen auf den Beinen, was ja auch irgendwie stimmte, wenn man Aurélies nächtliche Glucksorgien mitrechnete. Er wollte eigentlich nur raus aus seinen verschwitzten Klamotten, duschen und ins Bett, stattdessen sah er sich nun diesem Streithammel gegenüber.

»Ja, ich habe das gestattet, Monsieur Aubry, im Rahmen meiner Funktion als ermittelnder Commissaire der Polizei von Bordeaux. Darf ich fragen, was dem entgegensteht?«

»Nun, ähm«, begann Aubry zu stottern, da er mit einer Widerrede wohl nicht gerechnet hatte. »Na, wir müssten doch sicher noch mehr Spuren sichern, und wir müssen sichergehen, dass nicht noch mehr Waren betroffen sind.«

»Ich denke, Monsieur Aubry, wir können bei diesen Fischen, die hier gerade frisch aus dem Meer kommen«, er wies auf den alten Mann mit der Kiste, »davon ausgehen, dass keine Gefahr besteht.«

»Tadellos sind die«, knurrte der Lieferant in seinem Blaumann, »heute Morgen in Capbreton angelandet.«

»Sehen Sie … und deswegen …«

»Aber so einfach geht das doch nicht«, sagte nun der kleine Mann im Anzug, den Luc vorhin schon gehört hatte.

»Und wer sind Sie, wenn ich fragen darf?«

»Na, Gilles Saint-Roch natürlich«, erwiderte der Mann so überrascht, als würde er jeden Tag allen Franzosen von der Titelseite der *Monde* oder mindestens vom Bild auf dem Fünfeuroschein entgegenstrahlen. »Ich bin der Chefredakteur des *Guide Michelin* und damit der direkte Vorgesetzte von Ugo Gennevilliers, dem letzte Nacht diese entsetzliche Katastrophe widerfahren ist.«

»Monsieur Saint-Roch hat mich direkt nach Erhalt der Nachricht angerufen«, sagte Aubry schnell, »und ich habe ihm versichert, dass unsere besten Beamten alles tun, um den Anschlag auf seinen Kritiker aufzuklären. Ich habe aber gedacht, dass es besser wäre, wenn ich mich auch selbst einschalte. Also habe ich ihn gleich mit hierhergebracht, auch weil noch offene Fragen bestanden.«

»Ganz recht«, pflichtete Saint-Roch ihm bei. »Wir müssen nun natürlich abwarten, wie es unserem besten Kritiker geht – ich hoffe, dass er schnell wieder auf die Beine kommt. Aber einstweilen werde ich seinen Posten hier im Restaurant übernehmen und werde Ihr Essen unter die Lupe nehmen, Monsieur Fontaine, es geht nicht anders, die Sternevergabe naht – und daher muss ich sichergehen, dass es hier niemand auf uns Kritiker abgesehen hat. Solange ich nicht testen kann, müssen wir Ihrem Restaurant die drei Sterne aberkennen.«

Auguste Fontaine, der alle anderen Männer im Raum um einen Kopf überragte – den Chefredakteur sogar um eineinhalb

Köpfe –, schien in Sekundenschnelle zu schrumpfen, er räusperte sich und brachte mühsam hervor: »Monsieur Saint-Roch, natürlich können Sie jederzeit bei uns testen, natürlich, wenn ich daran denke, dass mein Lebenswerk zerstört ist wegen so einer Sache …«

»Ehrlich gesagt, meine Herren, wir sollten jetzt alle mal wieder herunterkommen.« Je hektischer das Gespräch wurde, desto ruhiger wurde Luc. »Ich werde gleich ins Labor von Dax fahren, und dann sehen wir, was zur Foie gras herausgefunden werden konnte. Anschließend werde ich Monsieur Gennevilliers im Krankenhaus besuchen. Einstweilen bitte ich Sie, Monsieur Saint-Roch, den Tatort zu verlassen. Wenn wieder weiße Decken auf den Tischen liegen, sind Sie sicher sehr herzlich willkommen. Bis dahin kann ich Ihnen nur dringend raten, an den Sternen nicht zu rühren. Monsieur Aubry, Sie entschuldigen mich? Ach, Monsieur Auguste, wenn Sie nichts Gegenteiliges von mir hören, dann können Sie heute Abend um zwanzig Uhr die Türen aufsperren und wieder Gäste empfangen. Einen schönen Tag Ihnen allen.«

Und damit drehte sich Luc auf dem Absatz um und verließ den Raum. Er durchquerte das Restaurant, dann ging er hinaus in den strahlenden Tag, die Sonne schien von Minute zu Minute an Kraft zu gewinnen. Der Wunsch nach einer heißen Dusche hatte ihn auf eine Idee gebracht. Er schlug den Weg ein, den sie gestern Nacht nach dem Ritt mit dem Helikopter genommen hatten, öffnete das kleine Gartentor, an dem ein Schild angebracht war: *Passage interdit – Durchgang verboten – außer für Gäste der Villa Auguste.* Für einen Moment blieb er stehen und betrachtete die blaue Weite, die sich vor ihm auftat, schnurgerade Wellen, die sich mit ihren weißen Schaumkronen an der Sandbank brachen. Keine Menschenseele war hier, was für ein einsamer paradiesischer Flecken, unberührt von der Zivilisation. Kurz wünschte er sich Anouk und Aurélie herbei, eine Picknick-decke, einen Sonnenschirm, ein gutes Buch und Babyspielzeug.

Dann fiel ihm sein Ziel wieder ein. Er brauchte das jetzt einfach, auch wenn er sicher noch reichlich frisch war, der Ozean. Schnell ging Luc hinunter zur Wasserkante, zog sich aus und legte die Sachen in den trockenen Sand. Die Vorstellung, dass seine Klamotten von der Flut mitgenommen würden und er in ein paar Minuten nackt vor Laurent Aubry treten müsste, amüsierte ihn.

Schon war er mit den Füßen im Wasser, und die Kälte verschlug ihm den Atem, die Wellen tanzten um seine Schienbeine, und all das versetzte ihn sofort in gute Laune und ließ ihn den Ärger der letzten Minuten vergessen. Er ging weiter hinein, sah eine größere Welle auf sich zukommen, nahm die Arme nach vorne und sprang kopfüber in die Welle hinein, tauchte unter ihr hindurch und wieder hinaus, verwuschelte sich seine nassen Haare, dann schwamm er ein paar tiefe Züge im blauen Meer, bis er sich schließlich hinter der Brechungslinie flach auf die Wasseroberfläche legte, die Zehen aus dem Wasser schauen ließ und die Augen schloss. Seine Ohren waren unter der Oberfläche, so hörte er nur das unendliche Rauschen, das Gurgeln der Tiefe, während er spürte, wie die Sonne sein Gesicht wärmte. Es war ein herrlicher Moment, schwerelos durch das Salz des Ozeans.

Er überließ sich den Wellenbergen, die hier draußen ganz kontrolliert anrollten, er wusste genau, wo die Strömung war, viel weiter links von dieser Stelle, sodass er ohne Gefahr einige Minuten auf dem Wasser liegen bleiben konnte. Dann drehte er sich wieder um, wartete auf eine besonders große Welle, paddelte, als sie genau hinter ihm war, wild los und ließ sich dann von ihr mitreißen, die Füße zuerst, und dann schob sie seinen ganzen Körper in Richtung Strand, Luc kraulte mit ihr, er bekam richtig Tempo und schrie auf, fast schon ein Urschrei war es, die Freude des Morgens, das Adrenalin der Nacht, der Hubschrauberflug, die Befragungen, Laurent Aubrys Unart, all das lag darin.

Am Ufer stand er wieder auf, ging langsam aus dem Wasser, dann nahm er sein Hemd und trocknete sich damit rasch ab, zog seine Hose wieder an und legte sich einen Augenblick an die Grenze zwischen hellem und dunklem Sand, die Füße im von der Flut überspülten Sand, den Kopf im weichen, trockenen. Er betrachtete die Schäfchenwolken, die sich in der beginnenden Frühlingswärme gebildet hatten, dachte einen kurzen Moment an den Kritiker im Krankenhaus und an Aurélie und an Anouk, und über diesen Gedanken nickte er ein.

Kapitel 10

Luc erwachte abrupt, als eine Welle an seinen Füßen leckte. Die Flut hatte sich bis zu ihm vorgearbeitet. Perfektes Timing, stellte er mit einem Blick auf die Uhr fest, die er von seinem Großvater geerbt hatte. Er hatte eine halbe Stunde geschlafen, nun fühlte er sich pudelwohl und wach. Er zog sein Hemd wieder über und erklomm die Düne. Der Parkplatz war nun verlassen. Luc stieg auf das Motorrad, ließ den Motor an und machte sich auf in Richtung Dax. Doch als er einige Kilometer weiter nördlich des Restaurants das rot-weiße Ortsschild von Saint-Girons passierte, besann er sich eines Besseren. Da er hier wohnte, würde er sich hier auch auskennen. Wer, wenn nicht er?

Luc hatte die Lage des Hauses ungefähr in Erinnerung, und das Dörfchen war auch nicht so groß, als dass er sich hätte verlaufen können. Er ließ die Maschine vor der Boulangerie stehen und ging den Rest zu Fuß, das Bad und der Schlaf hatten ihn gleichermaßen beruhigt, er hätte gar nicht sagen können, was den größeren Effekt gehabt hatte. Ja, selbst seine Laune war gut.

Erst recht, als er das kleine Häuschen sah, das er das erste und letzte Mal vor zwanzig Jahren besucht hatte, weil es damals eine dringende Sache gab, wegen der er als junger Polizeianwärter den Commissaire von daheim hatte abholen müssen. Es war eines dieser typischen Landaiser Strandhäuschen, wie sie auch für das Baskenland, das sich im Süden an die Landes anschloss, typisch waren: ein rotes Giebeldach und dunkelblaue Fensterläden, die Fassade aus Beton, der von dunklen Holzbalken durchbrochen war. Links die kleine Straße entlang war der Kirchturm von Vieille-Saint-Girons zu sehen, dort befand sich auch der mit Post, Tabac und Boulangerie sehr übersichtliche Ortskern des Dorfes.

Luc drückte die Klingel an dem hölzernen Gartenzaun. Drinnen hörte man den Gong, doch die Antwort kam prompt von draußen: »J'arrive.« Und dann stand er vor ihm, in einer dicken Jacke und mit Hut auf dem Kopf, die Hände steckten in Handschuhen, und er hielt eine Gartenschere griffbereit.

»Commissaire!«, rief er.

»Monsieur Preud'homme«, antwortete Luc und konnte nicht verbergen, wie sehr er sich freute.

»Oh, das überrascht mich jetzt aber. So schön, Sie zu sehen.«

»Sie können sich nicht denken, wie ich mich freue.«

»Nun lassen wir aber mal den Quatsch«, sagte Preud'homme brüsk, »wir sind jetzt ja endlich keine Kollegen mehr, da können wir uns auch duzen, als die Freunde, die wir schon lange sein sollten. Also, Luc, ich bin Paul.«

»Dafür stand also das PP an Ihrem Parkplatz? 'tschuldige, an deinem, ich muss mich erst daran gewöhnen, denke ich.« Schließlich war der Leiter der Bordelaiser Polizei über Jahrzehnte eine Respektsperson für den Commissaire gewesen.

»Das wird schon. Aber sag: Was machst du denn hier am Ende der Welt? Nun komm erst mal in den Garten, ich beschneide gerade die Rosen. Nicht dass noch die Nachbarn tratschen, dass ich Besuch von der Polizei bekommen habe.« Er stieß ein lautes Lachen aus. Luc hatte Preud'hommes Humor immer geliebt.

Davon mal abgesehen aber schien ihm Preud'homme deutlich verändert: Im Büro war er immer in Anzug und Lederschuhen gewandet gewesen, sein Markenzeichen waren die verschiedenfarbigen Fliegen. Hier aber sah er aus wie ein Mann, der die Tage im Freien verbrachte. Er hatte einen grauen Bart, seine Haut war trotz der kalten Jahreszeit wohlgebräunt, und er sah zehn Jahre jünger aus in seinem Gartenoutfit. Aller Stress der Polizeiarbeit war von ihm abgefallen. Alles deutete darauf hin, dass Preud'homme vor über einem halben Jahr die richtige Entscheidung getroffen hatte.

»Bevor die Knospen ausschlagen, will ich noch mal alles etwas zurückschneiden«, sagte Preud'homme und zeigte auf die wilden Rosenbüsche, die eine hölzerne Pagode überspannten. »Du glaubst gar nicht, wie gut mir das tut.«

»Doch, ich kann es sehen«, erwiderte Luc.

»Ja, und es ist auch erstaunlich: Ich weiß endlich wieder, wie meine Frau aussieht. Ich hatte es in den Jahren im Revier vergessen. Und ich kann sagen: Sie gefällt mir sehr gut.« Der alte Mann zwinkerte. »Aber jetzt sag schon, du kommst doch nicht, um einem Mann im Ruhestand einfach so deine Aufwartung zu machen, oder?«

Er fing wieder an, die oberen Äste der Rosen abzuschneiden,

»Nein, es scheint so, als würde das Verbrechen sich in deiner Nähe zu wohlfühlen.«

Preud'homme sah auf. »Dann habe ich mich nicht verhört gestern Abend? Ich dachte, es hätte einen Verkehrsunfall gegeben, wegen all der Sirenen – aber in der Zeitung habe ich nichts finden können, und die weiß bei so was sonst sofort Bescheid.«

»Nein, kein Unfall. Es gab einen Giftanschlag.«

»Wie bitte? Einen Giftanschlag? Hier in Saint-Girons?«

»So ungefähr. Draußen in der Villa Auguste.«

»Was sagst du da?« Die Wangen des alten Polizisten färbten

98

sich rot, und Luc war sich sicher, dass es eher an der Aufregung als an der Kälte lag. »Aber es hat doch nicht etwa Maître Auguste erwischt?«

»Nein, das nicht. Aber der Aufschrei wird nicht weniger groß sein, wenn die Presse davon Wind bekommt. Den Kritiker des *Guide*, Ugo Gennevilliers, den hat es erwischt.«

»Ach du dickes Ei«, sagte Preud'homme und war sichtlich betroffen. Da kam eine Stimme vom Gartenzaun. »Hallo? Commissaire?«

Überrascht traten Luc und sein ehemaliger Chef aus dem Rosendickicht. »Oh, Ernest, was für eine Überraschung, offensichtlich bin ich ein gefragter Mann, komm rein, schön, dich zu sehen.«

Luc Verlain und der Neuankömmling standen sich einen Moment ungelenk gegenüber. »Darf ich vorstellen? Das ist Commissaire Luc Verlain, du wirst zweifelsohne seinen Namen schon gehört haben, und das ist ein Mann, dessen Namen du auch schon kennst, Luc, das ist Ernest Joffe, ehemaliger Leiter der Polizei in Dax. Wir sind sozusagen gleichzeitig in Pension gegangen.«

»Oh, Commissaire Verlain«, sagte Joffe, und seine Stimme war so freundlich wie angenehm, »sehr erfreut.«

»Das kann ich nur zurückgeben. Und welch passender Zufall. Jetzt muss ich Sie nicht zu Hause stören.«

»Das dachte ich mir, dass wir uns noch kennenlernen werden. Schließlich war ich gestern zuerst vor Ort …«

Es war der alte Polizist, der dem unglückseligen Kritiker am Abend zuvor geholfen hatte. Er hatte zwei Tüten in der Hand, aus denen Baguettes, das bedruckte Papier der Fromagerie, eine Weinflasche und die Schwanzflosse eines Fisches herausschauten. Der Commissaire gab ihm lächelnd die Hand. »Hätte ich mir ja denken können, dass Sie einander gut kennen.«

»Na, Luc, natürlich«, sagte Preud'homme. »Du weißt, wie das ist. Du kommst ja selbst aus einem Dorf. Auch wenn der liebe Ernest ein paar Kilometer weiter und etwas mondäner wohnt: Wir kennen uns schon seit fünfzig Jahren. Wir waren sogar zusammen auf der Schule in Léon. Und beruflich haben wir uns auch nur räumlich voneinander entfernt. Ernest ist im bodenständigen Dax aufgestiegen, und ich bin zu den eitlen Bordelaisern gewechselt.« Alle drei mussten lachen. Das Vorurteil der überheblichen Leute in Bordeaux, die sich selbst für klüger als die Landeier hielten und ihre Stadt für die heimliche Kapitale Frankreichs, hielt sich hartnäckig im Südwesten – und war wahrscheinlich auch nicht ganz falsch.

»Und du warst gestern als einer der Ersten am Tatort?«, fragte Preud'homme. »Warum weiß eigentlich jeder in Saint-Girons von den Neuigkeiten, nur ich nicht?« In Preud'hommes scherzhafter Pose verbarg sich eine Spur von echtem Unverständnis.

»Nun bin ich ja da, um dich darüber in Kenntnis zu setzen, Commissaire général«, sagte Luc heiter.

»Ich war eben in der Bank und hab gesehen, dass Sie hier hinein sind, Commissaire Verlain, und da dachte ich, frage ich mal, wie es Monsieur Gennevilliers geht«, sagte Joffe und fügte hinzu: »Ich weiß natürlich, wie Sie aussehen, so wie ungefähr halb Frankreich, nach der Sache … in San Sebastián.«

Luc spürte, wie ihm ganz heiß wurde. Noch immer konnte er die düsteren Tage nicht vergessen, an denen sein Bild über die Fernsehbildschirme der Republik geflimmert war.

»Tja, ein Polizist lebt gefährlich und stets unruhig«, sagte Preud'homme, wohl auch, um den Moment aufzulösen, »aber nun sag schon, weißt du, wie es dem Kritiker geht?«

»Ganz genau kann ich es nicht sagen, die Ärzte versuchen ihn zu retten. Aber wir können nur hoffen, beten und ermitteln«, antwortete Luc.

»Weiß man denn inzwischen, was die Vergiftung verursacht hat?« Der alte Polizist aus Dax sah erst Luc und dann erklärend Preud'homme an. »Gestern meinten die Angestellten, es gebe eine Verbindung zur Foie gras. Aber sie waren alle so durch den Wind ...«

»Die Spurensicherung arbeitet daran«, antwortete Luc und sah, wie Commissaire Joffe ihn musterte.

»Ich sehe Ihnen an, dass Sie sich nicht ganz sicher sind.«

»Bin ich so ein offenes Buch?«

»Nein, Sie schauen nur so drein, wie ich mich immer fühle, wenn ich einer Sache auf der Spur bin.«

Luc sah sich um, doch der Garten lag mit seinen Rosen und hübsch geschnittenen Buchsbäumen so idyllisch und versteckt da, dass er keine Sorge haben musste, belauscht zu werden. »Ich hege einen großen Zweifel«, begann der Commissaire. »Da ist der beste Kritiker des Landes. Der im besten Restaurant des Südwestens von einer Scheibe Foie gras isst. Eine pure Scheibe, nur ganz leicht angewärmt, aber nicht durchgebraten oder dergleichen. Etwas Salz ist darauf, ein bisschen Pfefferchutney daneben. Aber ein Kritiker beginnt natürlich damit, dass er alle Elemente einmal einzeln probiert.«

»Ist das so?«, fragte Joffe.

»Hab ich auch mal bei *Top Chef* gesehen«, antwortete Paul Preud'homme. Die drei Polizisten lachten. Die abendliche Sendung im Fernsehen war in Frankreich ein Straßenfeger – es ging darum, dass aufstrebende Jungköche in der Brigade eines Sternekochs, der wiederum in der Jury saß, ihr Talent unter Beweis stellten. Nicht selten wurden die Gewinner später selbst zu Sterneköchen. Es ging um anspruchsvolle Produkte und um anspruchsvolle Gerichte. Kein Wunder, dass die ursprünglich amerikanische Sendung ausgerechnet im Heimatland des Genusses zu einem Riesenerfolg wurde.

»Na ja, und ich glaube, es gibt kaum etwas Zarteres als eine Entenstopfleber.«

»Reden Sie weiter …«

»Gifte sind bitter, das ist eine Binsenweisheit. Die Zunge warnt uns vor ihnen – damit wir uns eben nicht vergiften. Es gibt nur ganz wenige Gifte, die geschmacklos sind. Denken Sie nicht auch, dass der beste Kritiker des Landes in der Lage wäre, auch nur den kleinsten Tropfen Gift in seiner Foie gras zu bemerken? Er hätte doch sofort den Teller zurückgehen lassen. Stattdessen hat er alles aufgegessen und ist erst danach vom Stuhl gefallen.«

Commissaire Joffe sagte leise: »Da haben Sie recht.«

Auch Preud'homme sah Luc nachdenklich an. »Hast du eine Idee, woran es wirklich gelegen haben könnte?«

»Ich werde nach Dax fahren und hoffe, dass ich dort die Antworten bekomme, die Monsieur Gennevilliers retten können.«

»Tun Sie das.«

»Wir waren doch schon beim *Du*, Paul.«

»Nun ist es mir auch passiert, siehst du …«

»Commissaire Joffe, wenn Sie erlauben, würde ich später einmal bei Ihnen vorbeischauen. Als direkter Nachbar bekommen Sie doch bestimmt relativ viel mit vom Restaurantbetrieb. Mich würden ein paar Details interessieren.«

»Sie sind herzlich willkommen, Commissaire. Jederzeit. Meine Frau freut sich bestimmt sehr, sie liebt es, einen Anlass zu haben, um den besten Rhabarberkuchen der gesamten Region zu backen.«

»Dann *à plus tard*.«

»Und jetzt kommst du erst mal hier rein, mein lieber Commissaire«, sagte Preud'homme und griff Joffe beherzt unterm Arm. »Ich mach uns einen Kaffee – und das heißt: Ich mach uns eine Flasche Rotwein auf.«

Luc hörte die beiden Männer lachen und ging zu seinem Motorrad. Er war regelrecht erleichtert, den einstigen Commissaire
général hier so sehr in seinem Element zu erleben.

Kapitel 11

Das Krankenhaus von Dax war eine Bausünde aus den Siebzigern, ein monströser Klotz in schrecklichem Braun, der einem nicht unbedingt das Gefühl gab, hier gesund werden zu können. Dabei war die zweitgrößte Stadt des Département selbst abwechslungsreich und wunderschön. Luc hatte die Schnellstraße früh verlassen, auf der Umgehungsstraße war Stau gewesen, deshalb war er durch die Gassen des Zentrums gefahren, hatte die mondäne Stierkampfarena mit ihren zwei Türmen passiert und war dann am Fluss Adour entlanggefahren, an dem noch immer Reste einer römischen Stadtmauer standen – und weiter unten die modernen Gebäude der Thermalbäder, in denen sich die Kurgäste im Schlamm des Flusses gesundmatschten; aus den heißen Quellen der Stadt schoss das Wasser mit vierundsechzig Grad.

Luc parkte genau vorm Haupteingang des Universitätshospitals, in dem auch die Rechtsmedizin untergebracht war, die neben Sektionen von Verbrechensopfern auch die kriminaltechnischen Untersuchungen durchführte.

Auch hier war er als junger Polizist mal gewesen, als er in der Bezirkshauptstadt Mont-de-Marsan eingesetzt war – der Krankenhausflur mit Resopalstühlen und Sperrholzpaneelen an der Wand sah so aus, als hätte sich seit fast zwanzig Jahren nichts geändert. Er folgte dem Schild in den Keller, klingelte vor der Glastür, und eine ältere Ärztin mit gelockten grauen Haaren kam auf ihn zu, um ihn in den abgesperrten Trakt einzulassen.

»Oh, Commissaire Verlain, nehme ich an?«

Luc zuckte wieder zusammen, erkannte ihn nun wirklich jeder? »Ihr Kollege aus Bordeaux hat angerufen, dass Sie auf dem Weg zu uns sind.« Er atmete auf, während er nickte und ihr seinen Ausweis hinhielt, den sie flüchtig zur Kenntnis nahm. »Ich bin Docteur Giraud, kommen Sie.«

Sie führte ihn vorbei an zwei Sektionsräumen, Luc blickte auf die metallenen Tische, die allesamt leer waren, und er war froh, dass der Kelch bei dieser Ermittlung an ihm vorbeiging. Dann zog sie eine Schiebetür auf und ließ ihn eintreten.

»Willkommen in meinem Reich. Ich bin dankbar, dass Sie meine trübe Laborarbeit etwas aufheitern, nach all den Jahren mal wieder ein richtiger Krimi. Aber ich muss Ihnen leider sagen, dass ich bislang nur schlechte Nachrichten habe – und schlechte bedeutet in diesem Fall keine.«

»Und ich dachte, Sie nennen mir jetzt den Namen eines Giftes, das zwar gefährlich, aber nicht tödlich ist, und alles wird gut.«

Docteur Giraud schüttelte traurig den Kopf.

»Nichts in seiner Foie gras, gar nichts?«

»Die haben wir natürlich als Erstes untersucht: lupenrein. Nur Fett und Leber. Kein Gift, keine Chemie, nicht mal der winzigste Rückstand eines Antibiotikums – das ist Bioqualität.«

»Das heißt, er wurde nicht durch die Stopfleber vergiftet?«

»Jedenfalls nicht mit einem schnell nachweisbaren Gift. Ich habe Kulturen angelegt, die nun über Nacht wachsen, mal sehen, was das ergibt.«

»Irgendwas in den anderen Lebern?«

»Nichts. Was hat der Mann denn noch gegessen?«

»Ich lasse Ihnen Proben schicken, Docteur.«

»Das wäre gut. Und ich telefoniere mit dem Krankenhaus in Bordeaux. Die sollen mir mehr Details zum Blutbild schicken, vielleicht komme ich ja drauf, was er hat. Wissen Sie, ich arbeite nun schon so lange hier und habe so viel freie Zeit, um Akten aus aller Welt zu lesen – da lernt man viel über Gifte und ihre Wirkung.«

»Das kann ich mir vorstellen, Docteur Giraud. Danke, dass Sie sich die Mühe machen.«

»Ist doch klar. Ugo Gennevilliers.« Sie raunte den Namen nur. »Für uns Franzosen ist das doch eine lebende Legende. Mein erstes Sternerestaurant hab ich ausgewählt, weil er es empfohlen hatte.«

Luc verabschiedete sich von der Frau und verließ eilig den Keller. Als er vor dem Krankenhaus stand, rief er Hugo an.

»Und, Commissaire? Wissen die im Labor schon was?«

»Leider nicht. Es wäre gut, wenn du alle anderen Lebensmittel hierherschicken lässt, von denen der Kritiker gegessen hat.«

»Ich kümmere mich darum.«

»Ich fahre hoch nach Bordeaux. Könntest du uns inzwischen in Saint-Girons oder in Moliets einen Raum besorgen, in dem wir arbeiten können?«

»Sie glauben also, das könnte uns länger beschäftigen?«

»Und ob.«

Er hörte den Brigadier am anderen Ende der Leitung aufstöhnen.

»Ich muss dringend schlafen und etwas essen – ich hatte ja keine Ahnung, dass man ausgerechnet bei Ermittlungen in der Sternegastronomie Gefahr läuft zu verhungern.«

»Such uns einen Raum, Hugo, und dann hau dich aufs Ohr. Ich komme am Nachmittag wieder aus Bordeaux zurück.«

»Was ist denn nun mit der Restaurantöffnung?«

»Es ärgert mich sehr, dass Aubry recht behalten hat, aber Auguste Fontaine wird nicht öffnen können, bis wir die Quelle der Vergiftung erfahren haben. Kannst du ihm das ausrichten?«

»Na, der wird sich freuen.«

Kapitel 12

Luc hasste Krankenhäuser, und dass er nun schon in das zweite innerhalb von drei Stunden gehen musste, besserte seine Stimmung nicht gerade. Er hatte die Autobahn 63 nach Bordeaux in Rekordzeit genommen, erst kurz vor der Rocade, der Ringautobahn um die Stadt, war der Verkehr dichter geworden. Das ganze Jahr über war die Route eine der Hauptverkehrsachsen des Güterverkehrs durch ganz Europa, alle Lkws aus Spanien und Portugal passierten Bordeaux auf dem Weg gen Norden. Im Sommer kamen dann auch noch Urlauber vom ganzen Kontinent hinzu, da konnte der Weg nach Arcachon schon mal zwei Stunden dauern, bis ins spanische San Sebastián auch gerne mal die doppelte Zeit. Da war das wendige Motorrad eine sehr gute Fahrtzeitverkürzung; auch wenn sich die Gendarmerie sicher wundern würde, wenn sie die Maschine mit sehr vielen Kilometern mehr – und zwei hübschen Fotos aus dem Blitzerautomaten kurz hinter Liposthey – zurückbekam.

Luc nahm denselben Weg wie in der Nacht zuvor und traf tatsächlich auf dieselbe Ärztin, die ihm mit sehr dunklen Augenringen entgegenkam.

»Sie sind immer noch hier?«

»Na, mir scheint, Sie sind auch noch derselbe. Wie ich gerne sage: Augen auf bei der Berufswahl.«

»Ich habe immerhin eine Stunde am Strand geschlafen.«

»Und ich zwei Stunden im Schwesternzimmer. Ich musste einsehen, dass ich dem Patienten todmüde auch nicht helfen kann. Und ich komme einfach nicht weiter.«

»Wie geht es Monsieur Gennevilliers?«

»Den Umständen entsprechend – ach, wie ich diese Formulierung hasse. Aber es ist so: Wir haben ihn stabilisiert, aber auf niedrigem Niveau. Er kann noch einen Tag durchhalten, vielleicht zwei, aber seine Blutwerte bleiben schlecht. Also, erzählen Sie mir alles, was Sie inzwischen in Erfahrung gebracht haben.«

»Es tut mir leid. Bisher haben wir nichts. In der Foie gras, von der er gegessen hat, konnten wir nichts finden, sonst hätte ich längst angerufen. Wobei die Ärztin in Dax sagt, dass nichts zu finden nicht heißen muss, dass da nichts war.«

»Da hat sie recht. Es gibt Gifte, die verschwinden – oder die einfach nicht nachzuweisen sind.«

»Konnten Sie sein Blut analysieren?«

»Ja, sicher, das haben wir natürlich gemacht, aber wir haben nichts gefunden, nur ein wirklich krankes Blutbild.«

»Und sein Mageninhalt?«

»Ich hab ihn noch in der Nacht auspumpen lassen. Die Analyse läuft. Er hatte ja keine Zeit zur Verdauung, deshalb erhoffe ich mir davon noch etwas.«

»Gut. Dann informiert derjenige den anderen, der zuerst Neuigkeiten hat?«

»Dafür brauche ich aber Ihre Handynummer, Commissaire.«

Luc überlegte nicht zum ersten Mal, ob sie mit ihm flirtete. Er gab ihr seine Nummer und speicherte ihre in seinem Telefon. Dann verabschiedete er sich. Im Vorbeigehen konnte er einen

Blick auf den Kritiker werfen, der groß und hager, wie er war, das Krankenbett in voller Länge einnahm. Seine spitze Nase und sein bleiches Gesicht ragten unter der Decke hervor. Der Anblick ließ Luc frösteln.

Als er endlich wieder an der frischen Luft war, galt sein erster Gedanke den zwei wichtigsten Menschen – und er beschloss, dass ihm für die Rückfahrt durchaus ein wenig Zeit blieb. Schließlich würde Docteur Giraud erst mal alle Lebensmittel analysieren müssen – und für den Besuch beim bislang wichtigsten Protagonisten dieses Falles brauchte er auch noch ein wenig Bedenkzeit.

Also setzte er sich auf das Motorrad und schlug statt des Wegs gen Süden jenen nach Westen ein, durchfuhr die Stadtteile Pessac und Mérignac, passierte die Weinfelder des legendären Château Pape Clément, die mitten in der Stadt lagen, überquerte erneut die Rocade und beschleunigte dann endlich auf der schnurgeraden Départementale 6, die ihn in die immergrünen Seekiefernwälder führte und dann nach Salaunes, um Sainte-Hélène herum und schließlich durch das Dörfchen Brach, das in seinem ersten Fall in der Aquitaine eine unrühmliche Rolle gespielt hatte. Jedes Mal wenn er an dem Wald von Brach vorbeifuhr, musste er an den Schusswechsel denken, der seinem Freund Etxeberria um ein Haar das Leben gekostet hätte.

Nach einer kurvenreichen Strecke durch den Wald von Carcans fuhr er endlich in sein Heimatdorf ein: Carcans Plage, dieses wunderschöne Fleckchen Erde genau am Strand mit seinen Stelzenhäusern, die reiche Pariser in den Wald unterhalb gesetzt hatten, und den einfachen Holzhütten, den Surferhäusern und den kleinen Restaurants in den Strandvillen, die genau hinter der Düne standen.

So langsam erwachte Carcans Plage genau wie die restlichen Stranddörfer nach dem langen Winter zum Leben, so langsam kehrten die Touristen zurück, so langsam begann für die Geschäftsleute, die Gastwirte, die Vermieter, die Betreiber der Fleischerei, der Bäckerei, des Strandladens, des Zeitungsladens und der Surfschulen die wichtigste Zeit des Jahres – aber auch die stressigste. Wie jedes Jahr galt es in wenigen Monaten so viel Geld zu verdienen, dass es auch über den Winter reichte, in dem nichts zu verdienen war, und dabei trotz aller Wünsche und Ansprüche der Touristen immer schön freundlich zu bleiben.

Beinahe alle Geschäfte und Restaurants des kleinen Strandortes lagen in der Avenue de la Plage. Parallel zu dieser geschäftigen Fußgängerzone verlief die viel ruhigere Avenue des Dunes, in der auch die Cabane von Lucs Vater Alain stand. Von jedem Haus in der Straße aus war die große Düne zu sehen. Während die Hausbesitzer am Mittelmeer zumeist einen Blick aufs Wasser hatten, waren die Bewohner der Atlantikküstendörfer gar nicht traurig über den Sandberg in ihrem Vorgarten, schließlich war die bewachsene Düne so etwas wie eine Lebensversicherung, wenn Sturm- und Springfluten den Ozean mal wieder in Richtung des Dorfes peitschten.

Luc konnte sich lebhaft daran erinnern, wie er als kleiner Junge vorm Kaminofen gesessen hatte in solch stürmischen Nächten, wie der Wind an den Fensterläden gerissen hatte und ums Haus getanzt war und wie Alain ihn jede Stunde einmal bei der Hand genommen hatte, um die Düne zu erklimmen, aus zwei Gründen: einmal, um zu sehen, ob sie hielt – und außerdem, weil er seinem Sohn die Herrlichkeit dieses Naturschauspiels nicht vorenthalten wollte. Es hatte funktioniert: Von jeher liebte Luc die Kräfte und die Variationen des Wetters hier am Meer.

Und irgendwie schien er das auch seiner Tochter vererbt zu haben: In den stürmischen Nächten dieses Winters hatte Aurélie in ihrer Wiege am Kamin geschlafen wie ein Murmeltier.

Luc stellte die Maschine direkt vor der Holzhütte ab, dann ging er zur Tür und wollte gerade öffnen, als Anouk schon lächelnd nach draußen trat.

»Sie schläft«, sagte sie fröhlich. »Und ich habe geduscht und sogar etwas gegessen. Ein ganz neues Lebensgefühl.«

Er nahm sie in die Arme, und sie küssten sich, in der Ferne hörten sie das Meer rauschen.

»Wie läuft dein Fall?«, fragte sie, während sie einander noch im Arm hielten.

Luc atmete einmal schwer in Anouks Haar. »Die Foie gras war es jedenfalls nicht, die ihn vom Stuhl geworfen hat. Obwohl davor gewarnt worden ist. Ich verstehe das alles nicht. Und Aubry … bleibt Aubry.«

»So schlimm?« Sie trat ein Stück zurück und sah ihn sorgenvoll an.

»Ich werde nicht fluchen«, antwortete Luc lächelnd. Anouk wollte gerade eine weitere Frage stellen, als sein Telefon klingelte.

»Ja, Hugo?« Anouk machte ihm ein Zeichen.

»Hey, Commissaire. Alles gut mit dem Kritiker?«

»Ja, er ist einigermaßen stabil. Schöne Grüße von Anouk.«

Er hörte Hugos Lachen am anderen Ende. Der Brigadier vermisste seine Partnerin sehr, die beiden waren ein tolles Team gewesen. »Oh, grüßen Sie sie bitte auch von mir. Ich habe übrigens gute Nachrichten.«

»Gibt es doch noch einen Treffer bei der Foie gras?«

»Nein, das bisher nicht. Aber ich habe im Feuerwehrhaus von Saint-Girons die Halle ausräumen lassen. Die Polizei aus Dax stellt uns Computer zur Verfügung. Heute Abend sollten wir einsatzbereit sein.«

»Sehr gut. Jetzt müssen wir nur noch dem Chef Hausverbot erteilen«, flachste Luc.

»Ich habe ihm jedenfalls nicht gesagt, wo unsere Einsatzzentrale ist.«

»Du bist bald mal wieder dran mit einer Beförderung, Hugo.«

»Wann werden Sie wieder hier sein?«

»Ich fahre in einer halben Stunde hier los und komme direkt zu dir. Danach würde ich mir aber mal den jungen Fontaine vornehmen.«

»Alles klar, Commissaire.«

»Und ruf noch mal Docteur Giraud an. Wir brauchen bis zum Abend Ergebnisse.«

Als sie den Anruf beendet hatten, wandte Luc sich wieder Anouk zu. Die hatte die Arme verschränkt und sagte heiter: »Na, dann pack ich mal.«

»Was?« Luc verstand kein Wort.

»Der Fall ist kompliziert, Aubry ist noch komplizierter. Da lasse ich dich nicht mit allein. Außerdem stand in meiner Stellenbeschreibung damals nicht, dass mit einem Kind meine Karriere beendet ist. Und wenn es jetzt sogar eine Einsatzzentrale gibt, kann ich dort ja mit Aurélie sein, oder Hugo passt mal auf sie auf, wenn wir beide zusammen ermitteln.« Sie sah ihn fragend an. »Oder gibt es da irgendeinen Grund zur Widerrede?«

»In diesem Moment bin ich der glücklichste Commissaire der Welt.«

»Komm, lass uns packen.«

Sie nahmen einander an den Händen und gingen plaudernd zurück in die Cabane. Luc konnte nicht anders, er musste wieder einmal feststellen, wie sehr er diese spontane und kühne Frau liebte.

Kapitel 13

Aurélie war gleich nach Lucs Ankunft wach geworden, hatte getrunken, und dann hatte er sich das kleine Mädchen geschnappt, und sie waren noch ein paar Minuten am Strand entlanggegangen, während Anouk die Sachen für ein paar Nächte gepackt hatte.

Eine Stunde später saßen sie in Anouks Auto, einem großen Van von Citroën, und fuhren gen Süden. Kurz hinter Arcachon war Aurélie wieder eingeschlafen.

»Hast du die ganze Familie Fontaine schon kennengelernt?«, fragte Anouk. Im Radio lief leise klassische Musik.

»Nein, bisher nur Vater und Sohn.«

»Welchen Sohn?«

»Na, Guillaume, den Bauern.«

»Rémy also noch nicht?«

»Woher kennst du denn nun schon wieder die Familie Fontaine?«

»Ich hab dir doch gesagt, dass es durchaus hilfreich für die Polizeiarbeit sein kann, wenn man beim Kinderarzt oder – wie ich letzte Woche – beim Friseur in Lacanau sitzt und die Klatschpresse durchliest.«

»Und die Klatschpresse interessiert sich für den Sohn eines Kochs?«

»*Paris Match* tut das, aber hallo«, erwiderte Anouk. »Schließlich ist er nicht der Sohn eines Kochs, sondern der verkorkste Sohn einer Kochlegende, der zwar auf den Spuren seines Vaters wandeln wollte, aber es nicht mal annähernd in seine Fußstapfen schaffen wird.«

»Erzähl«, sagte Luc interessiert.

»Es war ein langer Artikel über das wilde Leben des Rémy Fontaine. Da waren sogar Paparazzifotos dabei. Er sieht eigentlich gut aus, aber mit Kippe im Mundwinkel und Schampus in der Hand wirkte er eben auch reichlich fertig, auch wenn er noch gar nicht alt ist.«

»Die Jeunesse dorée?«

»So ungefähr. Eigentlich hatte Auguste Fontaine vor Jahren geplant, sein Restaurant eines Tages einem seiner Söhne zu übergeben. Guillaume wollte etwas anderes machen. Rémy ist Koch geworden – und hat dann aber einen ganz anderen Weg eingeschlagen.«

»Und welchen?«

»Er wollte eigentlich nur die Reichen und Schönen bekochen. Aber dann hat er sich entschieden, selbst einer von ihnen werden zu wollen, mit allen Konsequenzen. Offenbar ist er nach seiner Ausbildung nach Monaco gegangen und hat sich dort durch die angesagtesten Restaurants gekocht. Immer mit Eskapaden. Mal hatte er hier eine Affäre mit einer Schauspielerin, dann ist er dort mit Drogen erwischt worden. Er saß sogar mal ein paar Wochen im Knast wegen Kokainkonsums.«

»Das wird seinem Vater gar nicht gefallen haben. Wolken vor seinen Sternen.«

»Ja, der hat dann auch entschieden, dass die Villa Auguste geschlossen wird und das Haus nicht weiter als Restaurant betrieben werden darf, wenn er sich entscheidet, seine Karriere zu beenden. Es war der härteste Schritt, den er gehen konnte.«

»Damit hat er seinen Sohn quasi enterbt.«

»Es las sich ohnehin nicht so, als hätte Rémy großes Interesse daran, ein idyllisches Restaurant am Strand zu übernehmen.«

»Hätte nicht gedacht, dass *Paris Match* so anregende Lektüre sein kann.«

»Tja, musst eben mal mit mir zum Friseur gehen. Dann sparst du dir einiges an Aktenlektüre.«

»Ich werde darüber nachdenken«, sagte Luc grinsend.

Anouk fuhr in Tartas von der Autobahn ab und nahm die Départementale, die sie an die Côte d'Argent bringen würde, die Silberküste. Wer die ewig langen Sandstrände einmal gesehen hatte, verstand den Namen sofort, dachte Luc. Schien die Sonne auf den Sand, funkelte und glitzerte es, dass es eine wahre Pracht war. Die Gründe dieses Strahlens waren natürlich auch essbar – die Muscheln und Austern, die es hier in großer Zahl gab, wurden von Wasser und Sand zu einem Kunstwerk gearbeitet, das von der Abendsonne besonders in Szene gesetzt wurde.

»Dort vorne ist die Feuerwache schon«, sagte Luc, als er die Einsatzfahrzeuge entdeckte, die alle eben nicht in der Halle standen, sondern auf dem sandigen Parkplatz davor. Hugo hatte ganze Arbeit geleistet. Die Rolltore der rotbedachten Halle waren hochgefahren und die Schreibtische aufgebaut, auf jedem standen ein Laptop und ein Telefon. Luc stieg aus und holte Aurélie aus ihrem Sitz. Der Brigadier hatte ihren Wagen natürlich längst entdeckt. Freudestrahlend steuerte er auf Anouk zu.

»Ich habe so gehofft, dass du dir das nicht entgehen lässt«, sagte er.

»Hast du deswegen gleich drei Schreibtische besorgt?«, fragte Anouk und drückte Hugo an sich.

»Ich verrate nicht meine telepathischen Geheimnisse.«

116

Luc kam mit Aurélie auf dem Arm zu ihnen. Hugo, der selbst zwei Kinder hatte, konnte nicht anders, als ihr gleich den Bauch zu kitzeln. Die Kleine zeigte ihm ihr süßes zahnloses Lächeln.

»Dann fehlt nur noch Etxeberria, und die alte Truppe wäre wieder beisammen«, sagte Anouk.

»Sogar der alte Chef ist nicht weit«, sagte Luc. Anouk und Hugo sahen ihn überrascht an.

»Wusstet ihr das gar nicht? Preud'homme hat seinen Ruhesitz hier im Dorf. Würde mich nicht wundern, wenn er ab und zu vorbeischaut.«

»Na, dann ist der Fall ja schon so gut wie gelöst«, entgegnete Hugo.

Sie betraten die Halle der Feuerwehr, der Boden war sauber gefegt, als hätte Hugo eben noch selbst den Besen geschwungen.

Anouk breitete eine Decke neben ihrem Schreibtisch aus und verteilte einige Spielzeuge darauf, eine Rassel und ein großes Bilderbuch, dann legte Luc Aurélie auf die weiche Decke.

»Also, Chef, gib mir einen Auftrag«, sagte Anouk und sah ihn auffordernd an.

»Eigentlich, *ma chère*, hätte ich dich gern mit dabei in Grenade-sur-l'Adour. Ich glaube, Guillaume Fontaine ist zugänglicher, wenn du dabei bist. Und seine Frau ...«

Luc ließ die Worte in der Luft hängen. Dann nickte er Hugo zu. »Von dir brauche ich einen Hintergrundcheck zu den Verhältnissen in der Villa Auguste. Sieh dir mal die Presseberichte der letzten Monate an, die Restaurantkritiken, die finanziellen Verhältnisse. Ich will wissen, ob Auguste Fontaine jemandem auf den Schlips getreten ist. Gleiches gilt für ...«

»Guillaume Fontaine, natürlich, wird gemacht, Commissaire.«

»Und Hugo ...«

Der Brigadier betrachtete lächelnd Aurélie, die gerade ihre ersten Krabbelversuche unternahm.

»Na klar krieg ich das hin, ihr beiden, macht euch keine Sorgen. Ich hab schon zwei Kinder großgekriegt, da schaff ich so ein halbes locker. Ich werde mit Aurélie gleich mal die Feuerwehrstange runterrutschen üben.«

»Na, wenn sie da mal nicht schneller ist als du«, sagte Luc lachend und zu Anouk gewandt: »Auf geht's.«

»Ich bin also wieder im Dienst«, sagte Anouk leise lächelnd, gab Aurélie einen Kuss, die zufrieden Hugo angluckste, dann gingen sie zusammen zum Auto, und die Polizistin ließ den Motor an.

Kapitel 14

Die Fahrt in das kleine Dorf in den östlichen Landes dauerte viel länger als am Morgen, weil der Verkehr nun dichter war. Angesichts seiner netten Begleitung lag es Luc aber fern, deswegen nervös zu werden.

»Ist es nicht ein Wunder, dass wir jetzt wieder gemeinsam im Einsatz sind?«

»Ich könnte es mir nicht anders wünschen, aber dass es gleich beim ersten Fall nach der Pause passiert …«

»Ich genieße wirklich jeden Augenblick mit Aurélie«, sagte Anouk, und Luc lächelte ihr zu und nickte, weil es ihm genauso ging, »aber ich freue mich auch wirklich, dass es jetzt wieder losgeht. Das hier«, sie zeigte auf die Straße, auf das Dorf, durch das sie eben fuhren, gedrungene Häuser um einen Kirchturm herum, weiter hinten eine verwunschene Villa, von wildem Wein berankt, »das ist wirklich immer mein Traumjob gewesen, draußen sein, mit Menschen arbeiten, schwierige Fälle lösen, das will ich niemals aufgeben.«

»Das kommt gar nicht infrage – nur gut aufpassen müssen wir … auf uns beide.«

Für einen Moment kehrte Stille ein. Luc hatte schon oft über dieses Thema nachgedacht, aber ihm schien es, als hätte er es genauso gerne verdrängt wie Anouk. Es war kein Thema, über das Polizisten gern sprachen, auch weil es die eigene Selbstgewissheit in Zweifel zog: dass sie stark waren, dass sie Gefahren einschätzen konnten. Dass sie Dinge sahen und aushielten, die andere Menschen nicht erfahren mussten. Sie wussten beide, dass sie gut waren in ihrem Beruf. Gut und vorsichtig. Und doch kannten sie auch die Unwägbarkeiten: eine Festnahme, die aus dem Ruder lief. Ein Zeuge, der plötzlich eine Waffe zog. Eine scheinbar ungefährliche Ermittlung, in der auf einmal das eigene Leben auf dem Spiel stand.

Das war das Los eines Polizisten, das größte Risiko, der einzige Wermutstropfen in einem Beruf, den auch Luc sein ganzes Leben lang ausüben wollte. Aber nun mit diesem Mädchen, das in einer Feuerwache auf dem Boden spielte, umgeben von ihrem Spielzeug, beschützt von Hugo, dem treuen Kollegen, mit seiner kleinen Tochter also, stand ihm das alles noch mal viel klarer vor Augen – die permanente Gefahr, in der sie schwebten –, und auf einmal war da eine Verantwortung, für die Luc nur beten konnte, sie immer tragen zu können. Dass es Anouk ganz genauso ging, spürte er, als sie mit ihrer rechten Hand das Steuer losließ, seine Hand nahm und fest drückte. Er sah ihren nachdenklichen Blick. »Das wird alles gut«, sagte sie leise. »Nun fangen wir erst mal an.«

Luc musste seine Rührung runterschlucken. Er ließ das Fenster herunter, und der kühle Wind drang herein.

»Wir haben also einen Kritiker, der mit einer Vergiftung im Krankenhaus liegt. Die stammt aber nicht von der Entenstopfleber, die er gegessen hat. Welche wiederum aber auch vergiftet war, zumindest gibt es jemanden, der behauptet hat, sie wäre es – fällt dir dazu schon irgendeine schlüssige Verbindung ein? Mir nämlich ehrlich gesagt nicht so richtig.«

»Deine Ärztin im Institut, untersucht sie auch die anderen Stopflebern?«

»Ja, das macht sie. Aber der Fokus liegt jetzt erst mal auf den anderen Lebensmitteln.«

»Wie du sagst, stellte der Kritiker ja für Auguste Fontaine keine Gefahr da – die beiden waren sogar befreundet.«

»Seit vielen Jahren«, erwiderte Luc.

»Wer kann ein Interesse daran haben, dass der Koch nicht noch mal die höchste Zahl an Sternen erhält?«

»Ein Konkurrent?«

»Oder jemand von innen?«

»Aus der eigenen Brigade?«

»Wenn man so liest, was in Spitzenküchen los ist und wie rau der Ton ist, der da teilweise herrscht, dann könnte ich mir das schon vorstellen.«

»Am besten, du lernst Auguste Fontaine nachher einmal kennen – er wirkte auf mich nicht so, aber wer weiß …«

»Er ist aus der alten Riege der großen französischen Köche. Da oben hält es niemand lange aus, ohne ein dickes Fell zu haben. Und dass sein Sohn so aus der Art schlägt …«

Nun war es Anouk, die ihren Satz nicht zu Ende brachte. »Ist das herrlich hier«, sagte sie, als sie durch Grenade-sur-l'Adour fuhren. »So ein hübsches Städtchen.«

»Ja, in dieser Bar habe ich heute im Morgengrauen meinen ersten Kaffee getrunken. Komisch, fühlt sich an, als wäre es schon drei Tage her.«

»Stell dir vor, einen Apéro unter den Arkaden, wir zu dritt.«

»Heute Morgen hab ich mir das gewünscht.«

Einige Minuten später wies Luc seiner Partnerin den Weg von der Hauptstraße auf den kleinen Feldweg, der sie zum Bauernhof von Guillaume Fontaine brachte. Diesmal kam ihnen der Hund schon bellend entgegen. *Otis*, erinnerte sich Luc. Als sie ihre Türen öffneten, hörten sie den Pfiff aus der Ferne. Otis besann sich sofort und rannte in Richtung Scheune.

Sekunden später kam ihnen Guillaume Fontaine auch schon entgegen. In der Hand hielt er einen Eimer, an seiner Seite ging eine Frau; Corinne, vermutete Luc.

Als sie einander gegenüberstanden, streckte Guillaume Fontaine erst Anouk die Hand hin, dann auch dem Commissaire. Er hatte sich rasiert. Das Wasser im Eimer war rot, und ein schmieriger Lappen hing über dem Rand. »Willkommen«, sagte der Bauer, »das ist Corinne.«

Guillaumes Frau trug ein schlichtes weites Kleid mit einem diagonalen Streifenmuster, das sehr gut an ihr aussah. Sie hatte langes braunes Haar und eine sehr helle Haut und wirkte eigentlich wie eine fröhliche Frau, jedenfalls konnte Luc sie sich sehr gut lachend vorstellen, aber heute sahen ihre blauen Augen mit einer Mischung aus Traurigkeit und Sorge zwischen den Polizisten und ihrem Mann hin und her.

»Sie sind gerade dabei, die Schmiererei zu entfernen?« Auch auf die Entfernung war blass die zackige Schrift zu erkennen, die nun in Farbschlieren von der Wand lief.

»Ja, ich hab Ihre Kollegen gefragt, und die haben gesagt, es sei in Ordnung«, antwortete Guillaume. »Es ist eine Heidenarbeit, ich weiß nicht, was die benutzt haben. Mir ist immer noch nicht klar, wie die so schnell die ganze Scheune beschmieren konnten. Das war so weit oben, es hätte uns eigentlich auffallen müssen.«

»Commissaire, ich hab wirklich Angst, dass die wiederkommen«, sagte Madame Fontaine schnell und forsch, so als hätte sie lange darauf gewartet, ihre Sorgen zu teilen. »Erst haben sie nur Dinge beschädigt, aber jetzt gehen sie immer weiter. Was soll denn als Nächstes passieren?«

Beruhigend legte Guillaume ihr seine tropfende Hand auf

den Arm. »Wir werden gut aufpassen, *chérie*. Und Otis ist jetzt die ganze Nacht draußen. Die kommen nicht wieder.«

Doch der Blick von Madame Fontaine ruhte weiter auf Anouk und Luc. »Was sagen Sie denn dazu?«

Luc beugte sich hinab und streichelte Otis den Kopf, der sich neben seinen Beinen niedergelassen hatte. Er hatte keinen Zweifel, dass der Hund, so freundlich, wie er jetzt war, den Tätern ganz anders begegnen würde. »Wo war der Hund denn, als die Schmierfinken vermutlich zugange waren?«

»Wir hatten immer zwei Hunde, aber Perleau ist letztes Jahr gestorben«, sagte Guillaume Fontaine mit trauriger Miene. »Es ist nicht leicht, einen guten Hütehund zu finden, der mit den Enten umgehen kann. Einen ausgebildeten Hund können Sie nicht bezahlen, ich werde also selber einen Welpen ausbilden. Aber das braucht Zeit, das mache ich im Sommer, wenn wir keine Enten mästen. Deshalb hat Otis gerade viel mehr zu tun. Nachts ist er mit den Enten draußen, die auf der Wiese schlafen. Wir haben hier Füchse, Seeadler und Bussarde, die wollen alle unsere Tiere jagen. Gott sei Dank noch keine Wölfe, aber in den Pyrenäen gibt es so reichlich davon, es kann also nicht mehr lange dauern.«

»Madame Fontaine, haben Sie eine Idee, wer Ihnen hier solche Probleme bereitet?«

»Ich … Ja, mein Mann wird es ja schon erzählt haben, aber es gibt in Richtung Saint-Sever einen Campingplatz, der liegt genau am Fluss. Da wohnen seit letztem Jahr junge Leute, die ab und zu mal Plakate aufhängen, mit denen sie gegen die Stopfleberproduktion protestieren. Letztes Jahr haben sich ein paar Bauern mit denen angelegt.«

»Das ist sehr interessant«, sagte Anouk, »woher kommen die?«

»Nicht von hier, ich habe im *Super K* gehört, die kommen aus Holland und Deutschland. Teenager aus reichen Elternhäusern, die auf einmal glauben, Umwelt- und Tierschutz wäre das Größte, dabei fahren sie selbst mit dicken Jeeps durch die Gegend. Aber was man so hört, die könnten es sein.«

»Das klingt zumindest so, als könnte es passen. Hören Sie, Monsieur Fontaine, wir glauben jetzt, dass es nicht die Foie gras war, die den Kritiker vergiftet hat. Jedenfalls nicht die, von der er gegessen hat.«

»Ach nein?« Der Bauer schien wirklich überrascht.

»Jedenfalls haben wir bisher kein Gift finden können. Irritierend ist daran nur Ihre Aussage, dass Sie eine klare Warnung erhalten haben.«

»Natürlich habe ich das. Glauben Sie mir etwa nicht?« Wieder klang Guillaume wütend.

»Wir wissen, dass Ugo Gennevilliers mit dem Tod ringt. Das reicht mir für meine Ermittlungen. Und es bedeutet eben, dass nun meine Kollegen kommen werden und nicht nur Proben mitnehmen, sondern alles.«

Der Bauer schüttelte den Kopf. »Es ist unglaublich, aber was bleibt mir? Ich kann mich ja nicht an meine Scheune ketten.«

»Das würde ich Ihnen auch nicht raten. Wir werden versuchen, so wenig Ware wie möglich zu zerstören.«

»Und auf den Kosten bleibe ich natürlich sitzen.«

»Aber woran ist er denn ...«

Corinne Fontaine stockte und wurde immer blasser. Wahrscheinlich hatte sie noch nicht wirklich an die ganze Tragödie geglaubt, bis sie es von ihm bestätigt bekommen hatte. Anouk schaffte es gerade noch, an ihre Seite zu eilen, als die Bäuerin schon in ihre Arme sank. »Sie schwitzt ganz stark«, sagte die Polizistin, und Luc half ihr, weil Guillaume Fontaine eher unschlüssig schien, was er tun sollte. »Kommen Sie, wir bringen sie nach drinnen«, forderte die Polizistin ihn auf, und sie trugen die schlanke Frau in das Wohnzimmer des Hauses, wo sie sie auf die Couch betteten und die Beine hochlegten. Anouk fühlte ihren Puls. »Es scheint alles in Ordnung zu sein, nur eine normale Ohnmacht. Ich bleibe bei ihr.« Sie machte Luc ein Zeichen. Der verstand und sagte:

»Monsieur Fontaine, ich würde mir in Ihrer Scheune gerne noch etwas ansehen, würden Sie mich bitte begleiten?«

Widerstrebend ging der Bauer voraus. Als sie draußen standen, wies er zur Scheune. »Was genau wollen Sie ansehen?«

Luc räusperte sich. »Nichts, Monsieur. Ich gebe Ihnen hier die Chance, mir die Wahrheit zu sagen.«

»Was? Was meinen Sie?«

»Dass ich Ihnen nicht glaube, wenn Sie vorgeben, keine Ahnung zu haben, was hier vor sich geht.«

»Ich verstehe nicht ...«

Mit einem Mal kam es Luc seltsam vor, dass sie hier so miteinander ringen mussten. Er verstand diesen Guillaume Fontaine ja irgendwo. Weil er genauso ungern seine Sorgen mit der Welt geteilt hatte, bis er Anouk traf – und weil er bis dahin die Dinge am liebsten mit sich selbst ausgemacht hatte. Aber heute begann ihn diese Taktik wirklich zu nerven.

»Es gibt hier so viele Geflügelzüchter – und von allen trifft es ausgerechnet Sie. Warum? Weil Sie ein Aushängeschild der Region sind, ja, das könnte der Grund sein. Ihr Vater ist berühmt. Vielleicht will man Sie auch erpressen. Aber die Schmierereien und all das? Ich denke, Sie wissen ganz genau, was hier gespielt wird. Und als Ihre Frau die Kids vom Campingplatz erwähnt hat, da haben Sie ziemlich gezuckt. Sie hatten mir davon nichts erzählt – dabei wäre es doch naheliegend gewesen.«

»Ich ... Ich dachte, dass die nicht so weit gehen würden. Das sind doch harmlose Spinner.«

»Die nicht von hier sind. Sondern aus dem Ausland.«

»Was soll das heißen?«

»Das muss die Erklärung für den Schreibfehler sein – *Tortionaire* mit einem N. Wären es französische Tierschützer, wüssten die, glaube ich, ganz genau, wie sie ihre Anschuldigungen schreiben müssen.«

»Sie … Hören Sie, ich weiß gar nichts über diese Leute. Gehen Sie doch einfach zu denen und schauen Sie nach, was das für Kasper sind. Ich habe keine Ahnung, was hier passiert ist – und da es den Kritiker ja nicht durch meine Produkte erwischt hat, wie Sie sagen, sollten Sie sich vielleicht lieber dem eigentlichen Fall zuwenden!«

»Na, na, nicht so unwirsch. Sie wollen also nicht wissen, wer das war? Ihre Frau sorgt sich …«

»Wie gesagt: Otis wird sich darum kümmern«, sagte Guillaume Fontaine mit harter Miene. Dann drehte er sich um und ging wieder hinein. Das Gespräch schien für ihn beendet zu sein.

Luc sah ihm noch eine Weile nachdenklich hinterher, dann folgte er Fontaine, um Anouk abzuholen.

Kapitel 15

Als sie wieder im Auto saßen, riskierte Luc einen Blick auf die Uhr. »Schaffen wir es überhaupt noch zu dem Campingplatz? Wir müssen doch eigentlich mal nach Aurélie sehen ...«

Anouk legte ihre Hand auf seine. »Du bist ein Helikoptervater«, sagte sie lachend, »Hugo schafft das spielend. Und ich muss erst wieder in drei Stunden stillen, es ist also alles gut. Los, sehen wir uns die *écolo*-Teens an.«

Die Straße wand sich in kleinen Kurven in Richtung Westen, rechts lag das Flüsschen tief in seinem Bett, umgeben von hohen, schattenspendenden Bäumen. Links standen verstreut ein paar Gebäude, Scheunen und dergleichen, die zu den umliegenden Höfen gehörten. Auf den Wiesen dahinter liefen Enten in Scharen herum und pickten vom saftigen Grün des Frühlings.

»Nein, allein ist Guillaume mit seiner Profession hier wirklich nicht«, sagte Luc.

»Das ist die größte Geflügelregion Europas«, antwortete Anouk. »Na, Ungarn noch, aber die Zustände dort – ich habe mal eine Dokumentation gesehen, unglaublich.« Sie schüttelte den Kopf.

»In New York dürfen Restaurants Foie gras nicht mal mehr anbieten. Das hat die Züchter schwer getroffen. Viele andere Länder haben das Stopfen der Tiere längst verboten. Besonders in Europa. Es verstößt auch gegen die Tierschutzgesetze der EU.«

»Und warum ist es in Frankreich anders?«

»Hm«, murmelte Anouk, »weil in Frankreich eben einiges anders ist, besonders wenn es um Lebensmittel geht. Ich erinnere mich noch an die Zeit, als das Gesetz in der Mache war, damals habe ich noch in Nizza gelebt und davon in der Zeitung gelesen und fand es einfach nur unglaublich. Die Nationalversammlung hat dann, das ist jetzt fünfzehn Jahre her, entschieden, Foie gras zum nationalen Kulturgut und zum gastronomischen Kulturerbe zu machen. Diese Erklärung wurde dann ins Landwirtschaftsgesetz übernommen und steht nun über allen Tierschutzgesetzen. Selbst wenn die immer strenger werden, ist die Stopfleber damit unantastbar.«

»Puh, wahrscheinlich hab ich damals, als ich in Paris lebte, alles ausgeblendet, was mit dem Südwesten zu tun hatte.«

»Oder du hast einfach jeden Abend zu hart gefeiert.«

»Auch eine Möglichkeit.« Sie lachten beide. »Aber findest du nicht, dass es die Tiere bei Guillaume Fontaine schon gut haben? Er hat mir gezeigt, wie sie leben. Ich meine, sie wachsen ein halbes Jahr in völliger Freiheit auf, können Gras fressen, welches Zuchttier hat es schon so gut?«

Anouk zog ihre Stirn in Falten. »Kann schon sein. Aber dann kommt das Mästen. Einige schlimme Tage.«

»Es ist wirklich eine schwierige Angelegenheit«, erwiderte Luc, gerade als sie in Saint-Sever einrollten.

Es war kein großes Dorf, wirklich nicht, aber schon nach ein paar hundert Metern riefen Anouk und Luc fast gleichzeitig: »Wow!« Der Ort war eine Aneinanderreihung von sehr schön sanierten Sandsteinhäusern, die sich alle um den Mittelpunkt gruppierten: die alte Benediktinerabtei aus dem elften Jahrhundert. Sie stand so zentral in der Dorfmitte, dass die Bewohner in all den Jahrhunderten ihre Häuser einfach angebaut hatten, sodass der Fensterladen des Obsthändlers und die Markise der Boulangerie quasi den Eingang zum Kloster streiften.

»Das ist ja echt pittoresk hier«, sagte Anouk, als sie in Richtung Campingplatz abbogen.

»Es ist immer das Gleiche in der Aquitaine«, stöhnte Luc. »Kaum hat man sich auf einen Ort für den Wochenendausflug festgelegt, schon findet man um die Ecke einen anderen, der noch schöner ist, und alles wird wieder durcheinandergeworfen.«

Wieder mussten beide lachen.

»Bis wir wieder Liebeswochenenden verbringen, werden wir wohl noch etwas warten müssen, oder?«

»Wieso?«, fragte Luc mit weit aufgerissenen Augen. »Wir haben doch Hugo.«

Anouk grinste. »Der wird uns was pfeifen. Aber mal im Ernst: Dein Papa würde sich bestimmt freuen, wenn er Aurélie mal über ein Wochenende haben kann. Dann kann er ihr das Bassin zeigen oder so etwas.«

»Das stimmt«, erwiderte Luc. »Das würde ihn sehr stolz machen.«

Alain Verlain hatte die Geburt seines Enkelkindes tatsächlich neue Lebenskraft gegeben. Wegen ihm war der Commissaire vor knapp drei Jahren ja erst aus Paris in den Südwesten zurückgezogen, in dem Moment, als eine Krebsdiagnose dem Vater nicht mehr viel Zeit gegeben hatte – und Luc einmal ein guter Sohn sein wollte. Doch die gemeinsam verbrachten Monate und eine lange Therapie mit anschließender Reha hatten den Zustand des alten Mannes so weit verbessert, dass er im Falle der ermordeten Austernzüchter sogar bei den Ermittlungen helfen konnte. Genau wie im Falle des toten Bürgermeisters am Cap Ferret – mit welchem Elan sein Vater da zugange gewesen war. Und mitten in den Ermittlungen kam Aurélie zur Welt – fortan war es das Größte für Alain geworden, den Kinderwagen stolz durch Carcans Plage zu schieben, ständig stehen zu bleiben und allen Bewohnern, Urlaubern und anderen Flaneuren seine Enkelin vorzustellen.

Anouk hatte recht: Alain würde sich toll um Aurélie kümmern, wenn sie mal eine Nacht für sich sein wollten – er hoffte, dass sein Vater noch lange die Kraft zum Opasein haben würde.

Die Straße wurde schmaler und schmaler, und hinter einem Fußballplatz wies ein großes Schild auf den Campingplatz *Paradis Les Rives de l'Adour* hin.

Luc lenkte den Wagen über den Sandweg und durch eine offen stehende Schranke auf den Parkplatz vor der Rezeption. Der Platz wirkte nicht überfüllt, aber das hätte den Commissaire auch gewundert. Das hier war höchstens die Vorsaison, insbesondere für die Camper aus Holland und Deutschland.

»Niemand da«, sagte Anouk, als sie einen Blick durch das Fenster der Rezeption geworfen hatte, die sich in einem Container aus Holz befand. »Na, dann gehen wir mal nachsehen«, antwortete Luc. Sie gingen an den Mobile Homes vorbei, die in Reih und Glied standen, aus weißem Holz mit blau gerahmten Fenstern, eines so ausgestattet wie das andere. Ein Sommerurlaub in so einem Haus – das wäre ein Graus, dachte Luc.

Weiter hinten kamen die Abstellflächen der Wohnmobile und Zelte. Schlafen unter freiem Himmel, das wäre schon eher sein Ding. Sie sahen zwei Wohnmobile mit den gelben Kennzeichen der Niederlande. In der Ferne hörten sie Musik. Anouk wies Luc auf ein Laken hin, das mit schwarzer Schrift bemalt zwischen zwei Bäumen in der Luft flatterte. *Vive les animaux* stand da.

»Ich glaube, hier sind wir richtig«, sagte Anouk. Hinter dem Laken befand sich eine Ansammlung von alten Wohnwagen, die in einem Viereck standen wie eine Wagenburg. So war das Innere des Platzes nicht zu sehen. Luc betrachtete die Kennzeichen: schwarz auf weiß, die europäische Flagge, der Buchstabe D. Er fand es immer witzig, dass ausgerechnet im Automobilland Deutschland so viele Leute so ökologisch waren.

Die Musik schien aus einem der Wohnwagen zu kommen, laute Rockmusik, nicht melodisch, nur ärgerlicher Lärm. Sie suchten die Lücke zwischen den Wagen, doch bevor sie eine gefunden hatten, bewegte sich im Inneren des nächsten Wagens eine Gardine. Dann hörten sie die Stimme eines Jungen, der rief: »Cops, lauft!«

Auf einmal ging alles ganz schnell. Anouk und Luc zwängten sich durch eine der Lücken, stiegen über eine Anhängerkupplung, und dann sahen sie schon, wie auf der anderen Seite zwei Gestalten davonpreschten. *Verdammt.* Luc klemmte seine Waffe im Holster fester, damit sie auf keinen Fall herausfiel. Der Junge, der die anderen eben gewarnt hatte, stellte sich ihnen in den Weg und wollte Anouk aufhalten, doch Luc schubste ihn zur Seite. Dann rannten sie beide hinter den Flüchtigen her.

»Police, warten Sie!« Doch die jungen Leute – jetzt erkannte er eine Frau mit langen blonden Haaren und einen großen Jungen mit dunklem Teint und Flipflops – waren viel zu weit vor ihnen. Sie rannten in Richtung Fluss. »Bleibt stehen!«

Sie sahen die beiden einen Hügel runterrennen, und dann hörten sie schon das Platschen des Wassers. Hellblau sah der Adour hier aus, der tief in seinem Bett floss, aber als die beiden Polizisten näher kamen, mussten sie feststellen, dass die Jugendlichen es auf der anderen Seite schon wieder herausgeschafft hatten.

»Okay, das können wir vergessen«, sagte Anouk. »Die kennen sich hier viel zu gut aus. Da drüben ist alles voller Wald.«

131

Luc nickte, dann nahm er sein Telefon aus der Tasche. Er verscheuchte die Mücke, die sich ihm auf die Wange gesetzt hatte und wählte anschließend Hugos Handynummer. Der Brigadier hob sofort ab.

»Hugo? Wir sind es. Wie geht es Aurélie?«

»Bestens, Commissaire. Sie hat eben ihren ersten Schritt gemacht.«

»Sehr witzig. Kannst du bitte die Kollegen schicken? Ganz egal ob Police Municipale oder Gendarmerie. Wer schneller hier ist. Wir sind auf dem Campingplatz von Saint-Sever. Hier campieren Umweltschützer aus dem Ausland, die offenbar Ärger mit den Geflügelbauern suchen. Ich brauche einen Durchsuchungsbeschluss für alle Wagen, und ich möchte, dass die Camper in unsere Feuerwache gebracht werden. Jedenfalls die, die nicht vor uns weggelaufen sind. Nach den anderen fahnden wir, wenn wir wissen, wer sie sind.«

»Alles verstanden, Commissaire.«

»Gut. Wir sehen uns noch hier um, und dann kommen wir wieder. Hältst du es noch eine Stunde mit der Kleinen aus?«

»Ich versuche ihr noch ein paar ganze Sätze beizubringen.«

»Oder Klavier. Klavier wäre noch besser.«

Er hörte Hugo lachen, dann legte er auf. Zusammen gingen sie zurück zu den Wohnwagen. Der Weg am Fluss war ein wahres Mückenparadies. Schon nach wenigen Minuten mussten sie sich beide kratzen.

»Na, jetzt ist der letzte Vogel natürlich auch ausgeflogen«, sagte Anouk, als sie wieder den Platz zwischen den Wagen erreichten, der nun völlig verlassen dalag. In der Mitte des Rondells glommen die Überreste eines Lagerfeuers, daneben lagen leere Bierflaschen aus dem Discounter, nur eine halb volle Flasche Rotwein war stehen geblieben.

Anouk wollte eben in den größten Wagen hineinsehen, aber

Luc griff sie am Arm. »Lass mich«, sagte er und zog seine Waffe. Sie wussten nicht, um wen es sich hier handelte. Vielleicht waren es harmlose Naturfreunde, vielleicht aber auch nicht. Er riss die Tür auf und ging nach drinnen. »Sicher!«, rief er, als er auch die hintere Tür zur muffigen Toilette geöffnet hatte. Der Wagen war leer. Anouk kam dazu und sah sich um. Der Gang war so eng, dass sie nur hintereinander stehen konnten. »Verdammt, wie hält man es denn in diesem Mief aus?«, fragte sie und hielt sich die Nase zu.

»Riecht wie eine WG von zwölf jungen Männern«, antwortete Luc.

»Hast du da Erfahrungswerte?«

Er zog die Schubladen der kleinen Küche auf. Schmutziges Besteck, eine Ölflasche, drei Konserven, deren Aufdruck schon abgeplatzt war. Kein Hinweis darauf, wovon sich diese Leute ernährten.

Anouk machte sich an der Sitzbank zu schaffen, wo normalerweise Fahrer und Beifahrer saßen, darüber war ein Bett heruntergezogen. Sie drückte es wieder nach oben an die Decke und pfiff durch die Zähne. »Bingo!«, rief sie und hielt einen Farbeimer hoch. Rote Farbe, ein ausländisches Etikett. Deutsch, wenn Luc sich nicht täuschte.

»Manchmal kann es so einfach sein«, erwiderte Luc.

»Fast zu einfach.«

»Jedenfalls würde ich um eine störungsfreie Nacht im Gartenzelt wetten, dass es diese Farbe war, die an Guillaumes Scheune geschmiert wurde.«

»Nun müssen wir die Schmierer nur noch erwischen und gucken, ob sie auch als Mörder infrage kommen.«

»Jemand muss hier Wache stehen. Die wollen ja sicher bald zurück nach Hause. Hier sind ihre Wohnwagen. Hier ist ihr ganzes Hab und Gut.«

»Ja, lass uns die Wagen fest verschließen. Mit dem hier.«

Luc hielt den Autoschlüssel in der Hand, der im Schloss ge-steckt hatte, damit die Elektrik funktionierte.

»Sehr gut. Aber auf die Kollegen sollten wir schon noch war-ten.«

In der Ferne erklangen Sirenen.

»So schnell sind die Kollegen aber selten …«

»Hugo hat wohl ganze Arbeit geleistet.«

Kapitel 16

»Was für ein Tag«, sagte Luc und rieb sich die Augen, weil die Sonnenbrille schon Abdrücke hinterlassen hatte. Gerade fuhren sie über die Autoroute, die Bordeaux mit dem Baskenland und der spanischen Grenze verband. Nun waren es nur noch zwanzig Minuten, bis sie wieder am Strand waren. »Ich springe gleich ins Meer, ich muss mich dringend abkühlen.«

»Du hättest doch eben in den Fluss springen können«, sagte Anouk lächelnd.

»Was haben die zu verbergen, diese Kids?«, fragte Luc kopfschüttelnd.

»Na, die haben keinen Bock auf französische Polizisten. Hätte ich ehrlich gesagt auch nicht.«

»Aber treiben die es wirklich so weit, dass sie Menschenleben gefährden, indem sie die Foie gras vergiften? So junge Leute aus gutem Hause, wenn es stimmt, was Corinne Fontaine sagt?«

»Es gibt Écolos, die einfach nur demonstrieren und sich an Castor-Transporter ketten – und es gibt die, die Polizisten mit Steinen bewerfen und vielleicht noch weitergehen. Ökoterroristen sind auch eine Realität, das weißt du.«

»Ja, das weiß ich«, sagte Luc. »Es macht mich nur jedes Mal

fassungslos, wie man wegen einer guten Sache anderer Leute Leben gefährden kann.«

Der letzte Teil der Fahrt war schnell vergangen, weil Anouk ordentlich auf die Tube drückte, der Seekiefernwald flog förmlich an ihnen vorbei. Luc hatte das Gefühl, jetzt vermisste auch sie Aurélie sehr stark und wollte schnell wieder zu ihr. Sie fuhren in Saint-Girons ein und hielten auf dem Parkplatz neben der Feuerwache. Das Tor stand offen, und Luc sah zu, wie Anouk ausstieg und schnell auf ihre Tochter zuging, die am Boden neben dem Schreibtisch lag und sofort anfing zu strahlen, als sie ihre Maman erkannte. Anouk nahm sie hoch und drückte sie an sich, dann hielt sie sie hoch und tat so, als würde sie sie hochwerfen, was die Kleine mit einem reizenden Juchzen quittierte. Das machte ihr einen Heidenspaß. Auch Luc ging zu ihr und gab Aurélie einen Kuss auf die Wange, wobei das Mädchen ihn immer wieder mit ihrer Hand knuffte.

»Waren die Kräfte gleich vor Ort?«

»Es ging so schnell, dass man denken könnte, du hättest ihnen doppelte Prämien angeboten.«

»Vielleicht hab ich das ja.«

»Wo ist Aubry?«

»Der war vorhin kurz hier und hat sich umgesehen, dann hat er deinen Schreibtisch in Beschlag genommen, aber als du nicht wiederkamst, ist er wütend abgedampft. Er schläft in Molietset-Maa im Hotel de l'Océan, soll ich dir ausrichten. Er erwartet deinen Anruf.«

»Hm, Mist, jetzt ist dieses Hotel auch verbrannt. Wo schlafen wir denn nun?«

»Ich kann euch etwas buchen«, sagte Hugo und griff sich dann an die Stirn. »Mist, das hätte ich fast vergessen: Eben war ein Mann hier, den ich von früher kenne, Commissaire Joffe. Du hast ihn schon getroffen?«

»Ja, er war bei Preud'homme.«

Hugo nickte. »Er lädt dich, also euch, zum Abendessen ein. Er meinte, ihr wärt verabredet?«

»So ist es. Er war zuerst am Tatort. Er ist der direkte Nachbar der Villa Auguste sicher kann er viel erzählen. Und so können wir das Angenehme mit dem Nützlichen verbinden, ich habe nämlich einen Riesenhunger.«

»O ja, ich auch«, sagte Anouk. »Und diese junge Demoiselle auch. Ich füttere sie eben, und dann fahren wir, einverstanden?«

»Wo schläfst du, Hugo?«

»Ich gehe in die Höhle des Löwen.«

»Ins Hotel de l'Océan?«

»Meine Kids sind gerade im wilden Ich-stehe-um-sechs-Uhr-auf-und-springe-auf-dein-Bett-Alter. Da penne ich lieber neben Laurent Aubry und kann dafür aber bis acht gefahrlos schlafen.«

»*Bonne nuit, mon cher*«, sagte Anouk und gab ihm die *bises*. »Schön, dass du wieder hier bist«, erwiderte Hugo.

Auch Luc verabschiedete sich von seinem Kollegen, dann setzten sie Aurélie ins Auto, stiegen ein und fuhren in Richtung Südwesten.

Als sie den Parkplatz der Villa Auguste passierten, war der immer noch leer, bis auf zwei Wagen. Luc pfiff leise durch die Zähne.

»Wer ist denn hier zu Gast?«

»Keine Ahnung, der Präsident von Paris Saint-Germain? So sieht die Karre jedenfalls aus.« Der Pariser Fußballklub galt, seitdem er von einer Holding des Emirats Katar gekauft worden war, als der Inbegriff des Turbokapitalismus – kein Fan, der etwas auf sich hielt, wollte noch etwas mit diesem Reichenverein zu tun haben. Denn in der Tat hatte sich der Anteil der Ferraris, Lamborghinis und Maseratis auf dem Vereinsparkplatz vervielfacht. Und genau so eine millionenteure Sportkarre stand nun in quietschgelber Farbe vor dem Restaurant, neben einem weißen Transporter, der das Logo der Villa Auguste trug, die verschlungenen Buchstaben V und A.

»Vielleicht bezahlt der *Guide Michelin* seine Tester fürstlich«, meinte Anouk, aber Luc schüttelte den Kopf. »Was sollte der heute hier? Das Restaurant macht ja frühestens morgen wieder auf.«

»Wollen wir nachsehen?«

Luc zuckte mit den Schultern. »Komm, lass es für heute gut sein. Außerdem gibt es bestimmt nichts, was uns die Nachbarn nicht erzählen können – du weißt doch, wie das ist. So nah dran kriegt man alles mit.«

Er parkte vor dem Nachbarhaus, das ebenso schön lag wie die Villa, hoch auf der Düne. Beim Aussteigen knirschte der weiße Sand unter ihren Füßen. Die Luft war vom Geruch des Meeres erfüllt. Die Sonne stand schon tief über der Düne, in einer Stunde würde sie im Meer versinken.

Die Haustür öffnete sich, und Commissaire Joffe tauchte darin auf, er trug ein kurzärmeliges schwarzes Hemd und weiße Shorts, seine Haut war braun gebrannt – ein sehr attraktiver Mann, der um zehn Jahre jünger wirkte, als er eigentlich war.

»Wie schön, dass Sie gekommen sind«, sagte er und hielt ihnen die Tür auf. »Und dann haben Sie auch noch Polizeinachwuchs dabei.« Er trat zur Seite und ließ sie hinein.

»Das ist Anouk Filipetti, meine Partnerin – und meine Freundin.«

Anouk und der Commissaire gaben sich die Hand. »Wir waren uns nicht sicher, ob Sie es herschaffen würden, aber wir haben eben erst angefangen. Kommen Sie.«

Er führte sie durch einen Flur in einen Wohnraum, der sehr spärlich, dafür aber elegant möbliert war: Es gab eine Bibliothek und einen goldenen Barwagen, dafür gab es keinen Fernseher und keine Schrankwand. An der Wand hing ein Aquarell, auf dem die Düne zu sehen war, auf der sie sich jetzt befanden, und die wenigen roten Häuser, es war ein altes Bild, und es war wunderschön. Er bemerkte, wie sie ihn nicht ohne Stolz beobachtete, weil er sich das Bild so lange ansah.

In der Mitte des Raumes standen zwei Ledersessel, die zur großen Fensterfront ausgerichtet waren. Der Blick war unglaublich: Bodentiefe Fenster waren wie ein Rahmen für das schönste Bild der Region – etwas Grün in den Sträuchern auf der Düne, das Weiß des Sandes, das helle Grünblau des Wassers, das in dieser Stunde von der tief stehenden Sonne zum Strahlen gebracht wurde.

»Wow«, sagte Luc und fragte sich, zum wievielten Male an diesem Tag. Diese Landschaft brachte immer neue Höhepunkte und Ansichten zum Vorschein.

»Ja, es ist unser Paradies«, sagte Joffe und drehte sich um. »Kommen Sie, um diese Zeit muss man draußen sitzen. Moment ...« Er nahm eine Decke vom Sofa. »Für Ihr Baby. Wie heißt es denn?«

»Aurélie.«

»Très chouette«, sagte der alte Polizist und führte sie hinaus. Die Terrasse war vom Haus aus nicht zu sehen, um den Blick aufs Meer nicht zu verstellen. Sie lag rechts neben dem Haus und war ein Kleinod: In mühevoller Kleinarbeit – oder mit einem sehr peniblen Gärtner – hatten die Joffes mit Buchsbäumen und wilden Hecken eine undurchsichtige Wand errichtet, die sie vor dem Wind schützte, der vom Meer wehte. In dieser Umzäunung standen ein hölzerner Tisch und acht Stühle, verdeckt von einer großen Pagode, die ein Dîner auch bei Regen möglich machte. Als sie um die Ecke kamen, saß die Hausherrin schon am Tisch und schaute etwas verloren zum Meer. Als sie die Neuankömmlinge erblickte, stand sie rasch auf und kam mit einem strahlenden Lächeln auf sie zu.

»Commissaire Verlain, wie schön«, sagte sie, »ich habe schon viel von Ihnen gehört. Und Sie müssen die Frau des Commissaire sein?«

»Anouk Filipetti«, sagte Anouk, »wir sind nicht verheiratet, noch nicht.« Sie lachte freundlich. »Ich bin auch Polizistin in Bordeaux.«

»Ich bin Fanny Joffe, es ist mir eine große Freude. Nehmen Sie doch Platz. Wir trinken Wein, Mademoiselle, ich hole Ihnen rasch etwas Alkoholfreies. Ich habe heute Nachmittag Ingwerlimonade gemacht, möchten Sie davon?«

»Sehr gern«, sagte Anouk, und Commissaire Joffe führte sie zu der langen Tafel, breitete die Decke daneben aus, sodass Anouk das Baby ablegen konnte. Dann nahmen sie alle Platz, Madame Joffe brachte eine Karaffe mit der Limonade, die so frisch und lecker aussah, dass Luc auch gleich Lust darauf bekam.

»Es ist wunderschön hier«, stieß Anouk hervor, und Luc fügte hinzu: »Und dann sieht es auch noch so umwerfend aus.« Er wies auf das Abendessen, das schon auf dem Tisch stand. Abendessen war ein banales Wort für diesen gedeckten Tisch voller Leckerbissen: Da standen frisches Baguette und dunkles Sauerteigbrot nebst einer Schale mit eiskalt gehaltener Butter, eine Auswahl von Pasteten, aufgeschnittener Jambon de Bayonne, also der tiefrote rohe Schinken aus der Stadt im Baskenland, und eine Saucisson sec d'Auvergne, die in Scheiben auf einem Brett lag. Madame Joffe hatte einen Salat bereitet, mit Cœur-de-Bœuf-Tomaten und kleinen gelben Strauchtomaten, Endivien, Feldsalat und Ziegenkäse, die Vinaigrette stand in einem Fläschchen bereit. Das Zentrum aller Köstlichkeiten bildete die Etagere mit ihren drei Ebenen, die nur durch ein Wunder unter dem Gewicht all der Elemente nicht zusammenbrach: Auf der untersten Etage lagen auf geschichtetem Eis die Austern, es mussten rund zwei Dutzend sein. Anouk hatte Austern nie sehr gemocht, seitdem sie aber mit dem Sohn des einstigen Austernzüchters auf dem Bassin von Arcachon ermittelt und der sie in die faszinierende Arbeit auf dem Meer eingeweiht hatte, bestellte auch Anouk manches Mal die glibberigen Meeresfrüchte. Auf der zweiten Etage lagen Bulots, die Schnecken des Meeres, außerdem Taschenkrebse und Schwertmuscheln, die man als Spaziergänger im Watt des Bassins sammeln konnte, wenn man sich gut auskannte. Und ganz oben, sozusagen als Sahnehäubchen, lagen zwei Dutzend Crevettes roses, die kleinen rosafarbenen Garnelen, die so zart und gleichzeitig einzigartig würzig schmeckten, dass Luc schon das Wasser im Mund zusammenlief.

»Ich war heute Morgen am Hafen von Capbreton, da ist die Auswahl so gut, Sie kriegen es selbst hier am Meer nirgendwo besser«, sagte Madame Joffe. »Die Fischer kommen da morgens in den Hafen, und dann geht es sofort an den Stand. Es ist herrlich dort.«

Luc kannte den Fischereimarkt von Capbreton, diesem kleinen Städtchen in den südlichen Landes, das mit dem Leuchtturm und dem hölzernen Steg, den Napoleon einst hatte bauen lassen, eine Landmarke der Region war. Der Markt war deshalb so besonders, weil die Fischer und die Händler oft eine Einheit waren, Familienbetriebe sozusagen, die Männer fischten des Nachts, die Frauen verkauften die Waren am Vormittag im Stadtzentrum. Luc fragte sich immer, wann sich die Paare überhaupt sahen – wahrscheinlich am Sonntag, wenn die Männer nicht hinausfuhren. Und die Fischer in Capbreton hatten sich spezialisiert: Nicht jeder fing alle Fische, sondern der eine fischte weit draußen nur Merlu, also den Seehecht mit dem festen würzigen Fleisch, der Nächste machte nur Jagd auf Thunfische und Bonitos, der Nächste bevorzugte die ufernahen Doraden und Wolfsbarsche, wieder ein anderer suchte in der Tiefe nach

Steinbutt und Seezunge. Und dann gab es noch die Fischer und Züchter, die Meeresfrüchte und Austern anboten. Es waren Profis, die ihre Fische kannten und liebten und sie vor allem nachhaltig fischten: Manche angelten sogar noch wie vor hundert Jahren mit Leinen per Hand – große Trawler internationaler Konzerne waren hier gar nicht gern gesehen. Es war eine eigene Welt, die gut in diesen Teil Frankreichs passte: Qualität vor großem Kommerz, altes Handwerk statt moderner Hektik. Luc hatte gehört, dass die Sterneköche in ganz Frankreich auf die Fische aus Capbreton und weiter südlich aus Saint-Jean-de-Luz im Baskenland setzten, wo die größten und feinsten Exemplare in Auktionen sogar bis nach Japan versteigert wurden.

»Sie verwöhnen uns«, sagte Anouk, »traumhaft, vielen Dank. Und die Limonade schmeckt hervorragend. Sehr frisch und würzig.« Sie hatte schon ein Glas davon getrunken und ließ sich widerstandslos ein weiteres einschenken.

»Wir sind beim Weißwein, Commissaire, können wir Sie damit rumkriegen?« Luc nickte, und Joffe goss ihm aus einer Flasche kalten Wein in sein Glas, der von einer goldenen Farbe war. »Wir sind der Region beim Wein etwas untreu, weil der Irouléguy aus dem Baskenland so gut zu den Meeresfrüchten passt. Aber bitte, nun fangen Sie schon an, *bon appétit*.«

Luc probierte von dem Wein, der ihn in seiner Würze an einen Muscadet erinnerte. Der Irouléguy wurde in den Hügeln zwischen Biarritz und Saint-Jean-Pied-de-Port gekeltert, die Trauben standen auf steilen Hängen am Berg. Die kleine Straße durch das Tal und das Dorf Irouléguy hatte Luc vor vielen Jahren als Jugendlicher einmal auf dem Motorroller genommen, weil er, unbemerkt von seinem Vater, nach Spanien hatte fahren wollen, um die Stierkampfstadt Pamplona zu erkunden. Auf der Route über die Berge standen keine Polizisten, und es gab schon damals keine Grenzkontrollen, was den Weg besonders für

Fahranfänger oder Jugendliche ohne offiziellen Führerschein so attraktiv machte. Beim Gedanken daran musste er grinsen.

»Sie leben wirklich im Paradies«, sagte Anouk und nahm sich eine Auster von der Etagere. Sie gab etwas Schalottenessig hinzu und presste ein paar Tropfen Saft aus einer halbierten Zitrone. Dann löste sie die Auster mit der kleinen Gabel und schlürfte sie mit geschlossenen Augen. Als sie die Augen wieder öffnete, strahlte sie. »Wahnsinnig gut.«

Luc bestrich währenddessen eine Scheibe des dunklen, mehlbestäubten Brotes mit Butter und kostete; es schmeckte herb und säuerlich, aber ganz und gar angenehm. Dann entfernte er von einer Crevette den Kopf und tunkte sie ins Aioli. Sie hatte genau die richtige Temperatur, ein wenig kälter als die Luft hier draußen, und sie schmeckte vorzüglich. Da lag alles drin, das Meer, die viele Bewegung, mit der sie ihr ganzes Leben mit den Wellen und dem Wasser gekämpft hatte, das Salz und das Jod des Ozeans.

»Ja, es ist das Paradies. Herrgott, aber wenn ich denke, wie viel Arbeit uns das gekostet hat. Wir haben, glaube ich, gebaut bis zu dem Tag, an dem wir beide Rentner geworden sind.«

»Ich war Schulleiterin des Collège von Linxe, nicht weit von hier«, sagte Fanny Joffe. »Wir sind beide im letzten Jahr in den Ruhestand gegangen.«

»Wie kommt man denn hier an ein solches Haus?«, fragte Luc.

»Meine Familie ist von hier«, antwortete die Hausherrin. »Wir sind seit Generationen in dieser Gegend. Schon mein Großvater war Schulleiter in Saint-Girons. Er hat dieses Haus vom Bürgermeister geschenkt bekommen, damit er sich ganz in der Nähe der Schule niederlässt. Meine Eltern haben es dann nur noch in den Ferien genutzt, es war ihnen zu abgelegen. Wir sind nach Dax gezogen, und dort habe ich auch meinen Mann kennengelernt. Aber uns war klar: Eines Tages wollen wir in diesem Haus leben. Spätestens wenn wir uns zur Ruhe setzen. Also haben wir daran gearbeitet, es war sehr verfallen, weil sich meine Eltern nicht mehr recht haben kümmern können. Damals in den Sechzigern interessierte man sich mehr für die Karriere, jeder wollte nach Paris – wer wollte denn hier in der Einöde leben? Aber heute? Heute ist es genau das Gegenteil, alle sehnen sich nach Ruhe und Platz und Frieden, nach Einmaligkeit – und ich glaube, wenn wir verkaufen würden, brächte uns das Millionen ein. Aber würden Sie dieses Idyll verkaufen?«

»Auf keinen Fall«, sagte Luc und nahm sich eine Schnecke, um sie mit der kleinen Zange aus der Schale zu ziehen. Früher waren die Bulots, die Wellhornschnecken, eine Speise für die Armen, die sie am Strand sammelten, heute galten sie als Delikatesse und wurden von einem Teil der Franzosen so leidenschaftlich geliebt, wie der andere Teil ihr gallertartiges Fleisch verabscheute. Luc hatte lange zu letzterem Teil gehört, aber in den vergangenen Jahren hatte sich sein Geschmack durch so nette Einladungen wie die heutige doch gewandelt. »Ich kann Sie sehr gut verstehen«, sagte er. »Mein Vater hat jahrzehntelang als Austernzüchter gearbeitet, und wir wohnen bis heute in einem Dorf genau hinter der Düne. Natürlich waren die Winter sehr einsam, aber irgendwann wurden sie für uns die Zeit im Jahr, die wir am liebsten hatten – all die Ruhe hat süchtig gemacht.«

»Ja, das ist das Schönste – niemand ist hier. Diese Weite ...« Madame Joffe sah zum Horizont und lächelte sanft. »Wissen Sie, dass dieses Gebiet der Amazonas der Landes genannt wird?«

»Nein, das wusste ich nicht«, sagte Luc interessiert.

»Es ist ein Naturschutzgebiet, zwischen dem See von Léon und dem Ozean. Hier verläuft die Strömung vom Huchet, es ist ein breiter Fluss, der sich durch die Wälder windet – und es ist ein wahres Biotop für Pflanzen und Tiere, wir sehen hier See-adler, Bussarde, manchmal laufen Rehe über die Düne. Es ist unglaublich. Der Status als Naturschutzgebiet hat die Dünen vor der Entstehung größerer Orte geschützt. So gibt es nur die paar Häuser.«

»Sie haben Glück«, sagte Anouk und trank wieder von ihrer eiskalten Limonade. Aurélie gluckste im Schlaf.

»Commissaire, können Sie mir sagen, wie das gestern war? Haben Sie etwas bemerkt, wurden Sie gerufen?«

»Ich saß hier auf der Terrasse beim Digestif und hörte das Rasseln auf dem Kies. Ich bin aufgestanden und hab ihn gese-hen: Hadi, den Voiturier, den Mann, der die Autos parkt. Er war richtig blass, dabei ist er immer so freundlich und gut gelaunt. Da dachte ich mir schon, dass etwas nicht stimmt. Atemlos stand er in der Tür und rief: ›Der Kritiker, er ist tot!‹, und dann bin ich direkt mit ihm rübergerannt und dort rein.« Er fasste sich an den Kopf und verzog sein Gesicht zu einer Grimasse, als verfolgten ihn die Geschehnisse immer noch. »Die Gäste saßen alle auf ihren Plätzen wie angewurzelt, nur die direkten Tisch-nachbarn waren zurückgewichen und standen an die Wände gelehnt, als wäre der Kritiker ansteckend. Na ja, da lag er jeden-falls, und Mademoiselle Silva und Auguste knieten neben ihm, und die junge Frau versuchte ihn wieder zu Sinnen zu kriegen. Ich habe erst gedacht, er sei wirklich tot, aber dann habe ich seinen Puls gefühlt. ›Er lebt‹, habe ich gesagt, und da haben alle aufgeatmet. Aber mir war auch klar, dass das keine einfache Ohnmacht ist. Ich habe direkt die Leitstelle angerufen, damit sie einen Helikopter schicken. Wissen Sie, ich habe schon zu viele Patienten ins Krankenhaus von Dax geschickt, um nicht zu wissen, was die können und was nicht. Schwere Fälle …«, er schüttelte den Kopf, »das wäre dort nichts. Deshalb habe ich um einen Flug nach Bordeaux gebeten.«

»Möglicherweise haben Sie Monsieur Gennevilliers damit das Leben gerettet«, sagte Luc.

»Na, dann kam der Heli, und sie haben ihn mitgenommen.«

»Ist Ihnen irgendetwas aufgefallen?« Luc räusperte sich. »Verzeihen Sie, dass ich das so prüfend frage – aber als so erfahrener Polizist hat man doch einen siebten Sinn für diese Dinge ...«

»Bitte, Commissaire, Sie müssen sich nicht entschuldigen, ich verstehe genau, was Sie meinen – schließlich war ich oft genug selbst auf Zeugen angewiesen, die etwas gesehen haben, was sonst niemand wahrgenommen hat, aber in diesem Fall muss ich Sie enttäuschen. Alles schien den Umständen entsprechend normal, alle waren angemessen erschrocken oder beunruhigt – und dann kam ja auch gleich die Info zu den Foies gras. Ich habe klargemacht, dass niemand in der Küche mehr etwas anrühren darf, um keine Spuren zu verwischen – ich hoffe, das hat funktioniert, und Sie konnten etwas finden?«

»In Dax arbeitet man noch daran«, sagte Anouk. »Das ist alles übrigens phantastisch, diese Qualität.« Sie nahm eine weitere Crevette.

»Ich hole noch eine Flasche, ja?«, fragte Madame Joffe und nahm die leere Flasche Irouléguy mit hinein.

Während Luc begann, einen Taschenkrebs auszunehmen, der mit seinem zarten Fleisch einem Hummer ähnelte, schob Anouk ihren Teller von sich. »Wow, ich bin wirklich sehr satt und glücklich«, sagte sie und sah sehnsüchtig zum Strand. Luc wusste, wie gern sie jetzt mit ihm dort spazieren gehen und ins Meer rennen würde, und er wünschte sich dasselbe. Aber sie waren hier noch lange nicht fertig. Aurélie hatte genug vom Herumliegen auf der Decke und streckte ihre kleinen stämmigen Arme nach oben, damit Anouk sie auf ihren Schoß nahm.

»Können Sie uns etwas über Ihren prominenten Nachbarn

erzählen?«, fragte die Polizistin, als Madame Joffe wieder mit einer vollen Flasche zurückgekehrt war.

Madame Joffe nickte ihrem Mann lächelnd zu, und der antwortete ganz beseelt: »Glücklicherweise ist Auguste für uns nicht einfach der unnahbare Starkoch. Wir leben jetzt schon fast so lange hier wie er. Wir haben ihn als ganz normalen Koch kennengelernt, vor einem halben Jahrhundert. Und auch damals waren wir schon verheiratet, können Sie sich das vorstellen? Die Villa Auguste war damals eine kleine Strandbude, in der einfache Gerichte serviert wurden, Meeresfrüchte, Austern, Crevetten, das, was wir hier gerade essen. Und dann hat dieses Genie sein Restaurant von Jahr zu Jahr verfeinert, und wir haben bei jedem Stern nur zugesehen und nicht fassen können, was er da bewerkstelligt. Ich meine, hier in der Einöde, das ist ja nicht Paris und auch nicht Bordeaux, aber er hat es geschafft. Erst einen Stern vor fünfunddreißig Jahren, dann noch einen zwei Jahre später, und dann, als wir dachten, es sei nicht möglich, holte er direkt ein Jahr später den dritten Stern – und hat ihn seitdem nicht verloren.«

»Es wird so viel über ihn erzählt«, fügte Madame Joffe hinzu. »Dass er cholerisch und perfektionistisch und was weiß ich ist – aber für uns ist er immer der einfache Mann geblieben, der am Gartenzaun steht und mit uns plaudert. Nie trägt er die Nase hoch, was man ja erwarten könnte, nein, manchmal fragt er mich sogar bei Kräutern um Rat. Ich habe neben dem Haus einen sehr großen Kräutergarten, genau wie er. Und wir tauschen sogar Setzlinge aus. Kräuter und ihre Wirkung faszinieren ihn, und er hat da ein wahnsinniges Wissen, trotzdem gibt er mir immer das Gefühl, dass ich mich damit besser auskenne als er – er, ein Dreisternekoch.«

»Ja, Monsieur Auguste wirkt bei allem Charisma wie ein Mann, der durchaus bei seinen Wurzeln geblieben ist.«

»Er hat es geschafft, dass sogar Präsident Mitterrand zum Essen bei ihm war, mit seiner ganzen Fahrzeugkolonne. Unglaublich, oder? Ein Monsieur le Président hier in Saint-Girons – das ist doch …«

Monsieur Joffe lächelte seine Frau zärtlich an. »Ich erinnere mich an all die albtraumhafte Arbeit, die die Bewachung für uns bedeutet hat.«

»Wenn Sie drei Sterne im *Guide Michelin* haben, dann fliegen Ihnen die Herzen aller Gourmets nur so zu. Jeder Mensch von hier bis Tokio oder Los Angeles versucht einen Tisch zu bekommen. Das Restaurant ist seit Jahrzehnten auf die nächsten sechs Monate ausgebucht – ich finde das unglaublich.«

»Aber wenn wir dann gesehen haben, wann das Küchenteam angefangen hat, den Abendbetrieb vorzubereiten, manchmal um zehn Uhr morgens, und vorher waren sie schon beim Fischer, und um Mitternacht machen sie dann erst zu oder gar danach, wo doch am nächsten Morgen alles wieder von vorn beginnt und immerzu jeder Teller perfekt sein muss – also ehrlich gesagt würde ich da nicht mit Auguste tauschen wollen.«

»Und dennoch wird so eine Gourmetküche ja auch Feinde haben. Feinde und Neider, oder?«

»Davon kriegen wir hier nichts mit«, sagte Monsieur Joffe schnell. »Ich glaube, das ist alles eine große Show. Da halten die großen Kisten auf dem Parkplatz, manchmal stehen da Ferraris rum oder ein Rolls-Royce, und die Leute kommen wirklich aus Paris und London und Madrid, so viele fremdländische Kennzeichen – aber am Ende ist es alles auch nur Handwerk. Die Leute gehen essen. Und hier sind wir eben im Heimatland der Küche. So einfach ist das.«

»Wo Sie das gerade sagen, wir haben eben tatsächlich so eine teure Kiste dort stehen sehen«, sagte Anouk. »Einen gelben

Lamborghini. Dabei ist doch heute geschlossen. Haben Sie den schon mal gesehen? Ist ja wirklich ein auffälliger Wagen.«

Monsieur Joffe sah seine Frau an und zog eine Augenbraue hoch. Es war ein abschätziger Blick. »Na, das ist ja mal wieder ein gutes Timing.«

»Dafür ist er ja bekannt«, erwiderte die Dame des Hauses.

»Was meinen Sie damit?«, fragte Luc.

»Entweder sein Geld ist alle, oder er will eine neue Chance ergreifen, seinem Vater zu zeigen, dass er das Abbild eines Traumsohnes ist. Rémy Fontaine – er ist ein Scharlatan, ein schwarzes Schaf wie aus einem Familienroman.«

»Und er ist so sehr das Gegenteil seines Vaters, dass Auguste einem schon leidtun kann. Er hat bei Guillaume so viel richtig gemacht, aber Rémy – na ja, Sie haben ja sein Auto gesehen.«

»Am fehlenden Kleingeld kann es aber nicht liegen«, gab Anouk zu bedenken. »Manch einer könnte nicht mal die Tankladungen eines Lamborghini bezahlen.«

»Nein«, erwiderte der alte Polizist lächelnd, »an Geld mangelt es ihm wirklich nicht. Eher an Stil. Und der war Auguste immer viel wichtiger.«

»Ich habe einiges über Rémy Fontaine gelesen …«, sagte Anouk leise. »Ist er also wirklich so?«

»Wie in den Klatschzeitschriften steht?« Nun war es an Madame Joffe, herzlich zu lachen. »Ach, Capitaine, ich gehe natürlich auch zum Friseur und lese mir das alles durch, diese Artikel in *Paris Match* und *Closer* – ich habe keine Ahnung, ob er so ein schlechter Mensch ist und ob er mit den Frauen spielt und all seine Barreserven im Casino von Monaco auf den Kopf gehauen hat. Es ist mir auch egal. Ich weiß nur, dass Rémy sich unglaublich schwertut, weil er immer *der Sohn von* sein wird. Er wird nie als eigenständiger Koch gesehen, er ist immer der Sohn des großen Auguste Fontaine. Das ist natürlich eine

Katastrophe. Also hat er sich das genaue Gegenteil des Restaurants seines Vaters gesucht. Irgend so einen Schickimickischuppen an der Côte d'Azur, später sogar in Monaco. Wo sie Blattgold auf den Hummer kleben und dann Trüffel drüberreiben. Sie können sich ausmalen, wie Auguste das gefunden hat.«

»Können Sie sich denn vorstellen, was der junge Monsieur Fontaine nun hier will?«

Das Ehepaar sah sich an, beide hatten die Stirn gerunzelt.

»Ich kann es mir nicht erklären«, sagte Madame Joffe, und ihr Mann pflichtete ihr mit einem Kopfschütteln bei.

»Vielleicht wollte er mal dabei zusehen, wie etwas Aufregendes passiert – und er nicht der Grund dafür ist.«

»Ach, Ernest, nun komm schon«, lachte seine Frau, »dass ihr Polizisten immer so zynisch sein müsst – vielleicht will er Auguste und Guillaume auch einfach nur beistehen.«

»Mag sein«, sagte ihr Mann achselzuckend. »Mögen Sie noch ein Glas, Commissaire?« Er wies auf die fast leere Weißweinflasche.

»Ich denke, wir sollten langsam den Rückweg antreten. Unser Kollege wird uns ein Hotel gebucht haben …«

»Das kommt ja gar nicht infrage, Monsieur Verlain«, sagte Madame Joffe und wischte Lucs Pläne mit einer Handbewegung vom Tisch. »Die Wege hier draußen sind viel zu weit, und wir lassen Sie doch nicht noch ewig nach einer Unterkunft suchen. Sie sind natürlich heute Nacht unsere Gäste. Wir haben in der ersten Etage viel Platz und ein sehr großes Gästebett. Da kann Aurélie sogar zwischen Ihnen beiden schlafen. Also, ich bereite das Zimmer vor, und dann machen Sie es sich gemütlich. Es war ein langer Tag.«

»Das ist wirklich sehr freundlich«, sagte Anouk und lächelte dankbar. Luc zuckte mit den Schultern und nickte Monsieur

Joffe zu. »Na dann, lieber Commissaire, würde ich tatsächlich noch ein Glas von diesem vorzüglichen Wein nehmen.«

Gerade als der Polizist seinem jüngeren Kollegen eingoss, hörten sie Krach von gegenüber. Sie standen auf und sahen nach, was los war: Die Tür der Villa Auguste war aufgerissen worden. Obwohl sie ein Stück entfernt standen, waren die Flüche laut und deutlich zu hören. Ein junger Mann mit dunklen Haaren kam heraus und stürmte davon, dann riss er die Tür des Lamborghini auf, ließ nach Sekunden den Motor an, der eher einem Raketentriebwerk glich. Mit einem Aufheulen schoss die gelbe Bestie los, die Reifen drehten auf dem Kies durch, dass er nur so spritzte, und dann war da nur noch das tiefe Grollen des Motors zu hören, der sich rasch entfernte.

»Das war also Rémy Fontaine«, bemerkte Luc.

»Das war er«, erwiderte Madame Joffe.

»Na, hoffentlich überfährt er keinen kapitalen Hirsch«, fügte ihr Ehemann trocken hinzu.

Eine halbe Stunde später hatten sie die kleine Aurélie tatsächlich in die Mitte des großen Bettes gelegt, sie schlummerte ganz friedlich in der schneeweißen Bettwäsche, während Anouk und Luc noch einmal auf den kleinen Balkon traten und den Meerblick genossen.

Die Sonne stand genau über dem Ozean, es sah aus, als würde sie auf der Oberfläche schwimmen. Und dann sank sie langsam, Zentimeter für Zentimeter, nach unten, es war ein magischer Moment, ein Augenblick, der einen gleichzeitig den Atem anhalten ließ und zutiefst beruhigend war. Anouk griff nach Lucs Hand.

»Es ist nirgendwo wie hier am Atlantik, oder?«

»Es ist …« Luc schüttelte den Kopf, er fand keine Worte für diese Schönheit der Natur.

»Wenn der Fall nicht wäre, könnte man es hier gut aushalten.«

Er gab ihr einen sanften Kuss auf die Wange. »Weißt du«, sagte er leise, »ich bete jeden Tag, dass es genau so bleibt, wie es jetzt ist.«

»Jetzt wird's aber eine Umdrehung zu kitschig«, sagte Anouk, und Luc stimmte in ihr Lachen ein, gerade als die Sonne vollends hinterm Horizont versank.

Dimanche – Sonntag

DREI STERNE FÜR
DIE EWIGKEIT

Kapitel 17

Luc erwachte früh am Morgen, es war noch schummrig im Zimmer, die Fensterläden ließen nur blasse Streifen Licht hinein, die auf den Dielenboden fielen. Er stand leise auf und betrachtete Aurélie, die mit ihrer Nase genau an Anouks Nase lag. Es war ein schönes Bild.

Es war jedes Mal wieder unglaublich, wie ruhig das Baby schlief, wenn das Fenster geöffnet und von draußen das Meeresrauschen zu hören war. So war es auch in ihrer Holzhütte in Carcans Plage, während Aurélie in Bordeaux des Nachts öfter einmal aufgewacht war. Sie war eben ein echtes Meermädchen.

Er hatte Durst, die salzreichen Meeresfrüchte hatten ihre Wirkung entfaltet. Er zog sich an, dann ging er hinab, die hölzernen Treppenstufen knarrten.

Als er eine Flasche Wasser von der Arbeitsplatte in der Küche nahm, fiel sein Blick auf die Terrasse, auf der sie gestern gesessen hatten. Er räusperte sich einmal, um den Frühaufsteher nicht zu erschrecken, dann gesellte er sich zu ihm nach draußen.

»Polizisten schlafen schlecht, was?«, fragte er leise. Commissaire Joffe pustete gerade in seine Kaffeetasse und sah ihn lächelnd an. »Ich dachte, es trifft nur alte Schlachtrösser wie mich. Los, setzen Sie sich.«

Luc nahm in dem anderen Korbsessel Platz. Über dem Ozean hing ein Nebelschleier, die Wellen waren nur schemenhaft zu erahnen. Erst in einer halben Stunde würde die Sonne aufgehen. Die Villa Auguste nebenan lag verlassen da.

»Bei mir ist es eher das Meer, ehrlich gesagt. Immer wenn ich beim Aufwachen das Meer höre, muss ich raus und es ansehen. Alte Surferkrankheit.«

»Eine angenehmere Schlaflosigkeit als meine.«

»So schlimm?«

»Ja, irgendwann kommen die Bilder immer wieder – vor allen Dingen die der ungelösten Fälle. So viele waren es gar nicht. Aber sie beschäftigen mich dennoch.«

»Ihnen ist auch aufgefallen, dass wir gestern gar nicht über den Fall an sich gesprochen haben?«

»Das stimmt«, sagte Monsieur Joffe und goss auch Luc eine Tasse Kaffee ein, schob sie über den Tisch und zündete sich anschließend eine Zigarette an. Er bot Luc die Schachtel an.

»Gerade aufgehört. Wenn ich jetzt eine probiere – und ich kann Ihnen sagen, es gelüstet mich sehr danach –, dann ist es um mich geschehen. Also nein, vielen Dank.«

»Ihnen wird es anders gehen, lieber Verlain, weil Sie mit einer Polizistin zusammen sind. Natürlich reden Sie beim Dîner über aktuelle Fälle, gehen Zeugenbefragungen durch und rätseln herum, wer der Täter sein könnte. Aber mit einer Zivilistin können Sie so keine Ehe führen. Dann zerbrechen Sie, alle beide. Ich habe meine Fälle immer für mich behalten, und meine Frau hat nie gefragt. Deshalb sind wir noch zusammen. Weil es hier in diesem Paradies keinen Mord und Totschlag gibt.«

»Wahrscheinlich ist das eine sehr gute Entscheidung.«

»Und deshalb ist Fanny auch nicht neugierig. Aber ich bin es natürlich. Also, sagen Sie schon, lagen Sie mit Ihrer Vorahnung richtig? Es war nicht die Foie gras?«

»Ich würde es Ihnen sagen, wenn ich es wüsste. Aber ich weiß es noch nicht. Wir haben in der Foie gras, die Gennevilliers serviert wurde, jedenfalls kein Gift gefunden.«

»Rizin?«

»Rizin?«

»Es ist nicht nachweisbar.«

»Aber dann würde der Kritiker nicht mehr leben. Das ist derart tödlich ...«

»Stimmt, Commissaire. Ich dachte, heutzutage kennen sich die jungen Kollegen nicht mehr mit Giften aus.«

»Na, so weit liegen wir nun auch nicht auseinander.«

»Sie schmeicheln mir, Verlain. Aber es gab doch die Drohung gegen Guillaume?«

»Das ist es, was mir zu denken gibt. Sie kennen das ja, es gibt Fälle, die beginnen mit einem Mord, und dann bleibt das Tempo hoch, und nach zwei Tagen fasst man den Mörder, weil es nur zwei Fragen gab: Wer war es und warum? Das sind die guten Fälle. Und dann gibt es Fälle, die beginnen mit einem Geschehnis, das immer und immer neue Fragen aufwirft. Am Ende ist dann alles viel verwirrender, als man es für möglich gehalten hat. Das sind die miesen Fälle. Und ich habe das starke Gefühl, dass diese Sache hier in der zweiten Kategorie einzuordnen ist.«

Luc lehnte sich in seinem Stuhl zurück und genoss es, den Rauch einzuatmen, der von der anderen Seite des kleinen Tisches herübergeweht kam. Langsam stieg die Sonne hinter ihnen auf, der Strand wurde heller, die kleinen Bäume auf der Düne und die Sträucher warfen lange Schatten.

»Es ist so wunderschön hier, ich würde jeden Morgen hier draußen sitzen. Wie könnte ich bei dem Anblick ausschlafen?«

»Und diese Ruhe ... Einfach herrlich, oder?«

Gerade als Joffe das sagte, hörte Luc erst ein kleines Glucksen aus der oberen Etage, dann begann Aurélie heftig zu schreien. Er lächelte. »Nun ja, großer Hunger macht auch die schönste Ruhe kaputt.«

»Ich gehe mal hinauf. *Merci*, Commissaire.«

»Es macht mir Freude, wieder einmal helfen zu können. Auch wenn ich bislang ja keine große Hilfe war.«

Luc nickte Joffe zu, dann ging er nach oben. Anouk war dabei, das Baby zu stillen, das jetzt so hektisch trank, als wäre es am Verhungern gewesen. Der Commissaire legte sich zu den beiden und war nach Sekunden wieder eingeschlafen.

Erst als die Geräusche von scheppernden Kisten in sein Bewusstsein drangen, erwachte er wieder. Das Zimmer war leer. Er entschied, erst einmal eine Dusche zu nehmen.

Erst danach sah er aus dem Fenster: Offenbar bereitete sich Auguste Fontaine auf die Wiedereröffnung vor: Aus einem Transporter entluden zwei weiß gekleidete Männer immer noch Kisten, aus denen das Eis tropfte. Auf dem Auto stand: *Pêcheurs du Capbreton*, darüber war eine Sardine mit einem lächelnden Gesicht gemalt. Auf der Terrasse, die zum Meer zeigte, deckten drei Kellner die Tische ein: weiße Decken, die Stühle wurden zentimetergenau zurechtgerückt. Luc genoss es, dieser detailverliebten Arbeit einen Moment zuzusehen. Dann verließ er das Schlafzimmer und stieg die Treppe hinab. Als er aus dem Haus trat, kam ihm Anouk schon entgegen. Es war merklich abgekühlt, und der Wind war aufgefrischt, sodass sie ganz rote Wangen hatte.

»Du hast so friedlich geschlafen, da wollte ich dich nicht wecken. Wir waren schon am Strand, was für ein Sturm da unten«, rief sie, »aber es ist toll, Aurélie ist im Sand gekrabbelt.«

Luc beugte sich über den Kinderwagen und sah in die lachenden Babyaugen.

»Was machen wir als Erstes?« Anouk sah ihn lächelnd an. »Los, gib mir Anweisungen.«

»Wir bleiben schön zusammen, ich kann ja nicht ohne meine fähigste Capitaine arbeiten. Lass uns nachsehen, ob Monsieur Auguste schon in der Villa ist. Danach sollten wir uns mit Hugo besprechen und uns dann in Richtung Zeltplatz aufmachen.«

»Wird gemacht, Commissaire.«

Kapitel 18

Der Fischhändler winkte ihnen noch zu, als er den Kofferraum schloss, den Wagen anließ und in Richtung Capbreton davonsauste. Nun war der Vorplatz der Villa Auguste wieder leer. Anouk stellte den Kinderwagen in den Schatten der Pergola, die den Eingang überspannte. Aurélie schlief wieder ruhig und friedlich, auf der Seite liegend. Hier draußen waren nur das sanfte Meeresrauschen und das Zirpen der Zikaden in den Seekiefern zu hören. Alles wirkte so idyllisch, dass Luc in diesem Moment selbst eine Stadt wie Bordeaux wie ein menschenverschlingender Moloch vorkam. Als sie näher traten, glitt vor ihnen die automatische Schiebetür geräuschlos auf, und sie waren noch nicht einmal eingetreten, da hörten sie die Stimme eines Mannes, die sie gestern ganz anders wahrgenommen hatten: einladend und freundlich. Heute klang dieselbe Stimme hart, herrisch – und sehr laut.

»... das wegzuschmeißen? Bist du denn bescheuert? Aus welcher Küche haben sie dich denn rausgeschmissen, dass du die Innereien wegschmeißt? Was meinst du, wie wir hier unsere Soßen machen? Etwa mit Pulver oder was? Beim nächsten Mal ziehe ich dir drei Kilo Seehecht vom Gehaltszettel ab – Herrgott, ich hätte dich überhaupt nicht anstellen sollen. Und du da, nun guck nicht so, sondern schneid das verdammte Gemüse klein. Das ist hier kein Kinosaal – sondern eine Küche. Meine Küche – und ihr seid beschissene Lehrlinge, die sich im Glanze der drei Sterne sonnen wollen, obwohl sie nichts, aber auch gar nichts dafür leisten. Also: Zieht die Finger aus dem Arsch und legt los. Wir wollen wieder öffnen – sonst kann ich ja gleich in Rente gehen, und dann sitzt ihr alle auf der Straße. Wollt ihr das? Nein? Dann fangt an.«

Die Tirade war immer lauter geworden, so laut, dass sich sowohl Anouk als auch Luc zum Kinderwagen umdrehten, in der Erwartung, dass Aurélie aus dem Morgenschläfchen gerissen worden war. Doch ihr Kind konzentrierte sich offenbar so geschickt aufs Meeresrauschen, dass es einfach weiterschlief.

In diesem Moment kam von der hinteren Terrasse die junge Frau auf sie zu, die Luc gestern als die Restaurantleiterin kennengelernt hatte. Zunächst blickte sie noch äußerst ernst drein, doch als sie an der Küche vorbei war, hatte sie wieder ihr strahlendes Lächeln aufgesetzt.

»Commissaire Verlain – und Madame …«

»Capitaine Filipetti«, sagte Anouk kühl und gab ihr die Hand. »Hier ist ja ordentlich was los.«

»Er ist nicht gut drauf, Sie hören es ja«, sagte die junge Frau achselzuckend, »aber es ist eben auch eine Sterneküche und nicht das Bistro ums Eck, wo der Koch mit den Gästen jeden Abend Pastis trinkt. Kann ich Ihnen helfen?«

»In der Tat, das können Sie. Gehen wir doch gemeinsam in die Küche.«

»Ich weiß nicht, es ist gerade die wichtigste Vorbereitungszeit«, sagte Florentine Silva vorsichtig.

»Wenn wir nicht weiterkommen, Madame, dann bleibt die Küche ohnehin kalt«, erwiderte Luc und klang nicht mehr ganz so freundlich. Er wies ihr den Weg, und sie ging voran, die zweite Schiebetür glitt auf, und nun standen sie in dem großen Raum. Luc musste kurz den Atem anhalten – unglaublich, wie sich die Küche verändert hatte. Am Vortag war es ein riesiger Saal gewesen, kühl und steril, in dem es nach nichts gerochen hatte. Heute aber war die Küche ein Hexenkessel. Es dampfte aus allen Töpfen, die auf den riesigen Herdplatten standen. Es war heiß, extrem heiß hier drinnen, der Dampf schlug in die riesigen Dunstabzugshauben und in den Lüfter, der über allem schwebte. Die Luft war von zahlreichen Gerüchen erfüllt, die man unmöglich den zugehörigen Töpfen zuordnen konnte. Steril wirkte hier gar nichts mehr. Die Spülkräfte am rechten Ende des Raums wuschen große Töpfe unter einem so kräftigen Strahl ab, dass das Wasser in alle Richtungen spritzte. Alle Arbeitsposten waren besetzt mit jungen Köchinnen und Köchen, die Arbeitsbretter lagen voll mit Zucchini, Artischocken, Fenchel und so vielen Kräutern und frischen Salaten, ein junger Mann schnippelte derart schnell Karotten, dass Luc das Messer förmlich fliegen sehen konnte. Eine Karotte, noch eine, es war eine Arbeit im Sekundentakt. Rechts in der Ecke war der Grill, und es war ein echter Grill, ein runder Ofen mit einem Deckel, und als die Köchin den anhob, glühte es im Inneren. Der Frau stand der Schweiß auf der Stirn. Auf einmal ließ etwas Luc innehalten. Da, ganz hinten am Fenster, sie blickte ihn durchdringend an. Sah nicht auf den Fisch, der vor ihr lag, sondern hielt ihre Augen fest auf ihn gerichtet. In ihrem Blick lag Vorsicht, nein, es war mehr als das, es war Furcht. Doch in diesem Moment wurde Luc abgelenkt – Auguste Fontaine hatte ihn bemerkt.

»Commissaire«, er räusperte sich, »sind Sie schon lange hier?«

Luc versuchte sich an einem Lächeln. »Eben erst rein«, sagte er und erwähnte die Auseinandersetzung, der sie eben beigewohnt hatten, mit keinem Wort. Er hätte zu gern gewusst, wen der Chefkoch da zusammengestaucht hatte. »Das ist meine Kollegin Anouk Filipetti. Wir ermitteln gemeinsam.«

»*Enchanté*, Mademoiselle. Na, da können Sie ja unsere Zentrale mal in voller Fahrt kennenlernen. Kommen Sie.«

Der Maître ging voran. Luc wollte ihn eigentlich aufhalten, aber vielleicht war es auch gut, sich hier alles genau anzusehen.

»Es ist ja ganz schön was los bei Ihnen«, bemerkte Anouk.

»Finden Sie?« Auguste sah sie überrascht an. »Na, dann sollten Sie mal abends kommen. Dann fliegen hier die Teller. Am Tage ist das unsere Vorbereitungsküche. Da schnippelt unser junger Alain hier das Gemüse. Na, Alain?« Der blasse Junge mit der unreinen Haut sah seinen Chef schüchtern an. Er musste sehr jung sein, vielleicht noch nicht einmal volljährig. »Wie viele Karotten waren es denn heute schon?«

»Elf Kilo«, antwortete der Lehrling und wies auf den Behälter neben sich. Es mussten viele tausend Würfel sein, die dort drinnen lagen. Luc schätzte, er hätte für diesen Bottich den ganzen Arbeitstag gebraucht. »Nachher kommen die Zwiebeln, die schneiden wir immer zuletzt. Sonst muss Alain den ganzen Tag weinen.« Der Junge reagierte nicht, nahm wieder das Messer und legte los, und kein Würfel verrutschte, alles blieb an seinem Platz.

»Wie lernt man es so schnell?«, fragte Anouk.

»Es ist ein simpler Trick«, antwortete Auguste Fontaine. »Wiederholung. Sie können eine Möhre komplett schneiden. Dann schälen Sie sie, machen den Strunk ab, dann schneiden Sie sie in Streifen und dann in Würfel. Das dauert ewig. Wir machen es anders: Wir schälen erst alle, dann schneiden wir die Strünke ab, dann kommen die Streifen, und anschließend macht Alain Würfel aus allen. Am Ende ist es nur eine einfache Handbewegung jedes Mal. Sie müssen nichts weglegen oder neu ansetzen. Es geht ins Blut über – da können Sie nebenbei im Kopf noch ein Buch schreiben, weil Sie über das, was Sie mit den Händen tun, nicht mehr nachdenken. Aber die meisten Köche … Na ja, die denken eh nicht viel nach.« Er drehte sich wieder um und ging weiter in Richtung eines gewaltigen Herdes, hinter dem der hagere Mann vom Vortag stand. »Roland steht am Herzstück unserer Küche. Riechen Sie mal.« Er drängte den Souschef zur Seite und hob den Deckel an. Und augenblicklich erinnerten die Kräuteraromen, eine scharfe Beinote und eine karamellige Süße den Commissaire daran, dass er noch gar nicht gefrühstückt hatte.

»Das ist der Jus, den wir zu unseren Täubchen und zum Kalb-Entrecôte servieren. Ein gebundener Kalbsjus, der zwei Tage eingekocht wird. Mit bestem Tursan-Wein aus den Landes. Sie gießen am Anfang zehn Liter Rotwein hinein und köcheln ihn so lange ein, bis Sie am Ende nur noch einen dünnen Film Rotwein am Boden haben, der so konzentriert ist, dass es Ihnen die Schuhe auszieht.«

»Dürfte ich probieren?« Luc kam der Geruch himmlisch vor.

»Ne-ei-ein«, sagte Auguste Fontaine lachend, »auf keinen Fall. Hier gibt es nur formvollendete Gerichte für Gäste, nicht dass Sie denken, wir könnten nicht kochen. Seien Sie doch heute Abend unsere Gäste, dann probieren Sie die Soße und sagen mir, was Sie denken. So, Roland, weitermachen.«

Der Souschef hatte kein Wort gesagt, aber Luc fing seinen Blick auf, als sie weitergingen. Es war kein freundlicher Blick, untertrieben gesagt.

»Dort hinten machen sie einen Test für ein neues Grillverfahren, die Gäste mögen merkwürdigerweise wieder diese Röstnoten – wie die Neandertaler. Und hier werden die frischesten Fische der gesamten Küste ausgenommen, eben erst aus Capbreton angelandet.« Er wandte sich der jungen Frau zu, die Luc vorhin beobachtet hatte. »Sehr gut machst du das. Erst so kurz hier und schon ein echter Profi. Auch die Innereien aufheben, so gehört es sich.« Die Polizisten sahen dabei zu, wie die Köchin eine große Seezunge in die Hand nahm. Die Augen des Fisches waren ganz hell und klar, der Glanz schien wirklich noch vom Salzwasser zu stammen – die Delikatesse war wohl erst in der Nacht gefangen worden. Die Frau schnitt den Bauch auf und entnahm vorsichtig die Leber und das Herz. Luc sah genauer hin. Ja, es war fast unmerklich, aber bei der Bewegung des Messers konnte er es doch erkennen: Ihre Hände zitterten.

»Hauchzart gedämpfte Seezunge, serviert mit dem Kaviar der Aquitaine und einem kleinen Sandstrand, das können Sie heute auch probieren. Kommen Sie weiter, ich zeige Ihnen, was ich für das wahre Herzstück meiner Küche halte – auch wenn der liebe Roland le Correc etwas anderes sagen würde.« Er lachte wieder sein bauchiges Lachen.

Luc und Anouk warfen sich einen Blick zu. Auguste Fontaine öffnete eine winzige Tür, die so unscheinbar war, dass der Commissaire sie fast nicht bemerkt hätte. Sie traten hinaus und standen nun auf der Nordseite des Restaurants, dem Teil, der von der Landseite aus nicht zu sehen war. Es waren zwei Mauern errichtet worden, wahrscheinlich um den Wind von hier fernzuhalten. Der Boden war über und über berankt, hier, mitten auf der Düne – und Luc verstand es erst, als Auguste ein kleines Messer zückte. Sie standen im Kräutergarten des Maître.

»Ich hole nur rasch den Kinderwagen«, sagte Anouk und verschwand hinter der Häuserecke. Der alte Koch ging mit einer Behändigkeit in die Knie, die Luc ihm gar nicht zugetraut hatte. Dann griff er einige grüne Blätter, so vorsichtig, als streichelte er ein Kleinkind. Er besah sie sich lange und gründlich, erst nach einer Weile setzte er das Messer an und schnitt zwei Zweige ab.

»Hier, riechen Sie das.« Er strich sanft über eines der schlanken Blätter und hielt es dem Commissaire unter die Nase.

»Hm«, murmelte der, »ich mag das sehr gerne als Tee – Verveine, nicht wahr?«

»Es ist mein liebstes Kraut«, sagte Auguste Fontaine und sah schwärmerisch gen Himmel, »ich aromatisiere alles damit. Diese leichte Zitronennote – und darunter liegt etwas ganz Erdiges, Kräftiges. Ich nehme es für meine Morchelsuppe genauso wie für Desserts. Meine frühen Erdbeeren mit Verveine-Sirup, die müssen Sie probieren. Und dort …«, er wies auf ein anderes Beet in diesem Kräutergarten, der über und über bedeckt war mit duftenden Genüssen, »dort ist Salbei, und diese violette Pflanze – kennen Sie die?«

Luc schüttelte den Kopf. Anouk war schon eine Weile weg, er drehte sich um, um nach ihr zu sehen, und erschrak. Da stand wirklich Florentine Silva, die Restaurantleiterin, und lächelte ihn an. Sie war ihnen die ganze Zeit gefolgt. Herrgott, dachte er, sie war wirklich eine diskrete Person, unauffällig, wie ein Schatten und doch immer da – genau wie es sich für ein solches Etablissement gehörte. Er erwiderte ihr Lächeln, dann blickte er auf die hohe Staude, die mit ihren violetten und dunkelblauen Blüten tatsächlich bemerkenswert aussah.

»Das ist Ysop. Man kennt ihn seit fast fünfhundert Jahren. Früher haben die Menschen ihn genommen, wenn ihr Magen schmerzte. Heute nehme ich ihn, um Genuss zu schaffen. Er ist sehr kräftig, fast aufdringlich, irgendwo zwischen Lavendel und Minze. Ich setze ihn nur ganz vorsichtig ein, um zum Beispiel einer leichten Tomatencreme etwas Kraft zu geben.«

»Das ist ein sehr schöner Anblick, Monsieur«, sagte Anouk, die mit Aurélie auf dem Arm auf einmal hinter ihnen stand. Luc erschrak ein zweites Mal – waren alle Frauen so diskret? Wenn er durch den Raum ging, war er immer zu hören. Doch nun hörte er seine Freundin sagen: »Aber wir sind ja wegen etwas anderem hier. Immer noch wissen wir nicht, womit es jemand auf Ugo Gennevilliers abgesehen hat – und dem sollten wir uns jetzt mal zuwenden.«

Im Nu war Auguste Fontaine aufgestanden, die Verveine-Blätter hielt er fest in den Händen.

»Natürlich, Capitaine. Sie haben recht. Aber Sie müssen entschuldigen. Die Küche hat mich fest im Griff.«

»Das verstehen wir – und auch Ihre Liebe zu Ihren Produkten«, versicherte Anouk schnell. »Dennoch haben wir uns wegen der Drohung gegen Ihren Sohn zu sehr auf die Stopfleber fokussiert. Wir brauchen genaue Angaben darüber, welche Speisen und Getränke der Kritiker zu sich genommen hat.«

»Also, haben Sie etwas zu schreiben?« Florentine Silvas Stimme stand in Sachen Strenge Anouks in nichts nach, ihr freundliches Lächeln war eingefroren.

»Müssen Sie nicht nachsehen?«, fragte Luc.

»Das hier ist ein Dreisternerestaurant. Mit anderen Worten: Nein, ich muss nicht nachsehen. Erst recht nicht bei Monsieur Ugo.«

Sie sah ihren Chef an, und der nickte.

»Monsieur Gennevilliers hätte das komplette Menü mit seinen sechs Gängen bekommen plus den siebten, den Hummer. So macht er das hier immer. Am Anfang stand das Amuse-Bouche, das hatte ich Ihnen ja schon in der Nacht beschrieben.«

»Und die Getränke?«

»Ugo nimmt ausschließlich stilles Wasser – er trinkt nur eine Sorte: Abatilles aus Arcachon. Selbst Restaurants im Elsass und in Paris haben immer eine Flasche davon im Haus – falls der Kritiker den Laden betritt. Selbst wenn sie dafür Hunderte Kilometer fahren müssen, sie kaufen es. Wir haben das Glück, dass es ohnehin unser Stammwasser ist. Und dann gibt es natürlich noch den Wein. Bei dem sieht's genauso aus wie mit dem Wasser. Seitdem die New York Times mal in einem Porträt über ihn geschrieben hat, welchen Wein der Kritiker bevorzugt, sind die Flaschen wohl ausverkauft, weil sich jedes Restaurant zwischen Paris und Nizza damit eingedeckt hat. Er liebt den 95er Château Lacour, dreihundert Euro kostet die Flasche, aber er gönnt sich diesen kleinen Luxus auf Kosten der Redaktion.«

»Ach, sein Essen muss er selber zahlen?«

»Natürlich«, fuhr Auguste Fontaine auf, »die Sternebewertungen sind unbestechlich – wer versucht, Ugo einzuladen, kann seinen Stern auch gleich an den Nagel hängen. In den Kofferraum lässt sich zwar manch ein Kritiker gern das ein oder andere kleine Geschenk legen, eine Kiste Wein oder dergleichen – aber mit unserem Ugo kann man das nicht machen.«

»Gibt es die Flaschen noch, aus denen ihm gestern eingeschenkt wurde? Wasser und Wein?«

»Beim Wasser bin ich mir nicht sicher. Aber meinen Sie, wir schmeißen einen 95er Lacour weg? Der steht noch hier für die Küchenbrigade.«

»Wir nehmen ihn mit. Würden Sie ihn mir bringen?«

Florentine Silva nickte und verschwand nach drinnen.

Im Hintergrund hörten sie eine Stimme. Sie klang wütend und zugleich herrisch. Dabei war Auguste doch hier bei ihnen. Luc hörte nur Wortfetzen. »... nicht Ihre Küche, lassen Sie mich zu meinem ...«

Dann sah er schon, wie der alte Chefkoch die Augen verdrehte. »Nicht schon wieder«, murmelte er und eilte mit einem Satz an ihnen vorbei ins Innere der Küche. Luc folgte ihm.

Roland le Correc stand einem jungen Mann im Weg, der einen Kopf größer war als er. Und – Luc musste es zugeben – unverschämt gut aussah. Er hatte dichtes dunkles Haar, das ihm wild vom Kopf abstand und ihm zusammen mit dem Dreitagebart einen verwegenen Ausdruck gab. Die Ähnlichkeit mit Guillaume Fontaine war nicht von der Hand zu weisen. Neben ihm hörte er den Hausherrn stöhnend sagen: »Schlechter Moment.«

»Papa, ich …«

»Wie gesagt«, fuhr ihn der andere an, »schlechter Moment. Diese Herrschaften sind von der Police nationale – sie ermitteln im Fall von Ugos Vergiftung. Und das ist … Rémy Fontaine. Guillaumes Bruder.«

Luc suchte Anouks Blick. Der Vater hatte seinen Sohn nicht *mein Sohn* genannt.

»Sie werden den Übeltäter bestimmt bald finden«, sagte der junge Mann knapp, sein Blick verweilte einen Moment zu lange auf Anouk, dachte Luc. Aber dann wandte er sich schon wieder seinem Vater zu. »Hast du es dir überlegt?«

Auguste Fontaine räusperte sich. »Ich sage die Sachen ungern dreimal, nicht meinen Lehrlingen – und erst recht nicht dir. Jetzt ist ein schlechter Zeitpunkt. Aber gut, und selbst wenn du jetzt auch wieder davonstürmst: Nein, ich werde dein Angebot nicht annehmen. Das kannst du doch wirklich nicht im Ernst geglaubt haben. Wir tragen denselben Namen – aber das war es dann auch …«

Rémy senkte den Kopf und sagte, ohne seinen Vater anzusehen, beinahe tonlos: »Guillaume bekommt immer seine Chance – ich dagegen kann dir noch so oft mein Wort geben, dass ich mich geändert habe, du bleibst bei deiner Meinung. Ich weiß ehrlich nicht, warum.« Dann drehte er sich um und stieß dabei Roland le Correc an, der ihn wütend anzischte, doch Rémy schien es nicht mal zu bemerken. Hinten, am Fischposten, schepperte es erst, dann krachte etwas auf den Boden. »*Merde!*«, rief eine Frauenstimme, und dann leiser: »*Excusez-moi,* nichts passiert.« Dann sah Luc, wie die junge Asiatin, die ihn vorhin fixiert hatte, sich hinunterbeugte und Scherben aufhob.

Sie alle hatten dem Familiendrama still zugesehen, und bevor einer von ihnen etwas sagen konnte, rief Auguste Fontaine schon durch die Küche: »Alle wieder an ihre Plätze – heute Abend machen wir das, was wir am besten können: Wir machen die Gäste glücklich.« Er wandte sich dem Commissaire zu, wiederum geschäftig und ganz schnell, als wäre die Unterredung beendet: »Ich würde dann weitermachen – ich hoffe, Sie finden die Ursache heute noch.«

»Wir melden uns bei Ihnen, danke, Monsieur Fontaine.«

Anouk gab Luc vorsichtig das kleine Mädchen auf den Arm, dann bahnten sie sich einen Weg an den Küchenposten vorbei. Die einzigen Geräusche waren das Prasseln der Pfannen, das Dampfen der Töpfe und das Schaben der Messer auf den Arbeitsbrettern. Ansonsten lag eine gespannte Ruhe in der Luft. Als sie draußen standen, atmete Anouk tief aus. »Na, das war ja was.«

»Ein einziges großes Theater. So ist meine Familie.«

Sie hatten beide nicht bemerkt, dass der junge Rémy Fontaine noch immer hier war. Er saß im Schatten des Restaurants und rauchte eine Zigarette. Als sie näher traten, stand er auf und ging den Polizisten entgegen.

»Alles in Ordnung, Monsieur Fontaine?« Der junge Mann war rot im Gesicht.

»Jaja, ich habe nichts anderes von ihm erwartet. Es ist nur …«

»Worum geht es denn bei Ihrem Streit?«

»Sie haben ja offensichtlich ein Mädchen, Commissaire«, antwortete Rémy mit einem Blick auf Aurélie in Lucs Arm, »aber bei Vätern und Söhnen geht es oft doch von Anfang an nur darum, dass der eine dem anderen gerecht werden, dass er gefallen will. Bei uns ist das jedenfalls so gewesen. Nie hat es geklappt, weil ich ein Idiot war – ein eitler und besoffener Idiot. Aber jetzt, wo ich erkannt habe, was ich wirklich will, jetzt lässt er mich am langen Arm verhungern.« Er warf die Zigarette auf den Kiesboden und trat darauf herum.

»Wollten Sie mit Ihrem Vater zusammenarbeiten?«

Irgendwie schien der junge Mann zu erwachen, er richtete seine Augen auf Anouk und sagte: »Das war schon viel zu viel Familiengedöns – mein Vater hasst das. Also … Viel Glück mit Gennevilliers.«

»Haben Sie denn nicht vielleicht irgendeine Idee dazu?«, fragte Luc, gerade als sich Rémy abwandte und in Richtung seines gelben Lamborghini gehen wollte.

»Ich habe keine Ahnung, was passiert ist. Aber Ugo ist so vernarrt in Papa, der würde ihm die drei Sterne noch geben, wenn sie beide längst hundert und vollkommen zahnlos sind. Also, *bon courage*, ich muss los.« Dann ging er tatsächlich los, ließ den Höllenmotor an und gab Gas.

»Und? Wie fandest du ihn?«, fragte Luc, »Du hast jedenfalls lange genug hingesehen.«

»Ja«, sagte Anouk grinsend, »ein durchaus passabler Anblick am frühen Morgen. Ich brauche jetzt ehrlich gesagt trotzdem einen Kaffee.«

Kapitel 19

Das Hotel de l'Océan befand sich kurz hinter der Stranddüne von Moliets-et-Maa, einem der Bade- und Surforte, die sich wie Perlen auf einer Kette an der Küste aneinanderreihten. Beschauliche Orte mit kleineren Holzhütten für die Sommerfrischler und großen Holzhäusern für die wenigen, die es hier das ganze Jahr aushielten. Campingplätze, die im Sommer aus allen Nähten platzten und im Winter sandige Brachen waren.

Wie jeden Morgen fegten die Geschäftsleute vor ihren Läden den Sand weg, der in der Nacht vom Strand heraufgeweht war. Das war aber auch der einzige Nachteil, hier zu leben, direkt am Ozean.

Sie betraten die hölzerne Terrasse, Luc hielt wieder Aurélie auf dem Arm, dann passierten sie die Tische, die alle schon für den Mittagsservice eingedeckt waren, und gingen an die kleine Bar im Außenbereich, an der sich zwei Köche des Bistros mit der ersten Zigarette den Tagesstart erleichterten.

»*Deux cafés serrés, s'il vous plaît*«, bestellte Anouk. Sie hörten das Mahlen der Mühle und das Rauschen der Maschine, dann stellte die junge Barfrau zwei kleine Tassen starken Espressos vor ihnen ab.

»Da seid ihr ja endlich«, ertönte plötzlich eine Stimme hinter ihnen. Sie wandten sich um. Es war Hugo, der in Sportshirt und Shorts schweißgebadet vor ihnen stand. »Na, da schaut ihr, was? Ich war schon am Strand joggen. Muss ja fit bleiben, jetzt wo mich Anouk wieder an den Schreibtisch verbannt.«

»Na, damit ist erst mal Schluss. Komm, zieh dich um und hol dir einen Kaffee, und dann kommst du mit uns zum Zeltplatz. Wir müssen dringend mit den jungen Leuten reden.«

»Hm«, räusperte sich eine weitere Stimme, die ihnen bekannt vorkam. »Reden wird wohl nicht genug sein, meine ich.« Laurent Aubry kam aus einer Ecke des Restaurants, die nicht einsehbar war. Er hielt einen Becher mit Latte macchiato in der Hand. »Sie sollten sich daranmachen und diese Leute festnehmen. Oh ...«, er blieb überrascht stehen, »Sie sind wohl Madame Filipetti?«

Der junge Chef der Einheit reichte Anouk die Hand. Er war auch hier im Strandort wie aus dem Ei gepellt, mit seinem Maßanzug und den schwarzen Lederschuhen wirkte er wie ein Außerirdischer inmitten dieser Urlaubsszenerie.

»Capitaine Filipetti, ganz recht. Commissaire Verlain hat mich zum Einsatz hinzugebeten.«

»Das überrascht mich, denn eigentlich wäre es meine Aufgabe, Sie *hinzuzubitten*.« Er zog das Wort wie einen Kaugummi. »Was natürlich nicht möglich ist, denn Sie sind ja offiziell noch nicht wieder im Dienst, und das ist zuallererst ein Versicherungsproblem. Sie kennen sicher Artikel 41 im Beamtengesetz von 1984, der die Abwesenheiten von Polizeibeamten regelt, und ich glaube, dass ich, auch wenn wir einander sehr verbunden sind, dort wirklich Ärger mit dem Herrn Innenminister bekommen könnte und ...«

»... und wir wissen, dass Sie keinen Ärger haben wollen,

Monsieur Aubry«, sagte Luc knapp. »Alles klar, dann …« Doch Anouk unterbrach ihn.

»Gut, kein Problem, dann fahre ich gleich nach Hause.« Sie war absolut freundlich. »Bringst du mich noch zum Bahnhof, Luc?« Der Commissaire nickte.

»Äh …« Laurent Aubry hatte offenbar mit mehr Gegenwehr gerechnet und wusste nun kurz nicht, was er erwidern sollte. »In jedem Fall erwarte ich, dass Sie die Umweltschützer heute festnehmen und zum Verhör in die Feuerwache bringen. Ich möchte das persönlich übernehmen.«

»Monsieur, wenn Sie erlauben – Sie wissen doch, wie es beim letzten Mal ausgegangen ist. Das ist doch nun wirklich Polizeiarbeit, so ein Verhör.«

»Sie lassen nicht locker oder, Commissaire? Ich glaube, dass wir beide gut zusammenarbeiten werden. Ihre Erfahrung und meine Innovation. Das ist es, was die neue Polizeiarbeit ausmacht. Und mit diesen … nun ja, Umweltterroristen ist nun wirklich nicht zu spaßen. Also beeilen Sie sich.«

Damit verbeugte er sich vor Anouk und verschwand im Inneren des Hotels.

»Umweltterroristen«, sagte Luc und fasste sich an die Stirn. »Was für ein Idiot.«

Sie saßen schon in Anouks Citroën, Hugo saß auf dem Rücksitz und hielt Aurélies Hand, die im Kindersitz mit einer Holzrassel klapperte.

»Ist es okay, wenn ich Aurélie und dich in Labouheyre am Bahnhof absetze?«, fragte Luc. »Der TER nach Bordeaux fährt nur eine Dreiviertelstunde.«

Anouk drehte sich zu Hugo um. »Er hat es wirklich geglaubt. Du auch?«

Der Brigadier schüttelte den Kopf. »Na, ich kenne dich eben schon ein Jahr länger als dein Freund.«

»Du fährst mich natürlich nirgendwohin, Luc. Ich komme mit. Der Kerl hat ja wohl nicht alle Tassen im Schrank. Los, ab nach Saint-Sever.«

»Vorher fahren wir noch nach Dax ins Krankenhaus.«

»*Allez*, los geht's.«

Luc musste lachen, fuhr das Fenster herunter und streckte die Hand in den Fahrtwind. So machte Ermitteln Spaß.

Kapitel 20

»Wir beeilen uns, okay, Hugo?«

Anouk und Luc waren am Hôpital von Dax schon ausgestiegen und blickten zu dem Kollegen, der neben Aurélie auf dem Rücksitz saß.

»Wir könnten doch auch einfach Schnick-Schnack-Schnuck spielen, wer die Nanny und wer der Polizist ist ...«, schlug Hugo vor. »Nein? Na gut.«

»Danke, *mon cher.*«

Sie gingen eilig nach drinnen, und Anouk folgte Luc auf dem Weg, den dieser schon am Vortag genommen hatte. Diesmal war es Docteur Giraud persönlich, die öffnete.

»Oh, Commissaire ...«

»*Bonjour*, Docteur, das ist Capitaine Filipetti aus Bordeaux.«

»*Bonjour*, Madame. Hereinspaziert.«

»Haben Sie uns erwartet?«

»Nein. Aber ich bin derzeit um jede Minute froh, die ich nicht in meinem Labor verbringen muss.« Sie grinste.

»Wieso das denn?«

»Nur herein, nur herein, es ist eine Überraschung – und ich kann versprechen: eine ganz besondere.«

Am Ende des Ganges zog sie die Schiebetür auf, und während die geräuschlos aufglitt, zog sie sich sofort eine FFP2-Maske auf, die sie eben aus ihrer Tasche hervorgezaubert hatte. Luc trat ein, und es dauerte nur einen Augenblick, bis er begriff, weil die Nase die Information erst an sein Gehirn senden musste – dann aber griff er sich an den Mund und hustete, weil der ganze Raum so entsetzlich stank, dass es nicht auszuhalten war. Auch Anouk begann zu husten.

»Herrgott!«, rief sie. »Was ist das?«

Docteur Giraud lächelte die beiden Polizisten an und gab ihnen rasch zwei weitere Masken, die auf einem Arbeitsschrank bereitgelegen hatten. »Hier, damit geht's.«

Anouk und Luc setzten schnell die Masken auf, und sofort wurde der Geruch schwächer, bis es einigermaßen auszuhalten war. »Das ist ja erbärmlich«, sagte der Commissaire, »Sie Arme, womit arbeiten Sie denn hier?«

»Tja, was soll ich sagen: Das war eine Ihrer Proben«, erwiderte Docteur Giraud, und ihre Locken wippten bei jedem Wort. Es schien ihr Freude zu machen – die Untersuchung einer vergifteten Foie gras war sicherlich spannender als die Prüfung Dutzender Fingerabdrücke nach einem Einbruch. »Es ist quasi Ihre Schuld, dass ich diesen Raum jetzt erst mal vergessen kann.«

»Wie kann das sein?«, fragte Luc. »Dann hätte doch das ganze Restaurant evakuiert werden müssen – dort hat aber gar nichts gerochen.«

»Es war keine Probe aus dem Restaurant, es war eine der Stopflebern, die im Lager von Monsieur Fontaine vor sich hin schmorten. In der fünften Probe sind wir fündig geworden, gerade als wir die Folie öffneten. Dann habe ich alle Mitarbeiter sofort rausgeschickt. Das muss sich ja keiner antun, außer mir alter Häsin.«

»Aber im Lager stank es auch nicht«, gab Luc zu bedenken.

»Ich untersuche gerade die Vakuumfolie, in der die Foie gras verpackt war. Entweder hat man die Einstichstelle wieder verschlossen, oder die Nadel war so winzig, dass es keinen Austritt geben konnte – denn man braucht für diesen Gestank nicht viel.«

»Nun sagen Sie schon, Docteur – was ist das?«

»Butansäure – und bevor Sie gleich fragen, ja, das herkömmliche Wort dafür ist Buttersäure. Sie riecht gelinde gesagt wie vergorene Milch.«

»Buttersäure?« Anouk runzelte die Stirn. »Mein Studium ist zwar schon einige Zeit her, aber bei den für Menschen gefährlichen Giften war das nicht dabei. Es ist doch eher ein Stoff, der von Schutzgelderpressern benutzt wird, um Klubbesitzer einzuschüchtern, indem man es in deren Disco verschüttet, oder? Eine reine Qual – aber nicht lebensgefährlich.«

»Sehr gut, Madame Filipetti. Nein, das ist es nicht, was Ugo Gennevilliers vergiftet hat. Seine Foie gras enthielt ohne Zweifel keine Buttersäure, die wäre in jedem Fall nachweisbar gewesen. Butansäure riecht schrecklich, schließlich ist sie einfach nur sehr ranzige Butter. Sie reizt hauptsächlich die Atemwege. Aber im menschlichen Körper würde sie nichts anrichten – auch weil sie von Natur aus im Darm vorkommt.«

»Und ein anderes Gift haben Sie nicht finden können?«

»Nichts. Auch nicht in den Kulturen, die ich über Nacht angesetzt habe.«

»Was kann es dann gewesen sein?«

»Ich habe nicht den geringsten Schimmer.«

»Und die Buttersäure? War das nur ein Dummekinderstreich?«

»Wenn ich genug gelüftet habe, sage ich es Ihnen. Dann untersuche ich die anderen Proben und schaue, ob es noch ein anderes Gift gab. Eine grobe Sachbeschädigung ist es allemal. Und ein Frevel an einem französischen Kulturgut obendrein.«

Luc schüttelte den Kopf. Er ärgerte sich. Er hatte im Innersten gehofft, dass er unrecht gehabt hatte – und die Foie gras doch der Grund der Vergiftung gewesen war. Dann wäre er der Lösung des Falles jetzt einen Schritt näher. Stattdessen musste er wieder ganz von vorne anfangen.

»Was hat der Kritiker denn noch gegessen? Ich brauche von allem Proben.«

»Das Amuse-Bouche lassen wir Ihnen gleich schicken. Und hier …«

Er reichte ihr die Weinflasche, die er in einem Beutel in der Innentasche seiner Lederjacke verstaut hatte.

»Oh, das ist ja mal ein feiner Tropfen«, sagte Docteur Giraud beim Blick aufs Etikett. »Wieder etwas, was man sich als Gerichtsmedizinerin nicht leisten kann.«

»Wenn Sie ihn fertig analysiert haben, dürfen Sie ihn gerne kosten«, sagte Luc. »Es tut mir leid, dass alle Beweismittel so scheibchenweise kommen. Das Problem ist, dass wir uns alle so auf die Stopfleber gestürzt haben – eben weil es eine Warnung dazu gab. Aber nun müssen wir den Blick eben weiten.«

»Ich habe alle anderen Dinge hintangestellt. Also lassen Sie mir alles herschicken, dann kümmere ich mich gleich und melde mich bei Ihnen. Und diese Delikatesse ist jetzt sofort dran.«

»Sagen Sie: Besteht eine Gefahr, dass es ein Gift im Restaurant gibt, das so lange hält, dass es heute Abend noch gefährlich sein könnte?«

»Sie meinen, in den Gewürzen oder dergleichen?«

»Entschuldigung, ich habe mich unklar ausgedrückt. Nein, eher in frischen Lebensmitteln.«

Docteur Giraud dachte nach. »Das wären jetzt drei Tage. Es ist eher unwahrscheinlich. Zudem werden in einer Sterneküche wie dieser doch ohnehin alle Dinge frisch zubereitet. Also ich glaube, es war ein konkreter Angriff auf den Kritiker, wenn Sie mich fragen.«

»Keine Gefahr?«

»Eine geringe – aber der Rest ist Ihre Sache.«

»*Merci*, Docteur.«

Anouk und Luc verabschiedeten sich von ihr, und beide waren sehr glücklich, als sich die Glastür des Traktes hinter ihnen schloss und sie endlich die Masken abnehmen konnten. Unglaublich, war das ein Gestank gewesen. Luc atmete tief ein und aus.

»Was hattest du bei deinen Nachfragen im Hinterkopf?«, fragte Anouk, als sie auf dem Weg zum Ausgang waren.

»Na ja, ich hatte vorhin das Gefühl, dass dort etwas im Gange ist – die Stimmung in der Küche war explosiv auf der einen Seite, was natürlich besonders an Auguste Fontaine lag. Aber da war noch etwas anderes: als würde etwas die Atmosphäre vergiften – so ganz unterschwellig.«

»Und jetzt willst du der Explosion etwas auf die Sprünge helfen, indem der Laden wieder öffnen darf.«

»Du kennst mich einfach zu gut. Ja, ich denke, das wäre das Beste für unsere Ermittlungen. Vielleicht geraten dadurch die Dinge etwas ins Rollen. Und da der Maître uns ja sogar zum Essen eingeladen hat, könnten wir sogar dabei sein.«

Anouk lächelte. »Na, ich nehme dann aber keine Foie gras.«

»Wir sollten eine große Einheit ein letztes Mal die Küche durchsuchen lassen. Ich will keine Überraschungen. Proben von verdächtigen Produkten sollten sofort zu Docteur Giraud gebracht werden. Wenn sie fertig sind, kann die Villa Auguste wieder öffnen. Kannst du dich darum kümmern?«

»Klar, das mach ich. Ich schau mal, ob die Kollegen in Mont-de-Marsan dafür Kapazitäten haben.«

Sofort nahm sie ihr Telefon und trat einen Schritt zur Seite, um mit dem Commissariat der Hauptstadt des Département Landes zu sprechen.

Luc ging zum Auto, doch es war verlassen. Da hörte er ein Jauchzen. Hugo lag auf einer Wiese am Rand des Parkplatzes und ließ Aurélie über sich fliegen. Sie waren ein Herz und eine Seele. Luc musste lächeln.

Kapitel 21

»Hübsch hier«, sagte Hugo, als sie Saint-Sever erreicht hatten und Luc den Wagen am Rande des Ortszentrums parkte. »Aber wo ist der Campingplatz?«

»Ich will nicht noch mal mit unserem Auto dort einreiten, damit die uns wieder vor der Nase wegrennen«, antwortete der Commissaire. »Auch wenn es nur Buttersäure war – ich will die Kids diesmal drankriegen. Aber dafür braucht's eine kleine Finte.«

Anouk und Hugo sahen Luc fragend an, und selbst Aurélie schien den veränderten Ton im Auto zu spüren und hörte interessiert zu.

»Du gehst voraus, Anouk. Sie werden nicht am Wohnwagen sein. Aber weit weg sind sie auch nicht. Du hast ja die Fotos gesehen. Mach dir ein Bild.«

Seine Partnerin grinste ihn an. »Und ich weiß auch, wie ich am wenigsten auffalle.« Luc musste gleichfalls grinsen, sie verstanden sich wieder einmal blind.

Hugo lehnte sich vom Rücksitz nach vorne: »Was mach ich?«

»Du hast die wichtigste Aufgabe – du passt noch einmal auf die künftige Polizeichefin von Bordeaux auf. Okay?«

Hugo sah Aurélie lächelnd an. »Sollen deine Eltern doch sagen, dass ich dich adoptieren soll.« Er schnallte das kleine Mädchen aus dem Kindersitz ab. »Na gut, dann schauen wir mal, wo wir eine hübsche Wiese zum Krabbeln finden.«

»Hier«, sagte Luc und gab Anouk aus seiner Innentasche seinen Ohrknopf, der mit dem Funk verbunden war. »Ich folge dir in einigem Abstand, und du gibst mir ein Zeichen, wenn du sie gefunden hast.«

Anouk nickte, steckte sich den unscheinbaren Knopf ins Ohr und befestigte das Signalgerät unter ihrer Lederjacke. »Toi, toi, toi.«

Sie stieg aus und ging in Richtung des Campingplatzes davon. »Viel Spaß euch beiden«, verabschiedete sich Luc von Aurélie und Hugo, dann folgt er Anouk.

Die Avenue du Général de Gaulle stieg in Richtung Norden leicht an, dort wo Luc den Fluss vermutete. Er ging an den alten Landaiser Stadtvillen vorbei: spitze Dächer, weiße Fassaden, kleine Intarsien aus rotem oder petrolfarbenem Holz. Je näher der Commissaire dem Wasser kam, desto erfüllter war die Luft von Insekten, schon so früh im Jahr flogen Zitronenfalter, kleine blaue Libellen tanzten förmlich um ihn herum. In zweihundert Metern Entfernung konnte er Anouk erkennen, die langsam und gemächlich dahinging. Sie war – und er war sicher, dass ihm das nicht nur seine rosarote Brille eingab – die bemerkenswerteste Polizeibeamtin, die er kannte. Sie war in der Lage, sich wie ein Chamäleon an ihre Umgebung anzupassen, obwohl sie so hübsch war, dass sie eigentlich überall hätte auffallen müssen. Und sie war wach und schnell und so überaus klar in ihren Entscheidungen und Taten. Wenn jemand diese jungen Leute finden konnte, dann war sie es. Weil sie sich wie keine Zweite in andere Menschen hineinversetzen konnte.

Er passierte die Einfahrt zum Campingplatz, Anouk hatte nicht diesen Weg genommen, sondern war unterwegs in Richtung der gegenüberliegenden Adour-Seite. Auch Luc betrat die Brücke über den Fluss, blieb dann aber erst mal oben an der Brüstung stehen. Rechts floss das Gewässer breit in seinem Bett stromabwärts, links der Brücke waren die Flussauen mit ihren Abertausenden von Kieseln, die hier und da kleine Bänke bildeten. Die großen Steine und die Kiesel des Flusses wurden hier in der Region schon seit zweihundert Jahren zum Bau der traditionellen Häuser verwendet, wohl auch deshalb liebten die Menschen ihren Adour. Auf einer kleinen Insel inmitten des Stroms standen zwei Angler mit Gummistiefeln und Wathosen, die in regelmäßigen Abständen ihre Fliegenangeln in den Fluss sausen ließen, wahrscheinlich fischten sie hier Lachsforellen. Auch Aale und *lamproies*, die seltenen Neunaugen, schwammen in dem sauberen Gewässer. Das Geräusch war angenehm gleichförmig. Angel auswerfen, die Sehne flog, das Eintauchen des Schwimmers, das langsame Einholen der Sehne. Und dann wieder alles von vorne. Luc wünschte sich in diesem Moment, in vielen, vielen Jahren, nach dem Ende seiner Laufbahn, auch hier stehen und einfach die Angel in den Fluss werfen zu können. Na ja, vielleicht ging es auch früher, er könnte Aurélie das Fliegenfischen beibringen.

Er ließ die Atmosphäre auf sich wirken, als er auf einmal in seiner Jackentasche das Geräusch des Funkgerätes hörte. Dreimal zischte es. Die Bedeutung war klar: Anouk hatte die Jugendlichen entdeckt. Dreimal, das hieß drei Uhr von der Position, an der er sie zuletzt gesehen hatte. Er hatte keine Zeit zu verlieren. Luc löste sich von der Szenerie und rannte los, wetzte die Brücke hinab und wandte sich sofort nach rechts, auf die Promenade des Flusses. Hier standen kleine Bänke, die unter schattigen Bäumen zum Verweilen einluden. Gegenüber war der Campingplatz zu sehen, Luc erkannte von hier die beiden Gendarmerie-Fahrzeuge, die den Wohnwagen bewachten. Er verstand sofort: Hier war der perfekte Platz, um die Polizei zu beobachten und zu sehen, wann sie aufgab und abrückte – und wann der Weg zu den Habseligkeiten wieder frei war.

Und dann sah er sie auch schon: zwei junge Leute, die am Ufer saßen. Ein Junge und ein Mädchen, sie hatten Bierdosen neben sich stehen und eine kleine Musikbox, sie saßen dort ganz unscheinbar, die Beine baumelten im Wasser. Doch sie waren nicht versunken in dem Moment, wie es den Anschein hatte, sie beobachteten ihre Umgebung genau – und deshalb sahen sie ihn auch sofort angerannt kommen.

»*Merde!*«, rief das Mädchen und dann auf Englisch: »*Run!*«

Der Junge war sofort auf den Beinen, griff nach ihrer Hand, und dann rannten sie los. Verdammt. Sie waren gut fünfzig Meter vor Luc. Da geschah etwas gänzlich Unerwartetes.

Gerade als sie wieder im Wald verschwinden wollten, der an die Promenade angrenzte, kamen sie an der Frau mit dem Kinderwagen vorbei, die aussah, als würde sie hier spazieren gehen. Der Junge rannte an ihr vorbei, da gab sie dem Wagen einen Schubs, und der fuhr dem Typen genau in die Beine. Es gab einen Rumms, der Junge geriet ins Straucheln, riss den Kinderwagen um und fiel selbst zu Boden. Das Mädchen blieb einen kurzen Moment erschrocken stehen. »Adam!«, rief sie und wollte gerade wieder losrennen, doch der Schockmoment hatte lange genug gedauert. Schon war Luc hinter ihr, griff nach ihrem Arm und hielt sie fest. Und dann war auch Anouk bei dem jungen Mann, half ihm auf die Beine und drehte seinen Arm auf den Rücken. »Police nationale, *cher* Adam, jetzt wollen wir mal reden, oder?«

»Aber«, stotterte das Mädchen, »Sie sind ein *flic*? Ihr Baby …?« Sie war ganz blass.

Anouk richtete den Kinderwagen auf. »Das Baby krabbelt im Dorf. Das hier ist nur … nun ja, eine Attrappe.«

Grimmig sahen sich die beiden Jugendlichen an, während Luc Anouk heiter zuzwinkerte.

Kapitel 22

»Ich fahre noch nicht mit euch«, sagte Anouk, und Luc sah sie überrascht an.

»Was hast du vor?«

»Du sagst doch immer, dass die Zeugen anders auf mich reagieren als auf einen allseits bekannten Commissaire. Auf so einem Dorf wissen doch immer alle Menschen alles. Da will ich die doch mal anpiksen.«

»Okay. Aber du passt auf dich auf, ja?«

»Auf uns. Das versteht sich doch von selbst. Aurélie nehme ich mit. Aber ich brauche den Wagen.«

»Klar, kein Problem. Dann fahren wir mit den Gendarmen.« Er wies auf die andere Flussseite.

Gesagt, getan.

Luc und Hugo fuhren mit großer Eile in einem der blauen Gendarmerie-Fahrzeuge von Saint-Sever nach Saint-Girons voraus, während die anderen Gendarmen die Festgenommenen zur provisorischen Polizeistation überstellten.

Im hinteren Teil der Feuerwache befand sich der Turm, in dem die Schläuche zum Trocknen aufgehängt waren. Genau hier hatte Hugo schon am Vortag einen Verhörraum eingerichtet, mit einem Tisch und drei Stühlen, inmitten der Feuerwehrausrüstung. Da standen in den offenen Garderobenschränken die Atemschutzmasken und die Sauerstoffflaschen, die Schlauchenden hingen lose aus dem Turm herab, und auch die Uniformen und die schweren Stiefel standen bereit, es erzeugte in der kühlen Schummrigkeit des Raumes eine irgendwie gespenstische Atmosphäre.

Genau darauf schien Hugo Pannetier gesetzt zu haben, denn als die beiden Jugendlichen hereingeführt wurden, sahen sie sich erst mal schüchtern um.

»Hinsetzen«, sagte der stämmige Gendarm, der den Ton vom Kasernenhof der Truppe mitgebracht hatte, der dem in Auguste Fontaines Küche nicht ganz unähnlich war. Der junge Mann saß schon auf dem Stuhl, doch das Mädchen stand noch unschlüssig im Raum herum. Der Gendarm trat auf Luc zu und gab ihm zwei Dokumente. »Hier, von der Durchsuchung der beiden.«

Es waren die *Cartes d'identité*, also der französische Personalausweis des Mädchens und ein bordeauxroter Reisepass. »Bundesrepublik Deutschland«, las Luc. Dann öffnete er das Dokument.

»Adam Hoeller«, las er, »geboren am 24. Juni 2003 in Freiburg, deutscher Staatsbürger.« Dann blickte er auf den Ausweis des Mädchens. »Und Joselyne Lafargue, geboren am 24. Juni 2006 in Mont-de-Marsan. Na, so ein Zufall. Sie haben beide am gleichen Tag Geburtstag. Da können Sie ja immer zusammen feiern.« Luc nahm an dem Tisch Platz, und erst jetzt verschwand sein Lächeln, und sein Blick war fest auf den jungen Mann gerichtet.

»Sprechen Sie Französisch?«

»*Un petit peu*«, sagte der Junge schüchtern.

»Dann auf Englisch?«

»*Better*«, erwiderte der Junge nun. Ihn schien die Atmosphäre einzuschüchtern.

»Möchten Sie sich bitte auch hinsetzen, Mademoiselle La-fargue?«

Das Mädchen sah ihn gleichgültig an.

»Hinsetzen«, sagte Luc nun deutlicher.

Widerwillig ließ sie sich auf den Stuhl fallen, den sie noch ein Stück von dem Jungen wegzog.

Luc räusperte sich, und Hugo verstand sofort. Er stand auf und ging in eine Ecke des Raumes, kam aber sogleich mit der Dose zurück, die sie im Wohnwagen sichergestellt hatten.

»Wollen wir doch mal hiermit anfangen, bevor es richtig ernst wird«, sagte Luc auf Englisch. »Die haben wir bei Ihnen gefunden, Monsieur Hoeller. Hier in Frankreich hilft es immer, wenn der Ermittlungsrichter weiß, dass Sie kooperativ sind. Wollen Sie also zugeben, dass Sie die Scheune von Guillaume Fontaine mehrfach beschmiert haben? Mit unflätigen Beleidigungen, aber auch mit Drohungen?«

»Ich …«, der Junge hatte nur das eine Wort auf Französisch gesagt, als das Mädchen ihn wütend anfuhr. *Ta gueule*«, zischte sie, »wenn du nichts sagst, dann gehen wir gleich wieder.«

»Da wäre ich mir nicht so sicher, Mademoiselle Lafargue. Ich glaube, es gibt nicht so viele junge Leute hier in der Region, die rote Farbe in ihrem Wohnwagen haben und zugleich einen so offenkundigen Schreibfehler machen. Also, Monsieur Hoeller, wir können zwangsweise und mit richterlicher Entscheidung eine Schriftprobe von Ihnen nehmen, oder wir sparen uns die Zeit. Haben Sie das geschrieben?«

Der junge Mann sah zwischen seiner Freundin und Luc nervös hin und her. Der Commissaire konnte in diesem Augenblick gar nicht entscheiden, vor wem der Deutsche mehr Angst zu haben schien.

»Warum haben Sie es denn Ihren Freund schreiben lassen?«

»Sie glauben doch nicht, dass ich mit Ihnen rede, oder?«

»Werden wir denn bei Ihnen auch noch etwas anderes finden?« Luc hatte den Blick wieder dem Jungen zugewendet und die Frage auf Englisch gestellt.

»Wovon reden Sie?« Wieder war es das Mädchen, das sich einmischte.

»Von dem Gift, das Sie in die Foie gras gespritzt haben.«

»Das müssen Sie schon selber finden – denn ohne einen Beweis …« Ihr Ton blieb trotzig, und nun verschränkte sie auch noch die Arme vor der Brust, als könnte ihr das hier gar nichts anhaben.

Luc räusperte sich und lehnte sich auf seinem Stuhl zurück. Das hier konnte etwas dauern. »Sie hassen also Entenstopfleber«, sagte er beiläufig.

»Oui«, antwortete der Junge. »Mir ist echt nicht klar, wie ihr Franzosen so was herstellen könnt – und die Zucht dann auch noch als nationales Kulturgut verkauft.«

»Ich merke, Ihr gesprochenes Französisch ist viel besser als Ihr geschriebenes.«

»Schhht!«, zischte Joselyne Lafargue wieder.

»Nein, ich kann das doch wohl sagen. Es ist Tierquälerei. Können Sie sich das vorstellen, Commissaire, dass Ihnen jemand jeden Tag dreimal einen Schlauch in den Rachen steckt und Ihnen dann ein halbes Kilo Mais hineinlaufen lässt? Heißen Mais? Damit Sie schön fett werden – und nach einer Woche braucht er Sie gar nicht mehr zu töten, weil Ihre Leber dann schon so fett ist, dass Sie ohnehin an einem Herzinfarkt sterben.«

Luc sah, wie Hugo das Gesicht verzog. Er wusste, dass sein Kollege zwar ein Bild von einem Mann war, groß, kräftig, stark, aber dass er eine wirklich zarte Seele hatte – und bei allem, was Kinder und Tiere anging, sprichwörtlich zusammenzuckte. Nicht umsonst war er seit Jahren Vegetarier, was hier im ländlichen Frankreich immer noch eine kleine Herausforderung war.

»Und das rechtfertigt Ihrer Ansicht nach einen solchen Vandalismus, Monsieur?«

»In meinem Land, in Deutschland, ist so eine Zucht längst verboten – und man würde mir einen Orden verleihen, wenn ich gegen solche Folterer was tun würde.«

»›Würde‹ – oder kann man das tatsächlich tun?«

Wieder ging der Blick des Jungen zu seiner Freundin.

»Ich sage gar nichts«, antwortete er nach einer Weile.

»Nun, einen Orden kriegen Sie hier sicher nicht. Aber ich könnte Ihnen eine Probenacht in der Zelle anbieten. So lernt man Frankreich auch kennen.«

»Aber … wegen einer Schmiererei?«

»Das Injizieren von Gift in eine Stopfleber ist keine Schmiererei, Monsieur Hoeller. Und die Vergiftung eines allseits bekannten Gastronomiekritikers ist die Garantie dafür, dass man hier in einer Zelle landet.«

»Die … was?« Nun war es das Mädchen, das Luc erschrocken ansah.

»Ganz recht.« Die Stimme erschrak alle vier gleichermaßen, auch den Commissaire, der sich ungestört gewähnt hatte. Doch dann sah er aus dem Licht eine Gestalt näher treten. *Merde*, dachte er.

»Ich habe nun schon einige Minuten zugehört, Commissaire Verlain, und ich dachte, Sie fragen nie danach. Was sind denn das für Kuschelmethoden?«

Laurent Aubry nahm sich einen Stuhl von Hugos Schreibtisch und zog ihn näher heran. Luc erhob sich wiederum von seinem Stuhl und trat auf den Mann in dem dunklen Anzug zu.

»Monsieur Aubry, wir sind gerade dabei, ein Verhör durchzuführen, das gewissen Regeln folgt. Dürfte ich damit fortfahren?«

»Nein, das dürfen Sie nicht. Weil ich nun damit fortfahren werde.«

»Aber ich bin der ermittelnde Beamte, bei allem Respekt …«

»Sie wissen doch, Verlain, wenn jemand Respekt vorgibt, dann hat er keinen. Ich bin Ihr Vorgesetzter, und ich werde jetzt die Befragung fortführen.« Er setzte sich auf seinen Stuhl den Verdächtigen gegenüber und beugte sich vor.

»Sagen Sie mir jetzt, womit Sie Ugo Gennevilliers vergiftet haben, sonst lasse ich Sie in Beugehaft nehmen.«

»Wer ist Ugo Gennevilliers?«, fragte der junge Mann.

»Der berühmteste Restaurantkritiker des Landes. Nun reden Sie.«

»Ich kann nicht so gut Französisch«, erwiderte der Mann, »aber ich habe niemanden vergiftet.«

»Mademoiselle«, sagte Laurent Aubry drohend, »Ihr Freund ist alt genug, um nach Erwachsenenstrafrecht verurteilt zu werden. Und ich habe wirklich beste Beziehungen zum Innenminister, der wiederum den Staatsanwalt in dieser Sache kennt und sehr darauf drängt, dass hier hart geurteilt wird: Also, sagen Sie mir, was Sie in die Stopfleber getan haben. Es gibt Drogen, die schwer nachweisbar sind, synthetische Stoffe, die einen Mann umhauen können – ich habe gestern viel darüber gelesen. Gestehen Sie, dann wird die Sache viel einfacher.«

Die junge Frau riss die Augen weit auf und fuhr den Polizisten an: »Was reden Sie denn da? Wir haben überhaupt niemanden vergiftet. Sie werden uns nichts nachweisen können – weil es da nichts gibt. Meinen Sie, wir würden die Enten retten und dafür einem Menschen etwas antun? Wenn überhaupt, dann Guillau …« Sie unterbrach sich und sah so aus, als bereute sie ihre letzten Worte.

»Wenn Sie uns nicht helfen, dann werden wir nichts für Sie tun können«, sagte Laurent Aubry. »Ich lasse Sie ins Polizeipräsidium nach Mont-de-Marsan überstellen. Dort können Sie sich überlegen, ob Sie nicht doch besser kooperieren.«

Luc stand auf und sagte: »Monsieur Aubry, können wir kurz sprechen?«

»Was gibt es denn, Commissaire?«

»Bitte, lassen Sie uns dort hinübergehen.«

Widerwillig stand sein Vorgesetzter auf, zog die Hemdsärmel aus dem Sakko und strich sich die Hose glatt, dann folgte er Luc in die große Feuerwehrhalle, die durch das von draußen hereinfallende Licht erstaunlich hell war.

»Ehrlich, Monsieur Aubry, wir haben doch überhaupt nichts gegen die jungen Leute in der Hand. Es war nur Buttersäure – und die hat nicht zu der Vergiftung geführt. Wir haben nichts – außer den Schmierereien. Wollen Sie sie wirklich deshalb festhalten? Das haut uns der Staatsanwalt um die Ohren.«

»Commissaire«, Aubry ging in der Halle auf und ab, »ich bin sehr überrascht von Ihrer Einlassung, wieder einmal. Wie Sie hörten, hege ich den Verdacht, dass hier Drogen im Spiel waren – und diese jungen Ökos, na, die kennen sich damit doch bestens aus. Und wenn Sie schon nichts tun, dann muss ich eben ein Geständnis erzwingen. Deshalb bleiben die beiden in unserem Gewahrsam. Aber mit Ihnen wollte ich ohnehin noch reden: Ich komme gerade von Monsieur Fontaine aus der Villa. Höre ich richtig, dass Sie das Restaurant doch wieder freigegeben haben? Ich hatte doch ausdrücklich angewiesen ...«

Luc spürte, wie sich seine Fäuste ballten. Er erinnerte sich an den Anfang seiner Zeit in Bordeaux. Damals hatte er dem Leiter der Einheit auch eine verpassen wollen, später waren der Baske Etxeberria und er gute Freunde geworden. Doch er schwor sich, dass das mit Aubry nicht passieren würde – dieser Kerl war einfach die Pest.

»Nun halten Sie mal die Luft an«, sagte er. »Ich glaube, dass es wichtig ist für unsere Ermittlungen, dass Auguste Fontaine weiterarbeitet – und ich werde so ermitteln, wie ich es für richtig halte.«

Aubry wandte ihm den Rücken zu. »Na, wenn Sie meinen. Ich kenne den Innenminister bestens, und ich werde Ihr Verhalten melden. Sie sind absolut nicht teamfähig – und Sie wissen, wie wichtig das heutzutage ist. Aber ich lasse Ihnen Ihren Willen. Wenn dabei jemand zu Schaden kommt, dann werden Sie die Konsequenzen tragen, Verlain …«

Sie hörten erst ein leises Summen hinter dem Tor, dann deutliche Schritte. Aubry verstummte. Es waren getragene Schritte, dann, wie ein alter Seigneur, betrat eine vertraute Gestalt die Feuerwache. Er trug ein weißes Hemd mit einer fuchsiafarbenen Fliege, seinem Markenzeichen, darüber eine Weste und eine dunkelgrüne Cordhose, die freundlichen Augen lächelten durch die goldumrandete Brille hindurch. In der Hand hielt er ein Körbchen mit einer eiskalten Weißweinflasche und einem kleinen Blumenstrauß.

»Preud'homme«, murmelte Aubry entgeistert.

»Paul!«, entfuhr es Luc in gänzlich anderem Tonfall.

»Oh, meine Herren, ich bitte um Verzeihung«, sagte der alte Herr. »Ich wollte Sie gar nicht stören, aber ich habe die Gendarmerie-Autos vor der Wache gesehen und messerscharf geschlossen, dass Sie hier sind. Ich wollte mich nur erkundigen, wie die Dinge so laufen und ob Sie meine Hilfe benötigen – aber nun, da ich sehe, dass mein fähigster Beamter und sein fähiger Vorgesetzter hier sind, handelt es sich wohl um einen Fall akuter Selbstüberschätzung.«

»Nun, wir sind tatsächlich gerade dabei, eine Verhaftung

vorzunehmen, zwei Verhaftungen genauer gesagt«, erwiderte Aubry in freundlichem Ton. »Es ist sehr nett, dass Sie uns helfen möchten, aber ich denke, wir sind auf gutem Wege, die Lösung zu finden.«

Luc erwiderte nichts, widersprach nicht, sagte einfach gar nichts. Er wollte Preud'homme in diese Sache nicht hineinziehen.

»Nun denn, meine Herren«, sagte der im Tonfall eines Mannes, der ohnehin gerade auf dem Weg zum Dîner war – den Sonntagsstaat dazu hatte er ja auch tatsächlich an. »Dann lasse ich Sie mal. Meine Frau erwartet mich bei Freunden. Ich wünsche Ihnen einen angenehmen Sonntag.« Mit diesen Worten drehte er sich um und ging mit seinem Körbchen davon.

»Ich fahre die Verdächtigen nach Mont-de-Marsan«, sagte Aubry, viel leiser als vorhin. »Und Sie überlegen es sich noch einmal mit dem Restaurant, verstanden, Commissaire?«

Luc ging langsam auf Aubry zu, und dann ganz nah an ihm vorbei, ohne auch nur ein Wort zu sagen. Hugo saß immer noch bei den jungen Leuten.

»Brigadier?«

Sein Kollege kam auf ihn zu, und Luc führte ihn nach draußen. »Um die beiden Kids kümmern wir uns später. Soll Aubry seinen Willen haben – dann haben wir wenigstens freie Bahn. Aber eine Idee finde ich gar nicht mal so doof.«

»Welche denn? Ich dachte, Sie stehen gleich auf und hauen diesen blasierten Hund einfach um.«

»Alles zu seiner Zeit, Hugo. Könntest du herausfinden, welche Drogen hier in der Gegend in letzter Zeit kursierten? Vielleicht gibt es ja wirklich spezielle Sachen, die schwer nachweisbar sind. Möglicherweise könnte das den Ärzten helfen.«

»Das mach ich. Am besten wäre es doch, ich würde Commissaire Joffe fragen. Der war doch bis vor kurzem in der Verantwortung.«

»Gute Idee. Tu das.« Luc sah auf die Uhr. Es war kurz nach fünf Uhr. »Ich warte auf Anouk, und dann machen wir uns auf zum Dîner.«

»*Bon appétit*, Commissaire.«

Kapitel 23

»Wow, *chérie*, schau mal, wie hübsch das hier ist.«

Anouk nahm Aurélie aus dem Kinderwagen und zeigte ihr den Fluss und die alten Stadthäuser mit den Balkonen, die zum Wasser ausgerichtet waren. Sie standen auf der Brücke von Grenade-sur-l'Adour. Das kleine Mädchen war fasziniert von dem Wasser, das über die sonnenbeschienenen Steine tanzte, und hielt die kleinen blauen Augen fest darauf gerichtet. Nach ein paar Minuten legte Anouk sie wieder in den Kinderwagen und ging in Richtung Ortszentrum. Sie erinnerte sich an Lucs Beschreibung des Dorfes und fand sich sogleich in der Szenerie wieder, die er beschrieben hatte. Da waren die alte Kirche, die Häuser mit den hölzernen Balken und die Arkadengänge, unter denen Tische und Stühle standen und im lauschigen Schatten zu einem Apéro einluden.

Es war nicht viel los, da saß nur der Postbote bei einem kleinen Glas Weißwein und daneben zwei andere alte Herren, die jeder ein Glas Bier vor sich stehen hatten.

Auch Anouk verspürte großen Durst, also schob sie den Kinderwagen über die hohe Stufe und betrat die schummrige Bar. Hier sah es aus wie im Frankreich der Fünfziger, wenn Anouk es mit den alten Filmen verglich: Da hingen Werbeplakate in Retroschrift an den Wänden, der Tresen war aus furniertem Holz, natürlich in Dunkelbraun, mit der blank polierten Zinkplatte obendrauf. Die Zapfhähne trugen Bierwerbung, die Pernod-Gläser standen in Reih und Glied, und sogar die beiden Männer am Tresen hätten so auch schon vor siebzig Jahren hier stehen können. Nur der laufende Flachbildfernseher in der Ecke störte das Bild.

Die beiden Männer waren der Wirt und ein anderer Gast in einem gänzlich dreckverschmierten Blaumann. Sie unterhielten sich leise, doch als sie Anouk bemerkten, verstummten sie und blickten die junge Frau ungeniert an.

»*Bonjour, Messieurs*«, sagte sie freundlich. »Ganz schön warm für März. Kann ich ein Perrier haben?«

»*Bien sûr*, Mademoiselle«, sagte der Wirt, öffnete den Kühlschrank und entnahm ihm eine kleine grüne Flasche. Er gab Eiswürfel in ein Glas und schnitt eine Scheibe Zitrone.

»Soll ich es Ihnen rausbringen?«

»Ich find's hier eigentlich ganz gemütlich. Und Sie? Feierabend?« Sie lächelte den Gast im Blaumann an.

»Na, wird ja auch Zeit. Wenn man so früh anfängt wie ich …«

»Was machen Sie denn?«

»Ich repariere Landmaschinen. Traktoren und so. Da stehe ich mit den Bauern auf. Also um fünf. Da kann man sich abends schon mal ein Gläschen gönnen.« Er wies auf das leere Glas, und der Wirt schenkte ihm sofort einen neuen Weißwein ein.

»Sind Sie aus Paris?«

»Was? Sehe ich so furchterregend aus?«, fragte Anouk, und die Männer lachten. Wenn eines die Menschen im ländlichen Frankreich immer verband, dann war es der Argwohn gegenüber den Leuten aus der Hauptstadt. Ein Witz über Pariser – und die Gesprächseröffnung war perfekt.

»Nee, ich komme aus Bordeaux, bin nur für zwei Tage hier, um mir Wohnungen anzugucken. Ich hab vielleicht eine Arbeit in Eugénie. Mein Kerl«, sie wies auf das Baby, »hatte keinen Bock mehr auf das Geschrei, na ja, und nun habe ich eben mal Lust umzuziehen.«

Der Blick der Männer veränderte sich: Aus der Durchreisenden mit Kinderwagen war auf einmal eine ansehnliche potenzielle Nachbarin geworden. Und die Geschichte mit Eugénie-les-Bains war durchaus plausibel: Das verschlafene Dorf, das schon Napoleons Gemahlin Eugénie so gut gefallen hatte, war von einem legendären Sternekoch zu einem bekannten Kurort mit unzähligen Hotels umgestaltet worden – hier war man immer auf der Suche nach Fachkräften aus dem ganzen Land.

»Na, darauf trinken wir. Willkommen in Grenade-sur-l'Adour«, sagte der Wirt und holte eine Flasche aus der Kühlung. Anouk winkte lächelnd ab.

»Ich stille noch. Aber wenn das vorbei ist, dann trinke ich für zwei.«

Wieder lachten die Männer lauthals mit.

»Ich war gerade in Saint-Sever. Da war die Hölle los, total viele *flics*, und ich dachte, hier auf dem Lande hätte ich meine Ruhe vor denen.«

»Was? In Saint-Sever? Wo denn dort?«

»Unten am Fluss. Ich war 'ne Wohnung im Dorf anschauen. Und dann hab ich sie auf dem Heimweg gesehen. Die haben irgendwen verhaftet, auf dem Campingplatz. Aber das ganz große Besteck.«

Der Mechaniker und der Wirt sahen sich verschwörerisch an.

»Hab ich dir doch gesagt: Da hat Guillaume echt aufs Ganze gesetzt.«

»Niemals hat der die verraten. Das glaube ich einfach nicht. Das war Corinne.«

»Na ja, ist ja auch egal. Jetzt haben sie sie jedenfalls eingesackt.«

»Selbst schuld, was lässt die sich auch mit den Scheißökos ein.«

Anouk räusperte sich. »Ey, Jungs, nun aber mal Butter bei die Fische, ich will wissen, in was für ein Wespennest ich mich hier setze – nicht dass die Bullen jetzt hier jede Woche ins Dorf einrücken.«

»Haben Sie was zu verbergen?«

»Hm«, sagte Anouk und grinste. Das genügte.

»Nein, keine Sorge. Wir hatten hier nur etwas Ärger mit ein paar Kids aus dem Ausland, die uns alle für Barbaren halten. Können Sie sich das vorstellen? Die fressen nur Möhren und trinken Dosenbier und wollen uns anpissen, weil wir unsere Traditionen hochhalten.«

»Welche Traditionen denn?«

»Na, die Foie gras. Die ist denen ein Dorn im Auge. Angefangen hat das letzten Sommer, da kamen die her und haben Flugblätter verteilt. Dass man die Tierquälerei abschaffen müsse und so. Aber dann sind sie ein bisschen zu weit gegangen. Die haben die Scheune von einem Freund beschmiert. Das hat der natürlich nicht auf sich sitzen lassen. Deshalb sind nun die Cops hier. Und haben die Kids hochgenommen.«

»Hätte man sich um die nicht anders kümmern können? Die Bauern hier … Das sind doch viel mehr als so ein paar Kids aus dem Ausland.«

»Die Frau versteht uns«, sagte der Mechaniker und grinste den Wirt an. »Wir wollten uns auch um die kümmern, als sie noch hier am Rande des Dorfes gecampt haben. Aber die hatten irgendwann eine gute Tippgeberin, die noch ein Hühnchen mit Guillaume zu rupfen hatte. Die hat den Kids empfohlen, von hier abzuhauen. Dann sind die nach Saint-Sever – und dann war es uns auch egal. Und jetzt hat es ja ohnehin nur noch den einen Bauernhof betroffen.«

»Wie kann man denn was gegen Foie gras haben?«, fragte Anouk und legte die Stirn in Falten. »Die ist doch so lecker.«

»Na, dabei haben Sie die von Guillaume noch nicht mal gekostet. Das ist die beste. Der Typ versteht sein Handwerk.«

»Guillaume – den werde ich mir merken.«

»Aber nicht zu genau hingucken, der ist nämlich verheiratet – wobei er immer ein Auge hat für hübsche Geschöpfe, wie Sie eins sind«, sagte der Wirt.

»Sonst wäre ihm der ganze Ärger wohl erspart geblieben«, fügte sein Kompagnon hinzu.

»Hä? Was soll das denn heißen?«

»Na, nun kommen Sie erst mal hier an, junge Frau, bevor wir Ihnen weitere Geheimnisse unseres schönen Ortes verraten.«

»Da haben Sie auch wieder recht. Hier …«

Anouk kramte etwas umständlich in ihrem Portemonnaie, darauf bedacht, den Polizeiausweis abzudecken, der aus dem ersten Kreditkartenfach herausschaute.

»Nee, lassen Sie mal stecken, Willkommensgeschenk.«

»Also, *merci*, das nächste Mal stoßen wir dann richtig an«, sagte Anouk und stand eine Minute später mit Aurélie wieder auf der Straße. »Na, *chérie*?«, fragte sie leise. »Wie gefallen dir deine neuen Papas?«

Kapitel 24

»Da seid ihr ja!«, rief Luc, als Anouk endlich aus dem Wagen ausstieg und Aurélie vom Rücksitz holte. Der Commissaire hatte die letzte Stunde damit verbracht, im nationalen Polizeisystem nach Eintragungen zu der jungen Frau zu suchen – vergeblich. Dann hatte er eine Anfrage an die deutsche Polizei gestellt. Schließlich hatte er Hugo gebeten, die finanzielle Situation von Auguste Fontaine zu überprüfen, genau wie die seiner Söhne. Dabei fiel ihm wieder einmal auf, wie sehr sie noch im Dunkeln stocherten.

»Die Fahrt hierher dauert ewig«, gab Anouk zurück. »Und ich musste einmal anhalten, weil die kleine Demoiselle am Verhungern war. Das bin ich übrigens auch.«

»Na, gleich werden wir ein Dîner bekommen, das wir wohl nicht vergessen werden. Wollen wir? Es ist schon fast sieben.«

Hugo trat aus der Feuerwache.

»*Salut*, Anouk, alles gut? Hast du was rausbekommen?«

»Ja, das habe ich. So ein Kind ist doch ein toller Türöffner.« Sie strahlte Aurélie an. »Wollt ihr meinen Bericht jetzt gleich?«

»Wenn es jetzt nicht unmittelbar ermittlungsrelevant ist, geht ruhig erst mal essen. Luc, ich hab Commissaire Joffe gesprochen. Er denkt einmal scharf nach und ruft seine alten Kollegen an.«

»Meldet er sich dann bei dir?«

»Noch einfacher: Er hat gehört, dass ihr heute in der Villa zu Gast seid. Und er fragt, ob ihr nicht wieder dort schlafen wollt. Dann könntet ihr Aurélie nebenan ins Bett legen, wenn sie müde ist, und weiteressen – und ihr müsstet nach dem langen Dîner nicht noch fahren.«

Anouk und Luc sahen sich lächelnd an. »Wir ermitteln ab sofort nur noch in Orten, in denen pensionierte Commissaires in Strandvillen leben, okay?«

Eine halbe Stunde später parkten sie im Schatten der joffeschen Villa. Luc breitete eine Decke aus, um noch etwas mit Aurélie zu spielen, als eine Limousine auf dem Parkplatz vor der Villa Auguste hielt, die ihm bekannt vorkam. Er stand mit der Kleinen auf und ging hinüber, gerade als der Chefkritiker des *Guide* ausstieg.

»Monsieur Saint-Roch?«

»Oh, Commissaire. Ich habe gehört, Sie haben das Restaurant wieder freigegeben.«

»Die Gastronomiewelt ist offenbar ein noch kleineres Dorf als die normale Welt.«

»Darauf können Sie Gift nehmen – oh, das ist wohl ein unpassender Vergleich.«

»Und Sie wollen heute Abend testen?«

»Die Villa Auguste ist jedes Jahr der krönende Abschluss unserer Testreise. Ugo hebt sie sich immer für den letzten Tag auf – *das Beste kommt zum Schluss*, wie er sagt. Ich hoffe, es war nicht wirklich sein letzter Test.«

»Er ist immer noch stabil, Monsieur.«

»Nun ja, jedenfalls gehen wir in einer Woche in den Druck, und deshalb muss ich heute Abend testen – sonst ist die Villa nicht in der Bewertung drin. Und das wäre, als wenn der Eiffelturm auf einer Parispostkarte fehlte.«

»Dann werden wir uns gleich sehen. Wir sind heute auch Auguste Fontaines Gäste.«

»Oh, dann bestehe ich darauf, dass Sie mit mir zusammen essen. Dann können Sie mir von Ihren Ermittlungen erzählen.«

»Das ist uns leider verboten, Monsieur. Aber wir kommen gerne zu Ihnen an den Tisch. À bientôt.«

Eine weitere halbe Stunde später hatte Luc Aurélie ins Bett gebracht und den Joffes das Babyfon ins Wohnzimmer gestellt. Sie hatten versprochen, sofort Bescheid zu geben, sollte die Kleine weinen. Luc hatte sich tausendmal bedankt, dann hatte er draußen auf Anouk gewartet. Als sich die Haustür öffnete, stockte ihm der Atem. Seine Freundin sah hinreißend aus. Sie trug ein schlichtes schwarzes Kleid mit freiem Rücken, das ihre sportliche Figur betonte. Dazu hatte sie, was nur sehr selten passierte, ein ganz leichtes Make-up aufgelegt. Um den Hals trug sie die goldene Kette mit einer Muschel, die sie nach ihrem ersten gemeinsamen Surf gefunden hatten.

»Wow«, flüsterte er, »wie soll ich mich denn bei diesem Anblick aufs Essen konzentrieren?«

Sie gingen Hand in Hand die paar Meter durch den weichen Sand und betraten dann den kleinen Vorplatz, auf dem eine lange Autoschlange wartete. Der Voiturier hatte alle Hände voll zu tun. Die schlimmen Nachrichten aus der Villa hatten offenbar niemanden dazu veranlasst, die vor langer Zeit getätigte Reservierung zu stornieren.

Luc hielt Anouk die Tür auf. Das Licht im Restaurant war gedimmt, es war nun ein Meer von Kerzen und hatte gar nichts mehr mit dem sterilen Raum des Tages zu tun. Jetzt war es das Theater des Auguste Fontaine. Am Pult stand schon Florentine Silva und lächelte sie an.

»*Bonsoir*, Madame Filipetti, *bonsoir*, Monsieur Verlain, Monsieur Saint-Roch hat mir gesagt, dass Sie gemeinsam essen, ist Ihnen das recht?«

Anouk sah Luc überrascht an. Der nickte. »Ich hab das bei deinem Anblick ganz vergessen. Bist du einverstanden?«

»Na klar, machst du Witze? Ich wollte schon immer von einem Profi erfahren, wie mein Essen schmeckt.«

Beide mussten lachen, dann gingen sie durch den Raum vorbei an den anderen runden Tischen bis ganz nach hinten zur Fensterfront. Dort saß bereits Gilles Saint-Roch und nippte an einem Glas Wasser. Als die Polizisten näher kamen, erhob er sich und bot Anouk den Stuhl zu seiner Rechten an.

»Bitte, Madame, nehmen Sie Platz. Commissaire?« Auch Luc setzte sich. Es dauerte keine Minute, da stand Florentine Silva schon an ihrem Tisch.

»Einen wunderbaren Abend wünsche ich Ihnen allen. Sie sind von Monsieur Fontaine eingeladen, *Messieurs dames*, der Chef wird Ihnen also eine Menüfolge präsentieren, die alle Elemente seines Schaffens enthält. Darf es für Sie die Weinbegleitung nach meiner Empfehlung sein?«

»Sehr gern«, sagte der Kritiker und kam Luc damit zuvor.

»Sehr wohl, dann wünsche ich Ihnen guten Appetit.«

Die Restaurantleiterin verschwand und kam kurz darauf mit zwei weiteren Wassergläsern zurück, in die sie einschenkte.

Luc sah sich um. Natürlich war er schon manches Mal in Restaurants mit einem Stern gewesen, dies war aber sein erstes Mal *avec trois étoiles*, der Königsklasse der Gastronomie. Und doch war er verblüfft, dass auch hier die Atmosphäre gar nicht steif zu sein schien. Die Kellner kamen ihm weit weniger hochnäsig vor als in so manchem Pariser Caféhaus, der Kellner am Nebentisch hielt ein lockeres Schwätzchen mit den Gästen, und es wurde lauthals gelacht. Ganz hinten in einer Ecke saß sogar eine Familie mit zwei kleinen Kindern – auch das war im Kernland der Gastfreundschaft kein Problem. Auguste Fontaine hatte es geschafft, den Raum warm und einladend wirken zu lassen. Natürlich gab es gestärkte Tischdecken, weiße Servietten und silbernes Besteck, und doch ließen die vielen Kerzen und die hübschen Gebinde aus Frühlingsblumen das Restaurant geradezu leicht erscheinen, als folgten die Gäste einfach der Einladung eines guten Freundes.

An den anderen Tischen wurden schon die ersten Speisen gereicht, und auch zu ihnen trat nach kurzer Zeit wieder die Restaurantleiterin persönlich, eine Kellnerin im Schlepptau.

»Die Grüße aus der Küche sind an diesem Abend die gebeizte Lachsforelle, die *truite de Banka*, an Verveine-Emulsion und Rote Bete aus Auguste Fontaines Garten mit einem lang gereiften Brebis-Käse von den letztjährigen *estives*. Dazu gibt es unser hausgebackenes Brot. *Bon appétit.*«

Hausgebackenes Brot war eine satte Untertreibung für die Etagere mit sechs oder sieben verschiedenen Sorten von hellem und dunklem Brot mit Nüssen und Feigen sowie den drei Sorten Baguette, die nun in der Tischmitte platziert wurde. Luc nahm sich eine Scheibe, die noch warm war, dazu gab es zweierlei Butter und ein Olivenöl, das so grün war wie der Wald vor dem Fenster, der gerade von der Abendsonne in ein gleißendes Licht getaucht wurde.

»Für den Anfang servieren wir Ihnen drei Coupes vom Taittinger Millésimé 2015, für den Chef ist er der Inbegriff des perfekten Champagners.« Florentine Silva schenkte ihnen formvollendet aus der Flasche ein.

»Auf das Wohl von Ugo«, sagte der Kritiker und erhob sein Glas, Anouk und Luc stießen mit ihm an.

»Auf Monsieur Gennevilliers!«

»Sehen Sie«, sagte der Kritiker und zeigte auf die beiden

Porzellanschalen, die ohne Inhalt so kunstvoll grazil wirkten, dass sie nur sehr teure Handarbeit sein konnten. »Das ist das Geheimnis von Auguste Fontaine. Auch zu einer Zeit, als sich alle Köche damit überschlugen, zwölf überdrehte Schäumchen auf einen Teller zu knallen, Blattgold auf ein Steak zu zaubern und den Aggregatzustand eines Apfels zu verändern, indem sie ihn zu Staub zersetzten, selbst damals, in diesen bitteren zweitausender Jahren, hat der alte Auguste einfach auf seine Produkte vertraut. Schauen Sie hier, diese Lachsforelle ist nur eine Lachsforelle – nun ja, sie ist sicher die beste Lachsforelle, die ein Züchter in seinem Bassin hat und die man für Geld kaufen kann. Aber sie ist pur, unverfälscht, da ist nur die Emulsion dabei. Verstehen Sie? Er hat Vertrauen in seine Produkte und in die Erde, aus der sie stammen – so kann er auf all den anderen Quatsch verzichten. Und auch heute, wo fast alle Köche wieder so kochen, ist Auguste immer noch der beste. Sehen Sie? Die Rote Bete, er züchtet sie selbst. Und dieser Käse – probieren Sie den unbedingt.«

Luc nahm ein kleines Stück von der Lachsforelle, die so zart war, dass sie bei der Berührung mit der Gabel von selbst zerfiel. Er gab ein wenig Emulsion von der Zitronenverbene dazu und kostete die Mischung. »Hmm«, murmelte er, »wow, ist das zart. Ich habe direkt den Fisch in der Natur vor Augen …«

»Sie müssen den Ort besuchen, an dem die Forellen gezüchtet werden. Sie schwimmen drei Jahre lang gegen den Strom, wie in der freien Natur, das Wasser kommt direkt aus den Pyrenäen, es ist ein kleines Tal inmitten des Baskenlandes, ganz ursprünglich, ganz wunderbar.«

»Sie klingen geradezu verliebt in Monsieur Fontaine – und in seine Produkte.«

»Da müssten Sie erst mal Ugo hören. Ich glaube, er hätte Auguste am liebsten geheiratet.«

»Kommen daher die ewigen drei Sterne?«

»Was glauben Sie denn?« Der Kritiker runzelte die Stirn. »Wir sind nicht bestechlich. Ugo am wenigsten. Wenn er zu dem Schluss käme, dass Auguste nachlässt, dann würde er ihn abwerten. Und dennoch wären sie noch Freunde. Geschäft ist Geschäft. Aber Auguste lässt nicht nach. Obwohl die Ereignisse von vorgestern einen Schatten werfen. Andererseits: Das hier ist seine große Kunst – nach wie vor.«

Nun war es an Luc, von der Roten Bete zu probieren. Er nahm ein Stück der Rübe, die noch ein wenig Schale zeigte, es schien sogar noch Erde daran zu sein. Dann gab er etwas von dem hellgrünen Käse dazu. Er probierte es wieder zusammen – und schloss unwillkürlich die Augen.

»Das ist ja ...«

»Wahnsinn, oder?« Der Kritiker nahm ein Notizbuch heraus und schrieb schnell einige Worte auf.

»Es ist, als würde ich zum ersten Mal in meinem Leben Rote Bete probieren. Und diese Erde ...«

»Ist keine Erde, sondern eine Kräutermischung aus Augustes Garten, die er so stark reduziert hat, dass sie wie Erde aussieht. Aber die Schale ist echt. In der Schale verbergen sich die stärksten Aromen.«

»Sie kennen sich so gut aus«, sagte Anouk. »Und was ist das für ein Käse? Ich fand Brebis bisher immer recht fad, aber dieser hier ... ist einfach toll.«

»Ich hatte erst einmal das Glück, auf den *estives* zu sein, aber ja, wenn Sie mal dort den Sommer verbracht haben, dann wissen Sie, warum dieser Käse so schmeckt. Die Ziegenhirten treiben ihre alten Rassen im Mai nach oben, auf tausend oder zweitausend Meter in den Pyrenäen. Man denkt ja, dort wächst nichts mehr oberhalb der Baumgrenze – aber im Gegenteil: Nirgendwo sind die Kräuter und Gräser so grün wie dort oben. Da leben Mensch und Ziegen zusammen, den ganzen Sommer lang, irgendwo in der Einsamkeit in einer alten Steinhütte, jeden Tag wird gemolken und Käse gemacht. Warum sich das ein Hirte antut? Weil der Käse dann genauso schmeckt wie dieser hier – und weil der Preis viermal so hoch ist wie für normalen Brebis.«

»Ich glaube, ich würde mir das auch antun«, sagte Anouk, »Einsamkeit in den Bergen, das klingt toll. So eine Woche ganz allein, das würde ich echt mal gerne wieder machen.«

»Ganz allein?« Luc war die Frage so rausgerutscht, und Anouks schwärmender Blick traf ihn nur noch mehr.

Als sie fertig waren, kam Florentine Silva und räumte ihre Schüsseln ab, brachte sogleich neuen Wein, einen wunderbaren weißen Sauternes, der anders als die üblichen Weine des Dorfes trocken war. Dann, nach einer Pause, kamen die ersten und die zweite Vorspeise, gefolgt von einem geeisten Orangen-Safran-Sorbet, das sie sofort wieder wach werden ließ. Es war ein herrlicher Abend, sogar der Kritiker schien nach dem schwierigen Start am Tag zuvor nun deutlich freundlicher und zugewandter.

Und so wurde es dunkel und die Stimmung im Restaurant immer ausgelassener, was wohl auch an den guten Weinen lag, jedenfalls breitete sich ein friedlicher Klangteppich aus Unterhaltungen über die Tische, und die Ereignisse der letzten Tage schienen keine Rolle mehr zu spielen.

»*Messieurs dames*, die erste Hauptspeise: die legendäre Sole nach Auguste Fontaine in einer Emulsion aus Cœur-de-pigeon-Tomaten, Caviar d'Aquitaine und dem Jardin de légumes.«

Die Restaurantleiterin war wieder persönlich an ihren Tisch getreten, und jetzt begann das Schauspiel, welches das Restaurant zum Theater machte: drei Kellner, hinter jedem Gast einer, drei Teller in der Hand, *cloches*, diese silbernen Glocken mit dem kleinen Griff, obendrauf. Dann wurden die Teller gleichzeitig abgestellt, die Kellner blickten zur Seite, um die Synchronität zu wahren, zogen die Cloches wie auf Kommando alle gleichzeitig hoch, sodass jeder Gast sein Essen zur selben Zeit erblickte. Dann lächelten sie, als seien sie selbst erstaunt, wie gut ihre Choreographie wieder funktioniert hatte. Es war ein herrlicher Moment, als sie dann im Gleichschritt wieder Richtung Küche verschwanden. Luc empfand es als ein wundervolles Schauspiel, das es kostenlos zum Essen dazugab, auch wenn es wie aus der Zeit gefallen wirkte, ein Renaissanceritual.

Der Teller selbst war choreographiert: Da lag die Seezunge, als wäre sie von einem Foodfotografen angerichtet worden. Mit einem Seitenblick bemerkte Luc, dass jene *sole*, die der Kritiker auf dem Teller hatte, mit minimalem Abstand die größte war, hier wurde aber wirklich an alles gedacht. Als Sohn eines Austernzüchters, der auch gerne mal die Angel ausgeworfen hatte, wusste Luc, dass bei Fischen eine eiserne Regel galt: Je größer das Exemplar, desto feiner der Geschmack. Die Ränder der Haut waren leicht angebräunt, doch das Fleisch des Fisches war fast weiß und so glasig, dass er nur ganz kurz gedämpft worden sein konnte. Er lag in einer schaumigen Soße, die aber nicht aussah, als stammte sie von Tomaten. Sie war durchsichtig wie Glas und ließ die hübsche türkisfarbene Musterung des Tellers durchscheinen. Wie war das möglich? Der Kaviar war auf dem Fisch zu feinen Linien arrangiert und vervollkommnete das Kunstwerk.

»Ich dachte, Kaviar kommt immer aus Sibirien«, sagte Luc, und der Kritiker zog sogleich eine Augenbraue hoch.

»Ja, er kommt meist auch immer noch von dort. Aber es ist schon lange kein Kaviar wild lebender Störe mehr, der den Preis auch rechtfertigen würde. Die Fischer haben die Tiere so lange überfischt, bis zwei Drittel der Störarten ausgestorben waren. Mittlerweile kommen die alle aus Aquakulturen – und das schmeckt man auch. Hier sind wir ja aber zum Glück in Frankreich, und seit einige Firmen begonnen haben, in der Garonne und der Dordogne wieder Störe zu züchten, stimmt die Qualität. Sterneköche aus aller Welt schlagen sich um unseren Kaviar!«

»Sie sind also nicht nur Kritiker, sondern auch Patriot?«

»Warum sollte ich ein Produkt aus einem anderen Land empfehlen, wenn ich in der Heimat aller Genüsse lebe?« Der Gourmet lächelte ihn erhaben an, dann griff er fast schon theatralisch zu seinem Besteck. »Nun denn, wollen wir doch mal sehen.«

Anouk und Luc sahen fasziniert zu, wie der Kritiker nicht etwa zuerst in den Fisch schnitt, sondern mit spitzer Gabel zuerst den Gemüsegarten auseinanderpflückte. Das Wort Gemüsegarten war für diesen Versuchsaufbau wirklich treffend: Eine Ecke des Tellers war mit etwas ausgelegt, das Moos glich, Luc erkannte, dass der Maître die Wildkräuter seines Gartens fein gehackt und dann verbunden und damit das Moos nachgestellt hatte. Darauf war eine echte kleine Waldszene gebaut, nur eben aus Zutaten: ein Baum aus einem Brokkoliröschen, daneben eine Karotte, die wie ein Baumstamm gemasert war, Bällchen aus gelben und grünen Zucchini, die wie das Buschwerk auf der Erde aussahen, und obendrauf hellgrüne Wolken aus zarten Chips. Jedes Element probierte der Kritiker einzeln und nahm dann wieder alles zusammen, um den Geschmack zu prüfen.

»Bitte, nun fangen Sie doch an«, murmelte er und sah zu seinen beiden Zuschauern auf.

»Es ist einfach zu spannend, Ihnen zuzusehen«, sagte Anouk. Da legte sich ein Lächeln auf das Gesicht des Mannes, und diesmal wirkte es aufrichtig. Ihm schien das Interesse an seiner Arbeit zu schmeicheln.

»Ich extrahiere sozusagen die Aromen jedes einzelnen Elements. Erst fange ich mit den zarten Gemüsen an. Wenn ich gleich mit Fisch, Kaviar und Soße beginnen würde, könnte ich die feineren Geschmäcker nicht mehr wahrnehmen. Probieren Sie selbst: Fontaine ist ein großer Meister. Ich könnte das Gemüse niemals so auf den Punkt kochen, da handelt es sich um zwei Sekunden mehr oder weniger, in denen eine simple Zucchini zu einem Meisterwerk wird. Und Auguste Fontaine trifft diesen Punkt immer.«

Luc musste an den jungen Koch denken, der am Morgen elf Kilo Möhren geschnippelt hatte. Es war schon eine besondere Herausforderung, so viel zu arbeiten und zu leisten – und dann wurde das ganze Ergebnis doch immer dem einen Mann zugerechnet, dem Chefkoch nämlich. Er probierte einen Chip und sah den Kritiker fragend an.

»Das ist Tapioka, Commissaire. Es wird aus Maniok gewonnen und kann mit allerhand aromatisiert werden, hier wohl mit den Zucchini, deshalb die Farbe. In der Sterneküche ist es wichtig, dass nichts eintönig schmeckt. Zu einer sanften Soße fügen sie immer etwas hinzu, das richtig Biss hat.«

»Können Sie eigentlich noch normal essen?«, fragte Anouk. »Wenn man immer alles bewertet, tut man es dann nicht auch zu Hause?«

»Ich esse nur unterwegs, Madame. Und natürlich bin ich immer im Dienst.« Er wandte sich wieder Luc zu. »Nun probieren Sie den Fisch. Er ist so zart wie die Gemüse, nehme ich an. Der Kaviar kommt erst ganz zum Schluss.«

Luc schnitt die Spitze der Seezunge ab und probierte. Der Fisch schmolz tatsächlich auf seiner Zunge dahin. Und trotz der Zartheit konnte er das Meer schmecken, die pure Frische.

»*Parfait*«, sagte auch Anouk.

Dann nahm er von der Tomatenemulsion, nur ein winziges bisschen, und doch konnte er es kaum glauben.

»Aber … wie ist das möglich?«, fragte er. Denn es war eine

Wucht, es war, als hätte er in zehn Tomaten gleichzeitig gebissen – tiefrote reife Tomaten, von einer alten Frau im Garten geerntet, so wie früher. »Das ist ja … Wie kann etwas, was so sehr nach Tomaten schmeckt, nicht nach Tomate aussehen?«

»Es ist ein Spiel, Commissaire. Auguste Fontaine spielt mit unserem Gehirn. Man erwartet nichts, wenn man diese durchsichtige Soße sieht. Und dann explodieren die Papillen, weil das gänzlich Unerwartete passiert.« Der Kritiker probierte auch von der Soße. »Sehen Sie, so mancher Koch in irgendwelchen Szenerestaurants macht das auch«, er spie das Wort *Szenerestaurants* förmlich aus, »und serviert eine klare Tomatensuppe. Aber so wie hier funktioniert es nie, weil nicht genug Liebe drinsteckt. Vielleicht auch nicht genug Know-how. Sie müssen die Tomaten einlegen und kochen, mit Schale, komplett, quasi ohne Gewürze, denn Sie wollen ja nur den Tomatengeschmack. Anschließend wird die Suppe passiert, also durch ein Tuch gedrückt. Weil Sie Zeit sparen wollen, wiederholen Sie das vielleicht nur zweimal, dreimal, dann wird die Suppe nicht richtig klar, sie bleibt etwas rot, der Effekt verpufft. Aber Auguste …«, der Kritiker ließ den Namen in der Luft hängen, »er passiert die Soße zehnmal, das erzählt man sich zumindest in unseren Kreisen – er passiert sie so lange, bis er ein Wasser hat, das so sehr nach Tomaten schmeckt, dass man glaubt, man wäre selbst eine Tomate.«

»Unglaublich«, sagte Anouk.

»Genau. Und deshalb kann man mit Sterneküche eigentlich auch nur bis zu zwei Sternen Geld verdienen.«

»Wieso das denn?« Luc war überrascht.

»Bei einem Stern kommen die Sternejäger. Die lesen unseren *Guide* und reisen danach zu allen Restaurants, die neu auf der Liste stehen. Die sind dann erst mal ein halbes Jahr lang ausgebucht. Da verdienen Sie richtig gut. Bei zwei Sternen können Sie die Preise erhöhen. Da kostet ein Menü dann zweihundertfünfzig Euro. Jetzt kommen die echten Gourmets, die sich das leisten können und auch noch eine Flasche Lynch-Bages dazubestellen – ohne Probleme. Bei drei Sternen aber …«, er räusperte sich, nun hatte er sich warmgeredet und gefiel sich in der Rolle des Fachmanns, »da ist der Anspruch so hoch, die Qualität muss so sehr stimmen, es darf nie auch nur ein Fehler passieren. Sie haben also eine gewaltige Bringschuld, wenn man so will, und die können Sie nur erfüllen, wenn Sie Ihr Personal entsprechend aufstocken – Sie brauchen pro Tisch eigentlich einen eigenen Koch. Bloß: Wer soll das bezahlen, dass die Soße zehnmal passiert wird? Wer? Das Menü müsste siebenhundert Euro kosten – aber dann würde niemand mehr kommen. Das Unternehmen hört auf, wirtschaftlich zu sein. Und doch – wer einmal drei Sterne hat, will die nicht mehr zurückgeben, um keinen Preis, man ist dann eben eine lebende Legende. So, und nun probieren Sie noch vom Kaviar.«

Kaviar. Das war ein Produkt, zu dem Luc keine Beziehung hatte. Auf ihn wirkte es zu elitär, zu hochpreisig, war zu sehr Paris und Monaco, nicht Bordeaux und die Landes. Doch als er von den fein schimmernden dunkelblauen, fast schwarzen Kugeln kostete, musste er aufstöhnen. »O Gott, ist das fein«, sagte er. Es war nicht salzig, es war wie eine Essenz aus Fischen. Auch Anouk nickte zustimmend.

»Und nun kommt der Moment des Kritikers«, sagte Gilles Saint-Roch über sich selbst, »das ist der Moment, in dem alle Elemente auf der Zunge zusammenkommen und einen Akkord bilden. Auch wenn alle einzelnen Teile toll waren, wenn dieser Akkord nicht klingt, wenn eine Note zu schwach ist oder zu sehr hervorsticht, dann hat der Koch verloren, dann muss ich einen Verriss schreiben. Ich habe schon oft einen Stern aberkannt, nur weil der Gesamtgeschmack eines Gerichts nicht stimmte.« Er nahm von dem Teller jedes Element, dann führte er die Gabel zum Mund. Anouk und Luc sahen ihm gespannt zu. Er tat erst mal nichts, sondern schmeckte, dann schloss er genüsslich die Augen und schien alle Teile im Mund hin und her zu schieben, es sah komisch aus, so konzentriert, dann begann er zu kauen, schluckte, doch plötzlich öffnete er die Augen schlagartig wieder. Er sah seine Zuschauer an, sagte aber nichts, plötzlich färbte sich sein Gesicht rot, er öffnete den Mund, sein Blick veränderte sich, war hilfesuchend, er stöhnte, ein Röcheln entfuhr ihm, Luc spannte sich an, der Kritiker war auf einmal ganz steif, er hielt sich mit den Händen am Tisch fest, die Knöchel weiß vor Druck, dann öffnete er den Mund noch mal, hustete, wieder zwei Sekunden später zeigte er auf seine eigene Rückseite. Luc verstand sofort, er sprang auf, dann hieb er mit der flachen Hand einmal kräftig auf den Rücken des Kritikers. Der begann endlich zu husten, mehrfach und sehr stark, und dann, nach einer halben Ewigkeit, sauste ein Stück des Fisches wieder aus dem Mund und auf die Tischdecke. »*Mon Dieu!*«, rief der Kritiker immer noch unter Husten. Luc sah, wie Florentine Silva auf ihr Funkgerät drückte und im selben Moment zu ihnen eilte. In der Küche glitt die Tür auf, und beinahe gleichzeitig kam Auguste Fontaine angerannt, mit der ganzen Wucht seines Körpers.

»Monsieur Saint-Roch!«, rief er, und auch Florentine war nun am Tisch, sie reichte dem Kritiker ein Glas Wasser. Dann beugten sich alle gemeinsam über die Tischdecke. Ein großes Stück Fisch lag darauf, gänzlich unzerstört, und obendrauf, gut sichtbar für Luc und alle anderen, steckte darin eine spitze Gräte.

»Das ist ja …«, murmelte der Kritiker, immer noch rang er nach Atem. »… Das ist ja unerhört.« Er stemmte die Arme in die Hüften. »Hören Sie, Monsieur Fontaine, ich ahne, dass das kein neuerlicher Mordanschlag war, sondern reine Unkenntnis, aber ich bitte Sie – das hier ist ein Mekka des Genusses! Und das dort …«, er wies auf die Gräte, »das ist unverzeihlich, unverzeihlich. Ich bitte Sie, bringen Sie mir gleich die Rechnung, ich breche meinen Test hier ab – ich werde die Nacht darüber nachdenken, was ich nun tun werde –, aber mit drei Sternen, ich glaube, damit ist es nun ein für alle Mal vorbei.«

Er sah zu Boden, sein Gesicht immer noch rot, aber so langsam hatte er sich wieder im Griff, die letzten Worte hatte er schon wieder mit der ihm typischen Arroganz ausgesprochen. Auguste Fontaine stand da, und Luc sah, dass er bebte. Ganz leise, damit ihn niemand der anderen Gäste hörte, sagte er:

»Monsieur Saint-Roch, ich bitte Sie, nein, ich flehe Sie an, geben Sie uns noch eine Chance, das kann doch nicht – ich meine, ich habe eine neue Kraft am Fischposten, eine junge Frau, sie kommt aus dem Süden, sie hatte beste Referenzen, aber diese Gräte, sie muss ihr entgangen sein, ich weiß auch nicht, ich werde sie sofort entlassen, jetzt gleich …«

Doch der Kritiker unterbrach ihn, indem er wieder aufsah und mit klarem, kühlem Blick sagte: »Das ist nicht nötig, Monsieur Fontaine. Sie haben für Ihr Personal geradezustehen, das wissen Sie. Ich kann da keine Ausnahme machen. Und nun – bitte entschuldigen Sie mich.«

Er stand auf, holte aus seiner Jackentasche eine Geldklammer und legte zwei grüne Hunderteuroscheine auf den Tisch. »Ich habe ja nicht das ganze Menü genossen. Wer weiß, was mich noch an Überraschungen erwartet hätte.« Dann drehte er sich um, machte einen Bogen um die Restaurantleiterin, ging auf den Voiturier zu, der ihm nach langem Kramen seinen Schlüssel gab, und verließ wortlos das Restaurant. Die Tür schloss sich, und Luc merkte, dass alle Augen auf die Tür gerichtet waren, die Spannung im Raum war so groß, dass alles andere vergessen schien, es war totenstill. Luc sah zu Auguste Fontaine und war für einen Moment in Sorge, dass der große Chefkoch kollabierte.

»Kommen Sie«, sagte der Commissaire, »gehen wir in die Küche.«

»Ich … ich …«, stammelte der, »das ist das Ende.«

Luc hakte ihn unter, Anouk trat an die andere Seite, dann führten sie den Mann aus dem Restaurantsaal. Sein sonst so vitaler Gang war nun zögernd und wankend, er schien innerhalb von Minuten um zehn Jahre gealtert und um die Hälfte geschrumpft, kurzum: Er wirkte gebrochen.

Hinter ihnen begann die Geräuschkulisse wieder zuzunehmen – aber die Gäste kannten jetzt wohl nur noch ein Thema: den gnadenlosen Abgang des Kritikers. Dafür hätte man in der Küche eine Stecknadel fallen hören können.

Alle sahen zu ihrem Chef, die jungen Lehrlinge, die Spülhilfen, die erfahrenen Köche an den Posten. Nur einer fiel aus der Rolle, dachte der Commissaire in diesem Moment. Luc musterte den Souschef genauer – hatte er da eben den Anflug eines Lächelns auf dem Gesicht von Roland le Correc gesehen? Vielleicht hatte er sich auch geirrt. Der schmale Bretone starrte wieder mit seiner unverwechselbaren Kühle in den Raum.

Sie folgten Auguste Fontaine bis in die Mitte der Küche, ohne eine Ahnung, was sie sagen oder tun sollten. Der Mann stützte sich auf die Arbeitsplatte, auf der seine Kräuter lagen. Er hielt den Kopf gesenkt und murmelte etwas, was zu leise war, um es zu verstehen. Es war eine Litanei, eine unverständliche, sich zu wiederholen scheinende Litanei. Luc sah Anouk an, und die zuckte mit den Schultern. Der alte Chefkoch schien unter Schock zu stehen. Doch dann richtete er sich mit einem Mal auf, als hätte er eine Entscheidung getroffen, sein Gesicht war rot vor Zorn, er blickte in Richtung des Fensters, das zum Meer wies, das Fenster, vor dem der Arbeitstisch des Fischpostens stand, die junge Köchin dort war die Einzige, die überhaupt noch arbeitete und nichts von dem Unglück bemerkt zu haben schien. »Du!«, schrie er, und sein Bass war so laut, dass es auch im Gastraum ohne Zweifel zu hören war. »Jetzt reicht es mir ein für alle Mal. Ich habe dich gewarnt – und jetzt, an so einem Abend, versaust du es, weil du die Seezunge nicht prüfst. Es ist alles im Eimer wegen dir. Pack deine verdammten Sachen und geh dahin, wo du hergekommen bist.«

Luc spürte, wie er nun innerlich zu kochen begann. Natürlich, er verstand die Wut des Chefs, und im Corps der Köche herrschte ein ähnlicher Ton wie bei den uniformierten Polizisten der CRS, aber es wäre ihm – und vielen seiner Kollegen – nie in den Sinn gekommen, so mit einer jungen Kollegin zu reden, wie schlimm der Fehler auch immer gewesen sein mochte. Er war bereit dazwischenzugehen, und er sah an Anouks wütendem Gesicht, dass seine Freundin genauso dachte. Die junge Frau schien völlig überrascht zu sein, sie hielt sich ganz aufrecht und sah ihren Chef fragend an. »Aber Monsieur, ich bin mir sicher, dass Sie …«

»Sei still, du bist ja wohl von allen guten Geistern verlassen, jetzt noch zu widersprechen.« Er zischte nun, etwas leiser als eben, aber dafür noch bedrohlicher. »Du packst sofort deine Sachen. Raus hier.«

Roland le Correc hob die Hand und sagte leise: »Ich denke, Auguste, es ist gut jetzt.«

»Aber …«, nun war es an der jungen Asiatin zu verstummen, sie blickte zu Boden, doch schon vorher waren ihr die Tränen in die Augen geschossen, sie wischte sich die Hände an der weißen Schürze ab, dann nahm sie ihre drei Messer und packte sie in ein Lederetui, schob sie mit beachtlicher Ruhe in ihre jeweiligen Fächer, obwohl alle Augen auf ihr ruhten. Erst als alle Messer verstaut waren, wandte sie sich wortlos um und verließ die Küche durch die Seitentür, die offenbar zu den Umkleiden der Köche führte.

Luc und Anouk blickten sich fragend an. Es war ohne Zweifel der Abend der dramatischen Abgänge. Erst der Kritiker, jetzt die junge Köchin, die wohl für das ganze Desaster verantwortlich war.

»Monsieur Fontaine«, sagte Luc leise zu dem alten Mann, der nun wieder schwer atmend in sich versunken war, »es ist vielleicht besser, wenn Sie es für heute Abend gut sein lassen?«

Der Maître schien wie aus einem Traum zu erwachen. »Meinen Sie, Commissaire?« Sein Ton war schneidend. »Das hier ist meine Küche. Und Sie haben mir erlaubt, sie wieder zu öffnen. Also werde ich jetzt meine Gäste bewirten. Solange ich noch welche habe. Denn wenn der dritte Stern erst mal weg ist, dann … Ja, dann werde ich wohl wirklich dichtmachen.« Er schlug mit der Hand auf die metallene Arbeitsplatte. »So, und nun bitte ich Sie zu gehen. Sie waren meine Gäste.«

Anouk und Luc nickten, dann verließen sie die Küche langsam. Schon als sie auf dem Weg waren, fuhren die meisten Köche mit der Arbeit fort, die Spülhilfe öffnete eine Maschine, die noch voll heißen Wasserdampfs war. Nur Roland le Correc stand da, eingehüllt in den Nebel, und sein Blick hatte etwas Düsteres an sich. Luc sah, auf wen sein Blick gerichtet war. Auf seinen Chef, seinen Mentor, und wieder war da keine Bewunderung. Vielmehr war es eine Wut, eine Abscheu gar, die Luc frösteln ließ. Und noch etwas: Genugtuung.

Lundi – Montag

FAMILIENBANDE

Kapitel 25

Nachdenklich waren sie hinüber ins Haus der Familie Joffe gegangen und hatten den Geräuschen aus der Villa Auguste zugehört, während Anouk Aurélie gestillt hatte, bis die Kleine eingeschlafen war. Dann war Anouk zu Luc ans Fenster getreten, der dort im Mondlicht stand und die kühle Luft genoss, die vom Meer herüberwehte.

»Das war ein Abend«, sagte sie leise. »Erst so toll und dann so schrecklich.«

»Ja, du sagst es. Was für eine Wendung.«

»Irgendwie tut er mir leid, der alte Auguste. Er wirkt so ... zerbrechlich.«

»Ich kann nicht vergessen, wie er in einem Moment um zehn Jahre gealtert ist.«

»Meinst du, Gilles Saint-Roch macht seine Drohung tatsächlich wahr und stuft das Restaurant ab?«

Luc nickte. »Ich wüsste nicht, was ihn davon abhalten sollte – er würde damit außerdem nur den Regeln folgen. Mir schien fast, als wäre der Koch für ihn nun wirklich ein gefallener Mann.«

»Es gab schon Köche, die sich das Leben genommen haben, nachdem sie einen Stern verloren hatten.«

»Ja, hab ich auch von gehört. Stell dir das vor – wie groß die Bedeutung dieser Auszeichnungen für diese Leute ist.«

»Das Ziel allen Strebens. Und dann bricht das über dir zusammen.«

Beide sahen aus dem Fenster zum Ozean. Er war eine einzige schwarze Fläche, der Himmel darüber setzte sich grau ab. Nur die einzelnen Wellen waren als schaumige weiße Kämme zu sehen.

Eine Weile schwiegen sie, dann räusperte sich Anouk.

»Du, die Ereignisse haben sich vorhin so überschlagen, ich hab ganz vergessen, dir zu erzählen, wie es in Grenade war.«

»Und ich habe vergessen nachzufragen. Verzeih.«

»Es stimmt, die deutschen Kids sind seit letztem Jahr hinter den Entenzüchtern her. Das ist den Leuten im Dorf natürlich ein Dorn im Auge. Aber irgendwas stimmt da nicht. Die Typen haben andauernd so komische Andeutungen gemacht. Eine Frau hätte noch ein Hühnchen mit Guillaume zu rupfen – und dass er den Frauen sehr zugeneigt sei. Geht in eine ganz andere Richtung, als wir dachten, oder?«

»Meinst du etwa …« Luc ließ den Satz in der Luft hängen.

»Das wäre dann das Motiv *enttäuschte Liebhaberin* – nicht ungewöhnlich, oder?«

»Aber sie ist so jung …«

»Ich bin doch auch viel jünger als du«, sagte Anouk grinsend und schloss Luc in die Arme. »Los jetzt, ab ins Bett, mein alter Liebhaber.«

Nachdem sie sich leise geliebt hatten, fiel Luc in tiefen traumlosen Schlaf. Als er erwachte, war der Himmel so grau wie seine Stimmung. Sein erster Gedanke galt Auguste Fontaine – und den Ereignissen des Vorabends. Zuerst dachte Luc, dass die Tragödie, die so sehr in ihm arbeitete, ihn aus dem Schlaf gerissen hatte. Dann aber hörte er eine Stimme vor seinem Fenster. Die

Stimme von Auguste Fontaine. Er stand leise auf und sah auf seine alte Breitling-Uhr, die auf dem Nachttisch lag. Kurz nach fünf.

Er ging zum Fenster und verbarg sich hinter der Gardine. Die Worte des alten Mannes drangen bis zu ihm, weil es wie immer war, wenn jemand flüsterte: Das Zischen verstärkte den Klang noch.

»… kein Auge zugemacht. Ich schaffe das nicht mehr. Nicht wenn es immer schlimmer wird. Soll das wirklich so untergehen?«

Luc musste nicht hinter der Gardine hervorsehen, weil klar war, wer der andere Mann war, auch wenn er leiser sprach als der Koch, deshalb verstand der Commissaire nicht jedes Wort.

»… untersuchen … du etwa übergeben? … Villa dein Augapfel.«

»Ich habe darüber nachgedacht. Die ganze Nacht. Es gibt keinen anderen Weg. Er sagt, er hat sich geändert. Und so würde das Haus nicht untergehen. Wie kann ich schließen, wenn ich nur zwei Sterne habe?« Dann brach Auguste Fontaine die Stimme, und Luc hörte nur, wie der andere Mann ihn beruhigte, indem er leise auf ihn einredete.

Der Commissaire lugte hinter der Gardine hervor und betrachtete den Koch, der in den Armen Monsieur Joffes lag. Der alte Polizist drückte den viel größeren und dickeren Mann an sich, Fontaines Kopf lag auf Joffes Schulter. Luc wandte sich rasch ab, weil er sich wie ein Eindringling vorkam, so vertraut wirkten diese beiden, die sich dort unten im Arm hielten.

Kapitel 26

Sie erwachten alle gemeinsam, und der frühe Vormittag sah so aus, wie es der Morgen verheißen hatte. Dicke graue Wolken zogen vom Atlantik heran, noch aus dem Bett waren sie zu sehen, wie sie von den Windböen in Richtung Land geschickt wurden.

Doch die Wolken in Lucs Kopf hatten sich verzogen, die Szene vorhin unter seinem Fenster hatte ihn gerührt. Wenigstens hatte Auguste Fontaine einen guten Freund in dieser schweren Krise.

Als sie sich angezogen und auch Aurélie fertig gemacht hatten, gingen sie nach unten auf die Terrasse. Madame Joffe saß schon am Tisch, Croissants und Chocolatines standen bereit.

»*Bonjour*«, sagte sie, »ich war eben schon beim Bäcker.«

»Und Ihr Mann?«, fragte Luc. »Schläft er noch?«

»Ach was. Der ist im Dorf und kauft fürs Mittagessen ein. Setzen Sie sich.« Sie schenkte ihnen Kaffee ein, gerade als Lucs Telefon klingelte.

»*Bonjour*, Hugo. Wie war die Nacht Zimmer an Zimmer mit dem Freund des Innenministers?«

»Der war nicht im Hotel, Commissaire. Der hat bestimmt

die ganze Nacht die armen Kids im Commissariat von Mont-de-Marsan verhört und sie dabei mit der Schreibtischlampe geblendet.« Luc hörte den Kollegen lachen. »Aber hören Sie: Docteur Giraud hat angerufen, Sie wissen schon, aus dem Hôpital in Dax. Sie möchte Ihnen dringend etwas zeigen. Sie klang echt aufgewühlt. Können Sie zu ihr fahren?«

»Wir sind schon auf dem Weg.«

»Tut uns sehr leid, Madame Joffe, aber wir müssen dringend nach Dax.«

»Was ist los?«, fragte Anouk. »Hat sie etwas gefunden?«

»Ich glaube schon«, sagte Luc.

»Hoffentlich nicht noch eine Ladung Buttersäure«, antwortete Anouk, »das schaffe ich nicht am frühen Morgen.«

Als sie schon fast von der Terrasse waren, rief Madame Joffe: »Hier, nehmen Sie die mit, Sie können doch nicht so ganz ohne Frühstück los.«

Sie reichte ihnen eine Bäckertüte mit den Croissants und den Schokoladenbrötchen, dann liefen Anouk und Luc zum Auto.

»Wollen wir Aurélie schnell zu Hugo bringen?«

»Die Docteur klang wohl wirklich beunruhigt. Fahren wir lieber direkt.«

Luc schnallte die Kleine auf dem Rücksitz an, dann raste er mit durchdrehenden Reifen vom Kiesparkplatz. Auf der Départementale fluchte er zweimal, weil sie von langsamen Traktoren aufgehalten wurden. Die Felder wurden gerade für den Mais bestellt.

So dauerte es beinahe eine Dreiviertelstunde, bis sie das Krankenhaus am östlichen Stadtrand erreicht hatten. Der Weg kam Luc mittlerweile schon unangenehm vertraut vor, doch wenigstens wusste er, dass sie gleich Docteur Giraud treffen würden, die er bei diesen Ermittlungen schon ins Herz geschlossen hatte.

Als Anouk klingelte, erschien die Ärztin innerhalb einer halben Minute, als hätte sie auf die Polizisten gewartet.

»Oh, heute zu dritt«, sagte sie, »und dann noch so ein niedlicher Kollege.«

»Eine Kollegin immerhin.«

»Oh, Verzeihung. Jaja, die Frauenquote macht auch vor Frankreichs Polizei nicht halt. Na, dann kommen Sie mal.«

Sie führte die Polizisten wieder in ihren Saal, dessen Fenster immer noch offen standen. Von der Buttersäure war gottlob nichts mehr zu riechen. Weil sie hier im Souterrain waren, konnte man von den vorbeieilenden Passanten nur die Schuhe sehen.

»So, ich habe dann lieber doch nicht mehr von dem Wein getrunken. Ich hatte meinen letzten Trip vor vielen, vielen Jahren im Studium mit einer nicht ganz legalen Sorte von Pilzen – von dem Ausflug in die Welt des Rausches zehre ich noch heute.«

»Was sagen Sie da?« Luc betrachtete die Flasche auf dem Arbeitstisch, daneben standen mehrere Reagenzgläser mit roter Farbe und einige Chemikalien in Plastikflaschen. »Es war im Wein?«

»*Es* war im Wein«, sagte die Ärztin und nickte ernst. »Es ist GHB. Auch bekannt als 4-Hydroxybutansäure. Klingt fast so wie Buttersäure, ist aber nur ähnlich aufgebaut. Komplett synthetisch und lebensgefährlich. Besonders in der Dosis, die Monsieur Gennevilliers getrunken haben muss.«

»GHB ... Ist das nicht bekannt als Liquid Ecstasy?« Anouk beugte sich zu der Flasche herunter.

»Genau, Capitaine. Liquid Ecstasy. Ich habe natürlich sofort im Krankenhaus von Bordeaux angerufen und der Ärztin meinen Befund übermittelt. Ich hoffe, er kam noch rechtzeitig. Die junge Frau war ganz erschüttert. *Warum bin ich da nicht gleich drauf gekommen?*, hat sie gerufen. Ich hab sie beruhigt. Weil wir zwar auf Liquid Ecstasy kommen, wenn uns ein Patient mit Anfang zwanzig eingeliefert wird, der eben von einer Party zurückgekommen und dann kollabiert ist. Aber doch nicht bei einem Zweiundsiebzigjährigen, der in einem Sternerestaurant plötzlich vom Stuhl kippt und dem Koma nah ist. Da denken Sie an alles – aber doch nicht an eine Partydroge.«

»Warum hat das Krankenhaus das Zeug denn nicht in seinem Blut nachweisen können?«

»GHB ist teuflisch. Es ist nur sehr kurz nachweisbar, gerade mal sechs Stunden im Blut – und etwa zwölf Stunden im Urin. Aber Sie müssen wirklich konkret danach suchen, sonst finden Sie es nicht. Und da niemand auf GHB gekommen ist, hat auch niemand danach gesucht. Die Symptome treffen auf viele Dinge zu: Krämpfe, Bewusstlosigkeit, Atemstillstand, Herzrhythmusstörungen, das kann alles sein, gerade in so fortgeschrittenem Alter. Das Perfide: Der Wein kaschiert den salzigen Eigengeschmack von GHB besonders gut. Außerdem war die Dosis in der Weinflasche außergewöhnlich hoch. Das hätte auch einen erfahrenen Partydrogenkonsumenten umgehauen. Wobei der die direkte Kombination mit Alkohol gemieden hätte, die ist nämlich besonders gefährlich.«

»Wird er es schaffen?«

»Tja, die Verzögerung war jetzt groß, aber so richtig viel machen lässt sich da ohnehin nicht. Es gibt keine Therapie gegen GHB, in der Regel wachen die Patienten irgendwann von alleine auf. Danach sind sie sogar gut drauf, es gibt keine Folgeschäden. In dem Zustand, in dem Gennevilliers jetzt ist, muss man ihn einfach nur überwachen. Wenn er die nächsten Stunden überlebt, dürfte es geschafft sein. Dann können sie ihn aus dem Koma holen. Also: Es sieht nicht schlecht aus.«

»Ein Glück«, sagte Luc. »Ein Château Lacour 1995 bringt ihn fast um.«

»Wie kann das Gift in den Wein gekommen sein?«, fragte Anouk.

»Nun, es gibt nur den einen Weg«, antwortete die Ärztin. »Ich untersuche den Korken, aber viel Hoffnung kann ich Ihnen nicht machen. Kork ist beweglich, ein so kleines Loch einer Spritze schließt sich sofort wieder.«

Anouk nickte. Luc betrachtete die dunkelgrüne Flasche und das Etikett mit dem abgebildeten Château darauf, das alle Weinliebhaber auf der ganzen Welt sofort erkennen würden.

»Jeder Mensch, der das Porträt über ihn in der *New York Times* oder in *Le Monde* gelesen hat, weiß, welchen Wein er bestellen würde. Und das Risiko, dass jemand anders diesen Wein bestellt, ist bei dem Flaschenpreis von achthundertachtzig Euro eher gering.«

Anouk betrachtete erst Luc und dann die Flasche. »Du meinst, es war also wirklich ein gezielter Anschlag auf den Kritiker?«

»Der Täter wollte in jedem Fall vermeiden, dass jemand anderes vergiftet wird.«

»Aber er wollte auch vermeiden, dass der Kritiker stirbt, wenn Sie mich fragen«, sagte Docteur Giraud, »GHB ist kein Mordwerkzeug, es ist eher ein Mittel, um jemanden außer Gefecht zu setzen – und damit viel Aufsehen zu erregen.«

»Also ging es doch eher darum, dem Koch zu schaden?«

»Der Schluss liegt nahe, aber wer kann einer solchen Legende schaden wollen?«, fragte die Ärztin.

»Vielleicht jemand, der selbst eine Legende werden will«, antwortete Luc nachdenklich.

Kapitel 27

Sie fuhren das kurze Stück hinein nach Dax und parkten im Schatten der alten Arena. Den Eingang des weiß-gelben Runds im spanisch-maurischen Stil zierten zwei rote Türme – es war ein beeindruckendes Bauwerk. Achttausend Menschen fanden hier Platz, wenn alljährlich im August eines der größten Volksfeste Frankreichs stattfand, die *Feria* von Dax. Zu den berühmten Stierkämpfen kamen vor allem die Spanier in Scharen angereist. Auch der *Course Landaise*, der mindestens genauso eindrucksvoll war, erfreute sich vieler Besucher. Letzterer war auch längst nicht so umstritten wie die Stierkämpfe. Denn bei der hiesigen Tradition wurden die wilden Stiere nicht verletzt, nein, sie durften nicht einmal vom Torero berührt werden. Vielmehr bestand der Reiz des Spektakels darin, dass die Geschicklichkeit des Toreros auf die Probe gestellt wurde, der dem wütenden Stier entweder im letzten Moment ausweichen oder in einer waghalsigen Aktion über das Tier hinwegspringen musste – Millisekunden, bevor die todbringenden Hörner in seinen Körper eindrangen. Das war atemberaubend für die Zuschauer, die ihrerseits mit hohen Summen auf den Torero wetten konnten – eine Tradition, die in einem mehrtägigen

Volksfest gipfelte, bei dem gefeiert, getrunken und vor allem gut gegessen wurde.

Ein kleines Stück entfernt war die von Arkaden umgebene *Fontaine chaude* zu sehen, ein weiteres Wahrzeichen – nein, das Wahrzeichen von Dax schlechthin. Im Inneren der Arkaden sahen sie das Bassin der Source de la Nèhe sprudeln, ein unnachahmlicher Brunnen, in dem schon die Römer gebadet hatten und der einst die Bedeutung der Stadt als Kurort begründet hatte. Aus Löwenmäulern lief das Wasser aus den Mauern heraus zu den Touristen, den Kurgästen und den Bewohnern von Dax – sie alle kamen, weil sie an die Kraft dieses Wassers glaubten: Es war eine einzigartige Quelle, vierundsechzig Grad heiß, schwer sulfit- und mineralhaltig und sehr ergiebig. Zweieinhalb Millionen Liter Wasser schossen aus den Pyrenäen hinunter nach Dax, pro Tag. Diese Quelle allein hatte den Grundstein dafür gelegt, dass die Stadt die Kurkapitale von ganz Frankreich geworden war.

Anouk wusch sich mit dem heißen Wasser Hände und Gesicht, Luc tat es ihr nach. Dann bestrich er mit ein paar Tropfen Wasser Aurélies Gesicht – erst erschrak seine Tochter ein bisschen, aber dann begann sie fröhlich zu grinsen.

Sie setzten sich auf eine kleine Wiese in der Nähe, wo Aurélie sofort loszukrabbeln begann. Während Luc ihr zusah, murmelte er: »Das haben die doch nicht getan, oder?«

»Warum auch? Was sollten die Kids denn gegen Auguste Fontaine haben – oder gegen einen Kritiker, den sie nun wirklich nicht kannten?«

»Stimmt. Wenn sie alle Restaurants ins Visier nehmen würden, die Foie gras servieren, dann hätten sie hier im Südwesten echt gut zu tun.«

»Sie wären doch auch niemals in Augustes Weinkeller gekommen, ohne aufzufallen.«

»Guter Punkt«, sagte Luc und dann noch mal leiser: »Guter Punkt.«

»Und nun? Wollen wir erst mal das eine zu Ende bringen?«

Luc sah Anouk nachdenklich an, nach einer Weile schüttelte er den Kopf.

»Nein, lass sie noch ein bisschen schmoren. Die Buttersäure in der Foie gras war schließlich eine fiese Sache – dafür dürfen sie gern noch ein paar Stunden auf dem Revier verbringen.«

Anouk sah ihren Partner prüfend an, dann grinste sie.

»Es geht dir gar nicht so sehr um die Kids, oder? Du machst das, weil du damit Laurent Aubry beschäftigt hältst.«

»Ich hoffe, du wirst nie meine Feindin. Du liest mich einfach zu gut.«

»Dann benimm dich immer gut«, antwortete Anouk und küsste Luc.

»Wir fahren jetzt wieder zum traurigen Koch«, entschied der. »Ich glaube, die Antwort ist in seinem Restaurant zu finden.«

»Auf geht's«, sagte Anouk. Sie nahm Aurélie auf den Arm, dann gingen sie zurück zum Auto. Als sie die Kleine in ihrem Kindersitz anschnallte, sagte sie: »Du Arme, jetzt musst du hier eine halbe Tour de France unternehmen, nur weil wir dich zur jüngsten Polizistin des Landes machen. Das ist doch Kinderarbeit.«

Doch Aurélie lächelte ihre Mama strahlend an.

»Ich glaube, wenn sie mit uns beiden zusammen ist, dann ist ihr alles recht«, sagte Luc und überließ Anouk den Autoschlüssel.

Diesmal nahmen sie die südliche Route, passierten Magescq und machten unter dem Kirchturm von Azur eine Kaffeepause.

»Ich habe wirklich eine Schwäche für diese kleinen Dörfer hier«, sagte Luc, als sie zehn Minuten zwischen Rathaus und Église gesessen hatten, ohne dass ein Auto vorbeigekommen war. Die Trikolore hing träge im lauen Wind, ringsum hatten die Bewohner ihre Gärten zu kleinen Paradiesen bepflanzt, mit früh blühenden Bougainvilleen und Hortensien. In der Gironde würde es niemals so aussehen, dachte Luc, weil dort noch viel mehr Sand und längst nicht so viel Wasser war wie hier weiter südlich.

»Ja, alles wirkt wahnsinnig entspannt«, sagte Anouk, »so ursprünglich.«

Luc trank den starken Kaffee aus, dann fuhren sie die letzten Kilometer der Départementale, bis sie kurz vor Moliets-et-Maa nach rechts abbogen und sich wieder die herrliche Spazierfahrt entlang der Küste über die Alleenstraße gönnten, die durch den Seekiefernwald führte.

Als sie vor der Villa Auguste ankamen, war außer ihrem nur ein weiteres Fahrzeug da: der gelbe Lamborghini.

»O Mann, ich hoffe, der eitle Sohn gibt dem alten Herrn nicht noch den Rest«, murmelte Anouk.

»Joffe hatte recht: Der hat ein gutes Timing.«

Sie stiegen aus und wollten gerade ins Restaurant eintreten, als Florentine Silva mit düsterer Miene herauskam. Sie hatte es so eilig, dass sie fast den Kinderwagen umgerannt hätte.

»*Bonjour*, Madame. Wir sind auf der Suche nach dem Chef.«

Luc hatte die Restaurantleiterin noch nie grimmig gesehen, er war regelrecht überrascht, *wie* grimmig sie sein konnte. Sie hob den Arm und machte eine wegwerfende Geste über die Villa hinweg.

»Am Strand. Der Chef ist nie am Strand. Aber gut, vielleicht passieren hier heute ja einfach wirklich nur Dinge, die man nicht erwartet hätte.« Sprach es und ging in Richtung Wald, ohne eine weitere Frage abzuwarten.

Anouk und Luc sahen sich schulterzuckend an. Dann gingen sie um die Villa herum, öffneten die niedrige Tür, die in den

Holzzaun eingelassen war, der mehr eine sichtbare Einfriedung war als ein wirklicher Schutz vor Einbrechern – schließlich konnte man einfach über den halbmeterhohen Zaun steigen.

Und dann war da nur noch der Strand: links und rechts die Weite, silbern glitzernder Sand bis zum Horizont und hundert, vielleicht sogar zweihundert Meter weiter unten die Wellen des Ozeans, die heute ganz sanft heranrollten. Es war zwar bewölkt, aber der Wind war schwach, kein guter Tag für Surfer, aber ein sicheres Anzeichen, dass es bald wieder wärmer werden würde.

Anouk nahm Aurélie aus dem Kinderwagen und gab sie Luc auf den Arm.

Sie sahen ihn sofort: Vorne an der Wasserkante saß mutterseelenallein Auguste Fontaine, ein gebeugter Mann. Seine Kluft ließ ihn hier am Strand so ungewöhnlich wirken – er hätte auch einen Raumanzug tragen können: in seiner weißen Kochjacke, die Trikolore schmückte den Kragen so stolz wie am ersten Tag. Langsam gingen sie näher, der Wind und die Wellen waren so schwach, dass sie das Knirschen des Sandes unter ihren Schuhen hören konnten.

Sie waren ihm schon ganz nah, als sich der Koch umdrehte und sie zu sich heranwinkte. Er begrüßte sie gar nicht erst, sondern sagte leise:

»Ich war viel zu selten hier.«

Luc zog seine Lederjacke aus und setzte Aurélie darauf ab, dann ließ er sich neben Auguste Fontaine in den Sand fallen, Anouk setzte sich auf die andere Seite.

»Wie meinen Sie?«

»Ich meine, dass ich nie hier war. Oder so gut wie nie. Ich glaube, in all den Jahren, in denen ich in der Villa gekocht habe, war ich sechs- oder siebenmal an diesem Strand. Immer wenn etwas nicht gut gelaufen ist. Sie können es sich ja ausmalen – es lief immer sehr gut, danach sah es zumindest aus. Ich bin jeden

Tag in meinem Kräutergarten, in meinem Gemüsegarten, im Kühlraum, sogar in der Spülküche. Aber ich bin nie am Strand.«
Er musste lachen. »Ich sag es ja: Die Küche besitzt mich.«

»Ihr Essen gestern war herausragend, Maître«, sagte Luc vorsichtig, »ich weiß, es hat schrecklich geendet, und ich bin niemand, der in Restaurants mit drei Sternen ein- und ausgeht. Aber die Vorspeisen waren unglaublich.«

»Die Vorspeisen, ja«, Auguste Fontaine sah grüblerisch zu den Wellen, »die kann ich im Schlaf. Ich kann sie mir im Schlaf ausdenken, komponieren, und wahrscheinlich werde ich sie auch noch in fünf Jahren kochen können, wenn Sie mich nachts um vier wecken. Auch wenn es dann ganz dunkel ist.«

Luc sah den alten Mann von der Seite an und fragte sich, ob er aus Kummer dem Cognac etwas zu sehr zugesprochen hatte.

»Das ist ja das Gute an meiner Art von Küche: Es geht gar nicht darum, wie gut jemand kochen kann. Es geht nur um die Vorsicht, mit der ich die Produkte behandle. Es geht um die Auswahl, darum, dass ich den Bauern kenne und den Fischer und dass wir alle gemeinsam lieben, was wir tun. Sie liefern mir das beste Fleisch und den besten Fisch – und ich muss mein Bestes tun, um es nicht zu versauen. Und gestern … habe ich es versaut.«

»Sie können doch aber nichts für die Fehler Ihrer Mitarbeiter«, sagte Anouk sanft. Auguste Fontaine wandte seinen Blick vom Meer ab und Lucs Partnerin zu. Luc spürte, dass der Maître mit den Tränen kämpfte.

»Ich schäme mich, Mademoiselle, ich schäme mich, weil ich es der armen jungen Frau in die Schuhe geschoben habe.«

»Was meinen Sie damit, Monsieur Fontaine?«

»Glauben Sie ernsthaft, ich würde die Seezunge für den Tester des *Guide* von einer Köchin zubereiten lassen, die erst seit einem Monat hier ist? Nein, Gott bewahre. Ich habe die größte Seezunge für den Kritiker persönlich ausgewählt, das schaffe ich noch. Ich habe sie filetiert, ich habe sie angebraten und gedämpft, ich habe die Soße eigenhändig passiert, und dann habe ich den Gemüsegarten aufgebaut – all das, was Sie gesehen haben und hoffentlich auch gegessen. Und dabei habe ich die Gräte nicht gesehen, die entscheidende Gräte – und Gilles Saint-Roch wäre mir fast erstickt. Dann hätte ich mich lebendig einsargen können. Egal wie gut meine Entschuldigung auch ist.«

»Ihre Entschuldigung?«

»Sie merken es nicht, oder?«

Luc schüttelte den Kopf.

»Ich werde blind, Commissaire.«

»Ich werde blind. Ich schaffe es, den größten Fisch auszuwählen, Umrisse sind kein Problem. Aber eine Gräte von zweieinhalb Zentimetern Länge – das schaffe ich nicht mehr. Ist das denn zu fassen?« Auguste Fontaine schüttelte wütend den Kopf. Jetzt verstand Luc: die Vorspeisen machen, selbst wenn es dunkel ist. Nicht dunkel in der Nacht. Dunkel in Fontaines Kopf. »Es hat vor zwei Jahren begonnen. Ich habe nie eine Brille tragen müssen, in meinem ganzen Leben. Aber plötzlich wurden die Farben schwächer und die Kontraste auch. Ich glaubte erst, es wäre nichts. Aber es wurde immer schlimmer. Zum Arzt hab ich mich nicht getraut. Ich dachte, es würde Gerede geben – und Gerede in einem so kleinen Dorf … Außerdem: Ich wollte es nicht wahrhaben. Bis ich irgendwann anfing, Fehler zu machen.« Er sah zum Himmel und kniff dabei die Augen zusammen, »Ich habe nie jemandem davon erzählt, und ich habe keine Ahnung, wer etwas davon weiß. Vielleicht ist mein Betrug aufgegangen.« Er sah den überraschten Luc forsch an. »Ja, Betrug, nichts anderes ist es, was ich getan habe. Ich habe mein Team betrogen. Wissen Sie, das Gute in so einer großen Küche ist: Da gibt es immer jemanden, dem Sie die Aufgaben übertragen können. Es gibt für jeden Posten einen oder zwei Köche. Ich habe Roland dazu gebracht, dass er praktisch alles übernommen hat, was mein Job war. Ich habe nur noch über neue Gerichte gegrübelt und sie aus meiner Erinnerung zusammengebaut. Bis es dann dahin kam, dass es ans Vorkochen ging. Da erwartet die Küche natürlich, dass der Chef an vorderster Front steht. Ich habe aber Roland vorgeschickt, der arme Kerl konnte gar nicht anders, als seine schmale Brust immer breiter zu machen – er dachte, jetzt könne er doch noch mein Nachfolger werden. Dabei habe ich es ihn bloß tun lassen, weil ich es selbst nicht mehr konnte. Weil ich die Salzmühle nicht mehr von der Pfeffermühle unterscheiden konnte. Ich habe angefangen, mir kleine Brücken zu bauen. Hab bei den Gewürzen die Etiketten halb oder ganz abgeknibbelt, damit ich schnell spürte, welche Zutat das nun wieder war. Aber bei Gräten«, er schüttelte fassungslos den Kopf, »bei Gräten sind Sie wirklich machtlos, wenn Sie nichts mehr sehen – und wenn es schnell gehen muss.« Plötzlich stand Auguste Fontaine auf und sah zu ihnen herunter. »Kommen Sie, gehen wir ein Stück.«

Der Wind hatte aufgefrischt, und die Wolken, die von Westen heranzogen, verhießen nichts Gutes.

Dennoch machten sie sich auf den Weg gen Süden, der Strand war bis auf sie drei plus dem Baby in Lucs Arm immer noch menschenleer. Auguste Fontaine musste nun lauter sprechen, um die Windböen zu übertönen.

»Denn das Problem war, dass ich schnell gemerkt habe, dass ich es so nicht machen will. Ich wollte immer Koch sein, ich konnte nichts anderes. Draußen im Gastraum zu sein, das war für mich als junger Mann die Hölle. Diese Freundlichkeit, der Small Talk – als Koch sind Sie ein Handwerker und kein Entertainer. Aber die Gesellschaft wollte das von uns, hat es erwartet, so wie sie es von Bocuse, Ducasse und Guérard auch bekommen hat und bekommt. Also musste ich es lernen und habe es gelernt, ein Schauspieler zu sein. Eigentlich aber wollte ich nur an den Herd. Und nun kann ich das nicht mehr – oder nicht mehr richtig. Ich merke, dass es mir so eben keinen Spaß mehr macht. Trotzdem, ein bisschen wollte ich noch ausharren, um nicht geschlagen aufgeben zu müssen, wenn Sie verstehen. Mit meinen drei Sternen. Damit wollte ich aufhören – und das Restaurant dann schließen. Nach der diesjährigen Sternevergabe sollte Schluss sein.«

Sie gingen langsam, die Wellen leckten an Anouks Schuhen. In dieser Sekunde setzte ein leichter Nieselregen ein, während der Wind, der mittlerweile ein Sturm geworden war, ihnen den Sand ins Gesicht wehte. Es war ein doppeltes Peeling. Luc versteckte Aurélie unter seiner Jacke.

»Ist es nicht gut, sich das jetzt alles von der Seele reden zu können? Das nicht mehr verheimlichen zu müssen?« Anouk sah aufmunternd zu dem Koch hinüber. »Ich frage, weil Sie trotz allem irgendwie erleichtert wirken, regelrecht gelöst.«

Auguste Fontaine sah Anouk interessiert an. »Sie kennen die Menschen, Mademoiselle. Ja, es stimmt. Es geht mir besser. Weil ich endlich die richtige Entscheidung getroffen habe. Eine Entscheidung, die mir eine Last von der Seele genommen hat, so groß, das können Sie sich gar nicht vorstellen.«

Luc sah zu Anouk hinüber. Sie hatte wieder ins Schwarze getroffen. Er spürte, wie seine Anspannung zunahm.

»Bitte, Maître, was haben Sie entschieden?«

»Nun, ich habe das Restaurant nach dem Abgang des Kritikers verlassen und bin hier zum Strand gegangen. Ich wollte nicht mehr in die Küche, ich habe mich geschämt. Ich bin herumgelaufen, die ganze Nacht, ich habe überhaupt nicht geschlafen. Und als dann der Morgen graute, war ich mir sicher, dass ich die Lösung gefunden hatte – eine Lösung, die ich selbst nie für möglich gehalten hätte.«

»Spannen Sie uns bitte nicht auf die Folter«, sagte Anouk. Der Regen hatte zugenommen, doch die Neugier war mittlerweile so groß, dass auch Luc die Kälte und Nässe nicht mehr recht wahrnahm.

»Lassen Sie uns langsam zurückgehen«, sagte der Koch, und sie kehrten um. »Sie haben doch den Auftritt des jungen Mannes gestern gesehen, der überraschend in meine Küche gekommen ist.«

»Den Auftritt Ihres Sohnes.«

Auguste Fontaine nickte ernst.

»Mein Sohn. Wissen Sie, ich habe ihn nie so genannt, seitdem meine Frau so früh gestorben ist. Die Jungs waren damals in der Pubertät, und ich war in der Küche. Rémy und ich – wir waren nur selten einer Meinung. Wir hatten keine … nun ja, keine gute Beziehung. Vielleicht hatten wir auch gar keine. Ich glaubte, er könne mich nicht leiden, und er glaubte das Gleiche von mir. Vielleicht hatten wir beide recht. Ich kam einfach nicht klar damit, wie er war. Ganz anders als Guillaume. Kein Handwerker.«

»Eher ein Schauspieler?«, fragte Luc.

»Vielleicht ist es das«, erwiderte der Koch. »Rémy ist das, was ich in dieser modernen Welt hätte sein müssen: ein Entertainer. Aber ich war mir lange Zeit sicher, dass er nicht mein Talent hätte. Bis jetzt.«

»Was ist passiert?« In der Ferne konnte Luc durch den Regen schon die Villa Auguste ausmachen.

»Er hat mir vor ein paar Wochen geschrieben. Ich habe den Brief mit einer Lupe entziffert – es ging gerade so. Die Worte kann ich auswendig. Er schrieb mir, dass er hoffe, es gehe mir gut und ich würde nicht nur mit Bitterkeit an ihn denken. *Bitter-keit*, ich weiß gar nicht, woher er das hatte. Aber es stimmte. Ich hatte mir einen Koch als Sohn gewünscht – einen Koch, der die Dinge so angeht wie ich. Ja, ich habe Bitterkeit empfunden. Nun ja, er schrieb, dass er nach all den Eskapaden nun verstanden habe, worum es im Leben gehe – und besonders im Leben eines Kochs.

Er sei nun bereit, mir zu folgen. In meine Fußstapfen zu treten. Er versprach, es sei vorbei mit der Jeunesse dorée, mit seinen Ausflügen in die Welt der Schönen und Reichen, die ja ohnehin nur Schein sei. Er wünsche sich, ich würde mir alles noch einmal überlegen.«

In diesem Moment begann Aurélie unter Lucs Jacke leise zu grummeln. Offenbar war es ihr langsam genug mit dem Regen und dem Sturm – oder mit dem Aufenthalt in Papas Versteck.

»Was würden Sie sich noch einmal überlegen?« Luc wurde langsam ungeduldig.

»Vor fünf Jahren hatten wir diese Diskussion schon einmal. Ich habe ihm damals gesagt, dass ich mal gehofft hatte, er würde mein Nachfolger. Aber ich sei so enttäuscht von ihm und seinem vergeudeten Talent, dass ich es mir nicht mehr vorstellen könnte. Da fuhr er mich an, er würde mein klassisches Gekoche ohnehin nicht aushalten – und dieses piefige Gourmetrestaurant könne ihm gestohlen bleiben. Von diesem Moment an waren wir geschiedene Leute.«

»Und nun will er die Villa doch übernehmen.«

»So ist es. Ich habe ihm auf seinen Brief nicht geantwortet. Da stand er vor zwei Tagen vor meiner Tür. Ich habe ihn rausgeschmissen – so einfach ist das. Ich kann nicht ertragen, was er da zusammengekocht hat, in Monaco.« Er spuckte das Wort förmlich aus. »Das ist nur Bling-Bling, es hat nichts mit guten Produkten zu tun, es ist nur immer größer-schneller-weiter.«

241

»Und dann kam er gestern noch einmal.«

»Das Ergebnis haben Sie gesehen.«

»Und nun haben Sie es sich anders überlegt.«

»Es ist vielleicht auch wegen ihm – ich möchte ihm so gerne glauben, dass er seinen Lebenswandel geändert hat. Dass er wirklich verstanden hat, worum es geht.«

»Aber eigentlich ist es wegen Ihnen …«

»Ich kann mein Restaurant nicht schließen, wenn es zwei Sterne hat. Ich muss drei Sterne haben, erst dann kann ich gehen. Aber wie soll ich als blinder Mann einen dritten Stern erkochen? Wir müssen es gemeinsam machen – Rémy gegenüber konnte ich es zugeben. Wir beide zusammen können es schaffen, und dann kann das Restaurant in seiner Hand bleiben.«

»Weiß er es schon?«, rief Luc gegen den Wind, als sie den Weg aus Holzbohlen hinaufgingen. Man sah die Hand vor Augen nicht mehr, so stark regnete es jetzt.

»Ich habe es ihm vorhin gesagt. Alles.«

»Und?«

»Er war … ja, was eigentlich? Er war überrascht, gerührt, aber auch traurig und erschrocken, dass es mir so schlecht geht. Er macht sich große Sorgen – und das hat mich wiederum gerührt. Vielleicht meint er das ja wirklich alles ernst, vielleicht ist er wirklich ein anderer Mensch geworden – mein Sohn.«

Luc erinnerte sich in diesem Augenblick an das Gespräch am Morgen unter seinem Fenster, an die Umarmung der beiden alten Männer – es war der Moment kurz nach Auguste Fontaines Entscheidung gewesen.

»Wir danken Ihnen für Ihre Offenheit, Monsieur Fontaine«, sagte Anouk, und der Commissaire fügte hinzu: »Wir würden gern mit Ihrem Sohn sprechen.« Er vermied hinzuzufügen: *Denn noch immer suchen wir denjenigen, der Ugo Gennevilliers' Wein vergiftet hat.*

»Er ist in der Küche, er stellt sich gerade dem Team vor. Ich wollte ihn dabei nicht stören – das wäre ja, als wenn ein Elefant im Raum steht.«

»Gut, wenn Sie erlauben, würden wir gleich einmal hineingehen.«

»Natürlich, Commissaire.«

»Aber können Sie uns vorher den Weinkeller zeigen?«

»Den normalen oder den geheimen?«

»Wo stand der Château Lacour?«

»Kommen Sie«, sagte Auguste Fontaine. »Den Weg zum geheimen Keller finde ich auch dann noch, wenn ich gar nichts mehr sehe.«

Sie gingen um eine weitere Ecke, der Regen prasselte mit voller Wucht.

Der Chefkoch ging zu einer kleinen Tür neben dem Kräutergarten, die so unscheinbar aussah, als verbärge sie maximal eine kleine Kammer für Konservendosen. Er machte sich an der Wand zu schaffen, und plötzlich öffnete sich ein Tastenfeld. Schnell gab er sechs Nummern ein und sagte erklärend: »Der Diebstahlschutz muss funktionieren. Denn diese Weine versichert niemand.«

Die Tür surrte auf, und die Polizisten sahen, wie dick sie war. Purer Stahl in der Optik einer Gartenpforte. Die Tarnung funktionierte.

Ein dunkler Treppenabsatz, viele Stufen, die nach unten führten. Die Luft war kühl, aber trocken. Ein Segen nach diesem Regenguss. Auguste Fontaine bewegte sich, als wäre er in seinem Wohnzimmer, schnell und ohne Zögern, Luc und Anouk folgten ihm, der Commissaire hielt sich bei den steilen Stufen an der Wand fest, er hielt immer noch Aurélie in seinen Armen.

Als sie unten ankamen, war die Dunkelheit vor ihnen vollkommen, so tief waren sie unter der Erde. Dann knipste der Sternekoch das Licht an, und dem Commissaire stockte der Atem. Und auch Anouk murmelte: »Heiliger Bimbam. Ich trinke ja gerade nicht, aber hier würde ich wohl schwach werden.«

Es war kein technisches System, kein schicker Kühlschrank, es war einfach nur ein in den Stein gehauener Weinkeller mit hölzernen Halterungen, auf denen die Flaschen lagen, über und über, Flaschen, die teilweise so alt waren, dass die Schrift auf den Etiketten schon vergilbt war – vergilbt ja, aber immer noch lesbar. Es waren nicht Hunderte Flaschen, es waren sicher eintausend. Und wenn Luc die Etiketten überflog, dann war er sich sicher, dass hier Millionenwerte lagen. Kein Wunder, dass das Sicherheitssystem so ausgeklügelt war.

An den Wänden hingen moderne technische Instrumente, die sowohl die Temperatur als auch die Luftfeuchtigkeit maßen, eine Klimaanlage brauchte dieser Raum nicht.

»Ich sammele seit fünfzig Jahren Weine. Meine erste Flasche war ein Château Talbot von 1955. Und seither – nun ja, in fünfzig Jahren kommt einiges zusammen. Ich denke, bei aller Bescheidenheit, es ist der größte Weinkeller in der Aquitaine, außerhalb der Châteaux selbst, versteht sich.«

Ehrfürchtig las Luc die Namen der Châteaux, aus denen die Weine stammten: eine Reihe von Flaschen des Château d'Yquem aus den Achtzigern. Der Inhalt schimmerte golden, der berühmteste Süßwein der Welt war sicher tausend Euro teuer – also der aktuelle Jahrgang. Diese alten Tropfen waren unbezahlbar. Dahinter lagerten die Roten des Château Margaux und dort jene des legendären Château Lafite. Das Château Mouton-Rothschild hatte ein eigenes Regal, die Jahrgänge reichten zurück bis 1928. In einer Ecke aber sah Luc noch etwas anderes. »Romanée-Conti? Sie haben Weine aus der Bourgogne?« Er wusste natürlich, dass der Wein eine Legende war und zu den teuersten der Welt gehörte, er hatte auf einer Auktion mal eine halbe Million Euro erzielt – für eine einzige Flasche. Aber er stammte eben nicht aus Bordeaux.

»Ich liebe den Burgunder. Aber sagen Sie es nicht weiter.« Auguste Fontaine grinste.

In der Mitte des Kellers standen vier Fässer, alte Eichenfässer. Die Oberseite war rot eingefärbt – wie Luc von seinem Schulfreund Richard Lecœur wusste, stammte die Farbe von echtem Rotwein.

»Was ist das für einer?«

»Es ist unser Hauswein. Eine Cuvée, die ein Château im Tursan-Gebiet für uns keltert. Diesen Wein gibt es nur hier – und unsere Gäste lieben ihn. Wir füllen ihn nie in Flaschen, er kommt direkt aus dem Fass in einer Karaffe an den Tisch. Dreimal pro Woche fülle ich ihn direkt ab und bringe ihn nach oben.«

»Und warum haben Sie zwei Weinkeller?«

Der alte Mann stöhnte. »Ja, wir sind ein Restaurant der Crème de la Crème. Das gilt nicht nur für die Gäste, auch für die Angestellten. In der Gastronomie wird gestohlen, was das Zeug hält. Und das macht auch vor meiner Tür nicht halt. Also habe ich einen Keller für die Weine, die jeden Tag getrunken werden. Und einen für die Weine, die nur ich zu Gesicht bekomme. Weine, die nur ganz besondere Kunden bestellen.«

»Wer hat für diesen Keller den Code?«

Auguste Fontaine überlegte nicht lange. »Ich bin manchmal auswärts, deshalb haben Madame Silva und Monsieur le Correc den Code. Genau wie mein Sohn Guillaume. Und nun, seit ein paar Stunden, auch Rémy.«

»Sonst niemand?«

»Niemand.«

»Und der Lacour war die ganze Zeit hier drinnen?«

»Natürlich, Commissaire. Bis zu dem Moment, als ihn Madame Silva geholt und dekantiert hat. Aber oben stand er dann neben dem Tisch von Ugo. Da hätte niemand etwas hineintun können.«

Nun war es Luc, der stöhnte. »Aber wer war es dann?«, fragte er leise.

Anouk zeigte an die Decke aus roten Backsteinen.

»Haben Sie keine Angst vor einer Sturmflut?«, fragte sie.

»Wir haben Spundwände, und es gibt eine doppelte Ummauerung plus eine Stahldecke. Auch wenn das Restaurant überflutet werden sollte, dieser Keller bleibt trocken.«

Anouk und Luc sahen sich ein weiteres Mal um.

»Hat Ihnen das geholfen?«, erkundigte sich der Koch.

»Das kann ich noch nicht sagen«, antwortete Luc. »Aber es ist gut, diesen Ort gesehen zu haben. Allein schon, um zu wissen, was ich mir als Beamter niemals werde leisten können.«

»Wissen Sie, Commissaire, wenn all das hier vorbei ist und Sie unser Rätsel gelöst haben, dann werden wir eine Flasche davon gemeinsam trinken. Was meinen Sie?«

Luc nickte, aber irgendetwas hielt ihn davon ab, dem alten Mann die Hand zu geben. Sie stiegen langsam die Treppe hinauf und traten hinaus in den Sturm und den Regen.

»Dann sprechen wir jetzt mit Ihrem Sohn«, sagte Anouk und sah durch das kleine Küchenfenster hinein.

»Bitte, machen Sie das«, erwiderte der Maître und wies ihnen den Weg.

Als Luc sich noch einmal umdrehte, sah er, wie Auguste Fontaine lächelnd ins Innere des Restaurants sah. Er wirkte erleichtert, mehr als das, er wirkte sogar ein wenig glücklich.

Kapitel 28

»Der Sohn vergiftet den Wein, damit der Vater seinen Stern verliert.«

»Um selbst an sein Ziel zu gelangen.«

»So könnte es gewesen sein.«

Der Gastraum war verlassen, und Anouk hatte sich mangels eines Handtuches eine Stoffserviette geschnappt, mit der sie sich das nasse Gesicht und die dunkelbraunen Haare abtrocknete. Dann nahm sie Luc Aurélie ab, damit auch er sich etwas trocknen konnte.

»Aber wie soll er in den Weinkeller gekommen sein? Er hat den Code ja erst vorhin erhalten.«

»Meinst du nicht, dass der Sohn des Chefs diese Freiheit hätte? Wer vom Personal würde ihn aufhalten wollen …«

»Ich glaube, mit Florentine Silva ist nicht zu spaßen, ehrlich gesagt.«

»Da hast du auch wieder recht.«

»Na, dann fragen wir ihn doch.«

Mittlerweile war der Weg in die Küche schon normal geworden für die beiden Polizisten – und Luc fragte sich, wie es sich wohl anfühlte, wenn diese einhundert Quadratmeter zum eigenen Reich geworden waren – mit welchem Gefühl man dann wohl in die Küche schritt. Natürlich, auch Luc hatte in Paris eine Abteilung geleitet, aber er wurde weder jeden Tag von professionellen Kritikern bewertet noch von den normalen Gästen in zig Internetforen – und er musste sich nicht jedes Jahr um die Zweige und Streifen auf seiner Paradeuniform neu bewerben.

Die automatische Tür schwang auf, und sie kamen gerade rechtzeitig, denn offenbar war Rémy Fontaine eben dabei, seine Willkommensrede zu beenden.

»… freue ich mich wirklich, das mit euch allen anzugehen, Mademoiselle Hoang eingeschlossen, bei der ich mir sicher bin, dass sie von nun an keine Gräte mehr übersehen wird.« Er nickte der jungen Frau zu, die, wie Luc nun überrascht wahrnahm, wieder am Fischposten stand – sah er da den Anflug eines Lächelns auf ihrem Gesicht? »Ich weiß, es ist unerwartet«, setzte Rémy derweil seine Rede fort. »Ich will nicht alles anders machen, und ich werde sicher nicht alles besser machen als mein legendärer Vater. Aber ich verspreche euch, ich bringe frischen Wind mit, und ich werde ein Koch sein, der mit euch arbeitet – und nicht über euch. Okay? Na dann, heute Abend fangen wir an. Euch allen eine schöne Mittagspause.«

Es war ein zögerlicher Applaus, der in der Küche erklang.

»Na, da würde ich aber keine Zugabe spielen«, flüsterte Anouk Luc zu und grinste. Der Commissaire hatte beobachtet, wer gar nicht klatschte: einer der Spüler, der Mann am Grillposten und Roland le Correc. Finster sah er auf den Fliesenboden. Von der Restaurantleiterin fehlte noch immer jede Spur.

Doch Rémy Fontaine schien das nicht zu stören. Er hatte sich bereits umgedreht und nahm den Herd in Augenschein. »Einfach toll, wie viel Platz hier ist«, sagte er zu sich selbst. Anouk und Luc traten auf ihn zu.

»Monsieur Fontaine, schön, Sie wiederzusehen«, sagte Anouk.

»Herzlichen Glückwunsch zur neuen Aufgabe«, fügte Luc hinzu.

»Oh, vielen Dank. Sie sind wohl meine Glücksbringer. Sie erleben mich im schlimmsten Moment der letzten Wochen und im schönsten.«

»Der schlimmste war ihr gestriger Rausschmiss?«

»Zum Glück hat er sich gefangen. Mein armer Papa. Ich … Ich kann es immer noch nicht fassen, was er mir erzählt hat. Wissen Sie, von Kindesbeinen an war er für mich der Inbegriff eines starken Mannes – und jetzt das.«

Von draußen schlug der Regen an das einzige Fenster im Raum, hinten am Fischposten, von wo die junge Köchin zu ihnen herübersah. Luc fing ihren Blick auf, wandte sich dann aber wieder dem Koch zu.

»Können wir uns wohl einen Moment unter sechs Augen sprechen, Monsieur Fontaine?«

»Na klar.« Der junge Mann sah sich in der Küche um. »Ich habe kurz Zeit, die Kollegen kommen erst am Nachmittag zurück. Nun, kommen Sie, gehen wir vorne an den Pass.« Er wirkte nicht, als hätte er erst heute hier Einzug gehalten. Obwohl er so groß war, ging er zielsicher durch die engen Lücken, die zwischen den Arbeitsplatten und Kühlschränken frei gelassen worden waren. Der Souschef, der sonst hier stand, war gerade auf dem Weg zum Ausgang, wie Luc im Augenwinkel registrierte.

»Also? Was gibt es?«

»Ist es Zufall, dass Sie vorgestern hier angekommen sind?«

»Wie meinen Sie das?«

»Ein Kritiker – nein, der Kritiker schlechthin – wird vergiftet, und Sie kommen am Tag darauf in die Villa Auguste um Ihrem Vater die Übernahme des Restaurants anzubieten. Es ist ein Zufall, der für meinen Geschmack ein bisschen zu groß erscheint.«

»Aber …«, Rémy sah Luc lächelnd an, »ich dachte, Sie haben die Täter längst gefunden. Sind das nicht diese Ökos, die meinem Bruder eins auswischen wollten?«

»Nein«, sagte Luc streng, »der Anschlag auf Ihren Bruder hat mit dem Kritiker nicht das Geringste zu tun.«

»Ach was, das … Das wusste ich nicht.«

»Der Kritiker wurde hier im Restaurant vergiftet – und zwar keineswegs mit einer Entenstopfleber. Der Täter muss jemand gewesen sein, der sich unbemerkt Zugang zum Restaurant verschaffen konnte.«

Rémy Fontaine lachte laut auf.

»Und Sie meinen, das sei ich? Ich bitte Sie: Ich war bis heute Morgen das schwarze Schaf der Familie. Ich glaube, mein Vater hätte sogar gern eine Selbstschussanlage angebracht, die auf mein Foto reagiert, wenn er technisch die Möglichkeiten dazu gehabt hätte. Niemals wäre ich hier reingekommen.« Luc fand, dass der junge Mann sich cooler gab, als er augenscheinlich war. Sein Blick ging nervös im Raum herum.

»Aber warum kommen Sie ausgerechnet an diesem besonderen Tag?«

»Es ist wirklich pure Ironie, dass Sie nun mich aufs Korn nehmen – an dem Tag, an dem mein Vater endlich wieder Vertrauen zu mir fasst. Aber gut, vielleicht ist es meine Bestimmung, dass ich nie meine Ruhe haben werde. Hören Sie, ich habe wochenlang auf eine Antwort gewartet, nachdem ich meinen Brief an Papa abgeschickt hatte. Sie glauben es mir ja eh nicht, aber ich habe verstanden, warum mein Vater so war, wie er war – und ich wollte so gut und erdverbunden kochen wie er. Ein ganz besonderer Mensch hat diesen Wandel in mir bewirkt, und ich war noch nie so dankbar. Ich saß also in Saint-Tropez am Meer und habe mir die Boote angesehen und den Winter vorbeiziehen lassen, während ich auf seine Antwort wartete – und dann wusste ich, dass ich keine Zeit mehr vergeuden darf. Deshalb bin ich losgefahren.«

»Ahnten Sie, dass Ihr Vater erblindet?«

»Ach was, wie sollte ich das denn ahnen? Ich weiß es seit zwei Stunden – und wie gesagt: Es hat mich total schockiert.«

Luc lehnte sich auf den Pass, der nach dem Service gestern Abend wieder sauber glänzte.

»Warum sind Sie nicht wieder abgereist, nachdem er Ihren Wunsch, das Restaurant zu übernehmen, zweimal ausgeschlagen hatte?«

»Tja«, antwortete der junge Mann, und sein Blick glitt zwischen Anouk und Luc hin und her. »Ehrlich gesagt weiß ich das auch nicht. Vielleicht war es pure Hoffnung – oder Vorahnung, nennen Sie es doch, wie Sie wollen.«

»Sie wussten, dass Ihr Vater das Restaurant mit zwei Sternen niemals geschlossen hätte, oder?«

»Er war süchtig nach dieser Form von Anerkennung, das stimmt.«

»Es wäre ein Leichtes gewesen, den Wein des Kritikers zu vergiften, um damit die Abstufung zu erzwingen. Dann wäre der Ruf nach Ihnen folgerichtig gewesen.«

»Hören Sie mal …«

»Haben Sie Erfahrung mit GHB?« Lucs Stimme war Eis.

»Womit?« Der junge Mann trippelte nun von einem Fuß auf den anderen.

»Liquid Ecstasy.«

»Womit? Na, entschuldi…«

»Haben Sie schon einmal Liquid Ecstasy genommen, Monsieur Fontaine?«

»Ja, verdammt«, sagte Rémy Fontaine laut und wütend. »Na klar hab ich schon mal Liquid genommen. Und Koks. Und auch MDMA. In der Küche und auf Partys. Wahrscheinlich sogar mehr in der Küche. Zeigen Sie mir mal einen jungen Koch unter vierzig, der diesen Scheiß nicht nimmt, auf dem Niveau, auf dem wir kochen. Sie brauchen das, sonst halten Sie einen Mittags- und einen Abendservice nicht durch. Ey, das sind zwölf, manchmal vierzehn oder sechzehn Stunden. Wie soll das sonst gehen?«

»Ugo Gennevilliers wurde mit GHB vergiftet.«

»Was? Der alte Kerl?«

»Ja, er hat eine gehörige Dosis Liquid Ecstasy abbekommen und wäre fast daran verstorben.«

»Ach du Scheiße.«

»Sie sagen es, Monsieur Fontaine. Kann es nicht sein, dass Sie aus dem Süden etwas GHB mitgebracht und es ihm in die Weinflasche gespritzt haben?«

»Woher soll ich denn wissen, was der für einen Wein trinkt?«

»Wissen Sie, wie Monsieur Gennevilliers aussieht?«

»Na klar, jeder Koch kennt den.«

Luc wurde nun leiser, was ihn noch bedrohlicher klingen ließ.

»Und jeder Koch weiß, welchen Wein er trinkt. Es stand schließlich in jeder Zeitung, die ein Porträt über ihn geschrieben hat: den 95er Lacour. Es hätte perfekt gepasst, wenn Sie einen Plan gehabt hätten. Schließlich wissen Sie auch, dass von Liquid Ecstasy niemand das Zeitliche segnet. Egal also, wie die Sache für Gennevilliers ausgeht – es wäre kein Mordversuch. Sie bekämen womöglich nur eine Bewährungsstrafe. Sie haben es klug angestellt, es wäre vielleicht nie rausgekommen.«

»Aber dann«, Rémy Fontaine blieb ganz ruhig, »hätte ich doch, nachdem ich den Kritiker vergiftet habe, einfach in Monaco warten können – bis mein Vater den dritten Stern auch wirklich verliert. Dann wäre ich ins gemachte Nest gestiegen. Das wäre doch viel unverdächtiger, oder halten Sie mich für so blöd?«

»Das ist der Punkt, der mir auch zu schaffen macht. Deshalb habe ich auch meine Zweifel – und deswegen unterhalten wir uns auch hier und nicht auf dem Commissariat in Bordeaux. Also, Monsieur Fontaine, wer war es dann Ihrer Meinung nach? Wer hat den Kritiker vergiftet?«

»Sie können es mir glauben oder nicht, Commissaire. Ich dachte bis heute Mittag, dass es die Foie gras meines Bruders gewesen ist. Aber der Wein ...«

»Hatte Ihr Vater Feinde? Vielleicht sogar in seinem Team?«

Rémy lachte. »Sie kennen seinen Ton, wenn es hoch hergeht?«

Luc nickte. »Wir waren ein- oder zweimal Zeuge davon.«

»Keine Sorge. Das ist der alte Kasernenton der Dreisterneküche. Wenigstens ist es echt – und dieser Art von Spitzenküche auch irgendwie angemessen. Dieser merkwürdige Amikoch hat doch auch immer mit Tellern geworfen. Wobei das alles Show ist. Hier, in Frankreich, schlägt das Herz der Gastronomie.«

»Jetzt reden Sie schon wie Ihr Vater.«

»Aber ich bin nicht so wie er. Wir jungen Köche machen das anders, wir wollen ein Team sein mit unseren Angestellten. Früher, als mein Vater jung war, war Kochen vor allem ein Handwerk. Damals war der Hotelchef der Star, nicht der Koch. Mit Bocuse änderte sich das. Irgendwann wagten sich die Köche in den Saal. Aber hinten blieb der Ton hart, eben wie bei der Armee. Also, na klar hat mein Vater Feinde. Und Neider. Alle Zweisterneköche des Südwestens zum Beispiel. Aber sicher auch in der eigenen Küche – na ja, wenn er jemand auf dem Kieker hat, dann kann das unschön werden.«

»Kennen Sie jemanden, den er auf dem Kieker hatte in letzter Zeit?«

»Nein. Na ja, bei Mademoiselle Hoang mag es gestern wohl so ausgesehen haben nach allem, was ich gehört habe. Aber eigentlich weiß er, was er an ihr hat. Ich habe sie mit seinem Segen wieder zurückgeholt.«

»Das ist ja ein bemerkenswertes Zugeständnis, das hätte ich Ihrem Vater nach dem Ausbruch gestern gar nicht zugetraut.« Luc sah Rémy Fontaine nachdenklich an. Der schien mit den Gedanken schon woanders zu sein.

»Wissen Sie, ich habe in Monaco auch auf Spitzenniveau gekocht – auch wenn mein Vater das sicher anders sieht. Ich hatte keinen Stern, das nicht, aber das Menü war so teuer wie hier. Das lag aber nur an den Zutaten: Da unten an der Côte für unsere Klientel, also die mit den Bentleys und den Maseratis, da servieren Sie nur Hauptgerichte, in denen entweder Hummer, Kaviar, Wagyu-Rind oder wenigstens irgendwas mit schwarzen Trüffeln vorkommt. Und das kostet eben 'ne Stange Geld. Klar, da gibt's jede Menge Drogen, aber auch hübsche Mädchen, und ich konnte mir nach 'nem Jahr selber einen Lamborghini leisten, weil mein Chef mir das Leasing besorgt hat. Das brauchen Sie da. Ich hab mein Team selbst aufgebaut. Lauter junge Leute. Die können Sie heute nicht mehr hinterm Ofen hervorlocken mit 'ner Achtzigstundenwoche und Arbeit am Sonntag, an Weihnachten und Silvester. Vergessen Sie's. Die sagen schon im Vorstellungsgespräch, dass sie zwei Tage pro Woche frei haben wollen und dazu eine ordentliche Work-Life-Balance. Wenn mein Vater das hören würde, dann könnte der Bewerber gleich einpacken. Er kommt eben aus einer anderen Zeit.«

»Und jemand wollte, dass seine große Zeit jetzt endet«, fügte Anouk dem Monolog des jungen Mannes hinzu.

»Jetzt bin ich ja da, um auf Papa aufzupassen«, murmelte Rémy Fontaine und sah gedankenverloren aus dem Fenster zum Ozean, über dem der Sturm nun richtig losgebrochen war. »Sind wir fertig?« Er blickte auf die Rolex-Uhr an seinem Handgelenk. »Ich muss meine Vorstellungsrunde fortsetzen, ich wurde noch um Einzelgespräche gebeten.«

Luc nickte. »Halten Sie sich bitte zu unserer Verfügung, Monsieur Fontaine.«

Luc erschrak, als ihn von unten ein quäkendes Geräusch erreichte. Es war Aurélie, die mit dem Kopf an ein Tischbein gestoßen war. Er nahm sie schnell auf.

»Hey, *chérie*, alles in Ordnung?«

Sie sah etwas unglücklich aus und zog einen Flunsch.

»Ermittlungsarbeit ist echt langweilig, oder?«, fragte Luc leise. Er musste zugeben, dass er seine Tochter für einen Moment fast vergessen hatte. So vertieft war er in die Aussagen des Kochs gewesen. Und er sah Anouk an, dass es ihr ähnlich ging.

»Wird Zeit, dass sie mal irgendwo zur Ruhe kommt, hm?«

»Hach, diese Vereinbarkeit von Familie und Beruf«, erwiderte Anouk und zog leicht genervt eine Augenbraue hoch.

Kapitel 29

»Lass uns kurz zu Hugo fahren und dann unsere Kids aus der Obhut des wunderbaren Monsieur Aubry auslösen, was meinst du?«

Sie verließen das Restaurant und traten aus der Tür, sofort waren sie umtost vom Sturm, der so laut war, dass Anouk sich nur noch schreiend verständlich machen konnte.

»Das sollten wir ... Ich glaube, hier gären die Dinge ganz von alleine.«

Luc schloss das Auto auf und setzte Aurélie in ihren Kindersitz, der Wind riss heftig an der Tür, und erst als sie drinnen saßen und sich den Regen aus dem Gesicht wischen konnten, wurde es wieder ruhiger. Nein, doch nicht, denn nun erhob sich vom Rücksitz ein Geschrei. Angeschnallt zu sein schien der Kleinen nun auch nicht so gut zu gefallen. Und dazu der Regen, der an die Fenster donnerte.

»Ich geh nach hinten«, sagte Anouk und quetschte sich auf die Rückbank, sie brauchte einige Minuten, dann war ihre Tochter zumindest ein wenig beruhigt und stieß nur noch leise Quietschlaute aus. Luc fuhr los, und es dauerte einige Kilometer, bis Anouk wieder zu sprechen begann.

»Wenn ich das Gesicht von Roland le Correc richtig deute, muss der nach der Ankündigung, dass er einen neuen Chef hat, erst mal sein Mütchen kühlen.«

»Madame Silva sah auch nicht besser aus.«

»Eine ehrenwerte Gesellschaft ist das.«

Luc fuhr durch den Wald in Richtung Saint-Girons. Sein Blick hatte die umstehenden Bäume fest im Griff. Die Seekiefern waren Flachwurzler, und in diesem Sturm fiel so mancher schon schiefe Baum gern mal quer über die Straße. Das war nichts, was er mit Anouk und Aurélie erleben wollte.

Die Wolken waren mittlerweile nicht mehr grau, sondern so schwarz, dass der Himmel komplett verdüstert war. Wenn sich in der Wetterküche über den Azoren etwas zusammenbraute, waren die Menschen in den Landes die ersten, die die Ausläufer davon abbekamen. Und heute schien sich ganz schön was zusammengebraut zu haben. Nicht ungewöhnlich für den Frühling in der Aquitaine, dass sich das Wetter von friedlich-sonnig auf stürmisch-wild änderte.

So war es, als sie in dem kleinen Dorfzentrum von Saint-Girons ankamen, nicht mehr ganz so ruhig in Hugos Ausweichpolizeirevier. Die beiden Portale der Feuerwache standen offen, beide Wagen vor der Tür, der eine hatte schon das Blaulicht eingeschaltet. Als Luc bremste, sprangen gerade drei Pompiers in das Feuerwehrauto und rasten gleich darauf mit quietschenden Reifen einem Einsatz entgegen.

Sie betraten die Feuerwache und sahen, wie sechs andere Feuerwehrleute dabei waren, sich ihre Uniformen anzuziehen. Das Funkgerät in der Ecke rauschte und spuckte permanent unverständliche Befehle aus.

»So schlimm?« Luc hatte den Blick des Ranghöchsten aufgefangen. Der nickte und setzte sich gerade seinen glänzenden Helm auf. »Höchste Unwetterwarnstufe. Auf der Landstraße nach Léon sind die Bäume wie Streichhölzer umgeknickt. Gott sei Dank liegt niemand drunter.«

»Viel Glück. Wenn wir hier stören, dann sagen Sie es.«

»Bei dem Wetter schmeiß ich Sie bestimmt nicht raus. Ich bete nur, dass wir heute Nacht keine Kriminalpolizei brauchen.«

»Da bete ich mit Ihnen«, erwiderte Luc. Dann ging er zu Hugos Schreibtisch, wo Anouk den Kollegen schon auf den neuesten Stand bringen wollte. Aber erst mal war es Aurélie, die, als sie den Brigadier sah, die Arme ausbreitete und in ein lautes Lachen ausbrach.

»Mensch, da freut sich aber jemand, dich zu sehen«, sagte Anouk.

»Wenn sich meine Frau so freuen würde wie die Kleine, das wäre schön … «

»Hat deine Recherche zu den finanziellen Verhältnissen etwas ergeben?«

»Alles unauffällig«, antwortete Hugo. »Sonst hätte ich mich schon gemeldet. Auguste Fontaine steht als einziger Besitzer der Villa im Kataster, auch seine Söhne haben laut den Behörden keine Probleme. Vorstrafen: Fehlanzeige.«

»Nicht mal Drogenbesitz bei Rémy Fontaine?«

»Nichts. Die Akte ist blütenweiß.«

»War er nicht so blöd, sich erwischen zu lassen?«

»Uns gegenüber hat er es ja offenherzig zugegeben.«

»Weil er wusste, dass es uns nicht interessiert.« Luc runzelte die Stirn. »Okay, da kommen wir also auch nicht weiter.«

»Und wenn es doch um Ugo Gennevilliers als Person ging?« Hugo blickte zwischen Anouk und Luc hin und her.

Der Commissaire zuckte die Schultern. »Wir lösen jetzt erst mal die Geiseln unseres Einsatzleiters aus. Könntest du noch einmal auf Aurélie aufpassen? Der Sturm tobt, und ich habe kein gutes Gefühl, wenn wir sie mitnähmen.«

»Mit dem größten Vergnügen. Kommst du zu mir, *chérie*?«

Es war jedes Mal aufs Neue faszinierend, wie die Stimme des starken Hugo Pannetier ganz weich wurde, wenn er das Baby auf den Arm nahm. Da war es plötzlich egal, wie viele Einsatzjahre bei der Festnahmeeinheit CRS er auf dem Buckel hatte – hier war er einfach der perfekte Papaersatz.

»Aber ich nehm sie nicht mit auf den Einsatz, wenn die Feuerwehr mich zwangsverpflichtet, okay?«

»Hmm … Was?« Luc stutzte. »Ach so«, sagte er, als er in Hugos lachendes Gesicht sah. Er war im Kopf schon unterwegs – irgendwie ging ihm dieser Fall, auch ohne dass es ein Opfer gab, mächtig an die Nieren. Irgendwas rumorte in seinem Bauch, und das war nie ein gutes Gefühl. Hatte er etwas übersehen?

»Los geht's, fahren wir.« Sie verabschiedeten sich wieder von Aurélie, Minuten später waren sie schon auf der Landstraße nach Magesq, die sie auf die vierspurige Nationale nach Mont-de-Marsan bringen würde.

Sie redeten nicht viel auf ihrer Fahrt, auch Anouk schien in Gedanken versunken zu sein. Das sonore Prasseln des Regens, das permanente Kratzen des Scheibenwischers, die leisen Stimmen der Ansager im Radio, auf die sie beide nicht hörten, all das ließ die Kilometer vorüberziehen. Luc kam erst wieder aus seiner Gedankenwelt, als sie die Schnellstraße verließen und die Einfallstraße in die Hauptstadt des Département nahmen.

Mont-de-Marsan war kein Kleinod alter Architektur, eher eine Verwaltungs- und Beamtenstadt, die aber sehr hübsch am Zusammenfluss von Midou und Douze lag, die sich mitten im Zentrum zur Midouze vereinigten. Anouk und Luc fuhren über die Brücke, um dann in die kleinen Gässchen der Altstadt einzubiegen. Der Regen war auf den letzten zehn Kilometern weniger geworden, und jetzt schob sich sogar wieder die Sonne durch die dunklen Wolken.

Das Commissariat befand sich an einem kleinen Platz unweit des Flusses. Luc fand einen Parkplatz vor der Bar genau daneben, draußen auf dem Trottoir saßen einige Männer und tranken Bier oder einen Espresso nach dem Déjeuner, und als Luc genauer hinsah, entdeckte er an einem Tisch weiter hinten auch einen Mann im Anzug.

»Sieh mal«, sagte Anouk, »Aubry scheint genervt.«

Es stimmte. Ihr Chef rührte unruhig in seiner Tasse herum und sah gedankenverloren über die Straße.

Sie stiegen aus und gingen direkt zu dem jungen Karrierebeamten, der unwirsch aufsah, als sich Luc in die Sonne stellte.

»Was … oh, Commissaire. Und … Mademoiselle Filipetti … Sind Sie privat … Ich meine, ich hatte Sie doch klar angewiesen, nicht an dem Fall zu arbeiten.«

»Tut uns leid. Es war Ausnahmezustand an der Küste, Anouk konnte nicht den Zug nehmen, die Bahnlinie war durch den Sturm gesperrt. Deshalb arbeiten wir noch zusammen.«

»Ah … ähm …«, Aubry wusste nicht, wie er nun weitermachen sollte, deshalb übernahm Luc.

»Und, Monsieur Aubry? Haben Sie unseren Fall gelöst?«

Der Mann verdrehte die Augen. »Ich habe sie die letzten Stunden verhört. Und ihnen wahrhaft viele Brücken gebaut. Aber sie wollen nicht gestehen.«

»So ein Wunder. Kann ich dann jetzt weitermachen? Wir sind uns mittlerweile sicher, dass die jungen Leute nichts damit zu tun haben.«

»Ah, aber … Ich weiß natürlich von dem Liquid Ecstasy. Es kann doch gut sein, dass es über die beiden in den Wein gelangt ist.«

»Hören Sie, Monsieur Aubry, der Weinkeller von Auguste Fontaine ist so erlesen, da lagern solche Schätze, dass er geschützt ist wie die Banque de France. Niemand kommt da rein außer den Angestellten – und Monsieur Fontaine selbst. Niemals sind die dort hineingelangt.«

Wieder rührte Aubry in seiner Tasse, die, wie Luc jetzt sah, leer war.

»Gut …«, sagte er leise stöhnend, aber selbst das klang noch nicht wie eine Kapitulation, eher so, als wäre er genervt davon, welche neue Bürde ihm der Commissaire auferlegte. »Was schlagen Sie vor?«

»Ich möchte den jungen Mann noch mal befragen, allein, wenn Sie erlauben. Und dann glaube ich, dass wir ihn frei lassen sollten. Mit dem Mädchen allerdings haben wir etwas anderes vor.«

Überraschend für Luc widersprach Aubry nicht, sondern wies mit der Hand hinüber zum Polizeigebäude.

»Na dann, ich habe die letzten Stunden wirklich hart daran gearbeitet. Wenn Sie meinen, dass Sie mehr erreichen …«

Anouk und Luc verabschiedeten sich von ihm und gingen in das Commissariat, das in einem funktionalen Gebäude aus den Achtzigern untergebracht war. Vor dem Haus standen mehrere Einsatzfahrzeuge. Luc zeigte am Empfang seinen Ausweis, schon ging die Tür surrend auf. Es war geradezu skurril, dass sich die Polizeireviere der Republik von außen sehr unterschieden, je nach Architektur der Stadt, nach der Lage im Land, nach dem Baujahr. Manchmal waren es altehrwürdige Gemäuer wie der Quai des Orfèvres in Paris, mitten auf der Île de la Cité, manchmal waren es hochmoderne Gebäude wie der Neubau in Bordeaux, manchmal standen Palmen davor, und der Blick fiel aus einem Albtraum von Hochhaus auf das Mittelmeer wie in Nizza, wo Anouk früher lange Dienst getan hatte. Innen aber, innen sahen all diese Behörden gleich aus: lange gerade Flure, in denen der Staub wirbelte, in schrecklichen Pastelltönen getünchte Wände und stets die gleichen Türen und Sitzbänke aus

Sperrholz. Nein, Luc war tatsächlich nicht angetan von diesen Räumen, weder hier noch in Bordeaux – deshalb hatte er sich irgendwann entschieden, seine Verhöre, so oft es möglich war, dort vorzunehmen, wo die Menschen sich befanden, wo sie wohnten, arbeiteten, wo sie sich sicher wähnten. Das brachte neben dem meist schöneren Ambiente einen weiteren Vorteil mit sich: Wo man zu Hause war, machte man Fehler, verzettelte sich in Lügen, fiel in alte Gewohnheiten. Im Zentrum der Exekutive hingegen waren die Menschen so angespannt und furchtsam, dass das Adrenalin sie vor allzu dummen Aussagen schützte.

Die schwarze Polizistin am Empfang war aus ihrem gläsernen Büro getreten und lehnte sich locker an die Tür.

»Sie sind die aus Bordeaux, oder?« Der Commissaire nickte. »Ihre Kunden sitzen in der ersten Etage. Wer war denn der komische Vogel, der die die halbe Nacht verhört hat?«

»Paris«, murmelte Luc, und die junge Uniformierte nickte wissend. »Dachte ich mir schon. Wird Zeit, dass unser Verhörraum wieder frei wird.«

»Wird nicht mehr lange dauern«, erwiderte Luc. »Können Sie die junge Frau runterholen und noch bei sich parken? Ich muss nur kurz mit dem Jungen sprechen.«

»Klar, mach ich.«

Und schon stiefelte sie die Treppe hoch, die Pistole an ihrem Gürtelholster schaukelte bei jedem Schritt.

Mit einigem Abstand folgten Anouk und Luc ihr, um sich dann, als sie mit Mademoiselle Lafargue aus der Tür trat, hinter einer anderen Tür zu verstecken. Die unruhigen Augen der jungen Frau konnte Luc aber sogar aus seinem Versteck erkennen.

Sie öffneten die Tür, auf der *Salle d'interrogatoire* stand, Verhörraum. Noch bevor sie etwas sagen konnten, fragte der junge Mann auf Englisch:

»Wo ist Joselyne?«

»Sie wird nicht wiederkommen«, antwortete Luc. Dann schob er Anouk den Stuhl zurück und setzte sich anschließend neben sie und gegenüber dem Deutschen. Der junge Mann sah sie aus müden Augen an, er saß im Stuhl wie ein nasser Sack, offenbar fehlte ihm sogar die Kraft, um angemessen Angst zu haben.

»Wie geht es Ihnen, Monsieur?«

»Beschissen. Was meinen Sie denn? Der Typ hat immer dieselben Fragen gestellt.«

»*Der Typ* ist unser Vorgesetzter«, sagte Anouk klar und deutlich, »und wenn Sie meinen, dass Sie hierzulande Polizisten so abfällig behandeln können wie daheim in Deutschland, dann sind Sie hier falsch. Lehrer und Ordnungskräfte sind hier Respektspersonen. Verstanden?«

Der junge Mann nickte.

»Gut. Dann reden wir. Wir werden nicht alle Fragen zehnmal stellen. Sondern nur einmal. Wenn Sie sie zufriedenstellend beantworten, werden wir Sie rauslassen. Natürlich werden Sie einen Strafbefehl für Ihre Taten erhalten, irgendeine Geldstrafe in dreistelliger Höhe, aber ich kann mir vorstellen, dass die bei der lahmen juristischen Zusammenarbeit unserer beiden Länder irgendwo auf dem Postweg verloren geht. Also, machen Sie mit, dann spazieren Sie hier raus und können gleich wieder Gitarre am Lagerfeuer spielen ...«

Der junge Mann wechselte ins Französische, sein Gesicht zeigte absolute Überraschung, offenbar traute er dem Frieden noch nicht. »Aber ich ...«

»Hören Sie«, Luc stand auf, die Luft in dem Raum roch so abgestanden, dass er das Fenster öffnen musste, »ich habe keine Zeit für weitere Ausflüchte. Wir müssen nämlich einen anderen, einen echten Fall lösen. Also?«

Luc hatte es nicht für möglich gehalten, dass der junge Mann noch weiter in sich zusammenfiel. Monsieur Hoeller rutschte tatsächlich halb vom Stuhl, dann legte er die Hände mit den Handflächen nach oben auf den Tisch, als ergebe er sich.

»Ja. Ich habe die Wände vollgeschmiert.«

»Mit der roten Farbe aus Ihrem Wohnwagen?«

Der junge Mann nickte.

»Die Rechtschreibfehler sind also Ihre.«

Wieder ein Nicken.

»Sie haben Monsieur Fontaine einen Mörder und einen Folterer genannt.«

»Na ja, weil er es ist. Ich habe Ihnen doch schon gesagt, wie schrecklich das ist, wie die Tiere gequält werden. Sie finden das nicht, weil Sie sich auf Ihre Traditionen berufen. Aber wie kann ein Parlament Tierqual denn gutheißen im Namen der Tradition?«

»Vielleicht haben Sie recht, Monsieur Hoeller. Aber nicht Monsieur Fontaine hat sich einer Straftat schuldig gemacht, sondern Sie.«

»Aber dann ist Ihr Rechtssystem scheiße.«

»Auch das ist möglich. Haben Sie die Foie gras mit Buttersäure versetzt, oder war es Mademoiselle Lafargue?«

Sein Blick verhärtete sich, als würden die Dinge jetzt schwieriger. Er antwortete nicht.

»Ist sie Ihre Freundin?«

Nun verschränkte Adam Hoeller die Arme vor der Brust.

»Oder ist es vielmehr so, dass Sie das gerne hätten?« Anouk legte alle Boshaftigkeit in ihre Stimme, zu der sie imstande war.

»Woher hatten Sie die Buttersäure?«

Wieder antwortete er nicht.

»Sie werden nicht rauskommen, wenn Sie nicht mitmachen, Monsieur Hoeller.«

Er antwortete ganz leise: »Ich hab die ganze Nacht darüber

nachgedacht, während uns Ihr Chef all diese Fragen gestellt hat. Wie konnte mir das passieren, dass mich ein Mädchen so einwickelt? Ich hab das echt erst gestern gemerkt. Wenn Joselyne mir gesagt hätte, dass ich 'ne Bombe im Stall deponieren soll, hätte ich das wohl auch gemacht.«

»Das Detail können Sie bei der offiziellen Aussage gerne weglassen«, sagte Luc lächelnd. »Wie haben Sie sie getroffen?«

»Sie kam zu uns auf den Zeltplatz, und mir sind fast die Augen rausgefallen. Die ist ja so hübsch, dass … Ach, na ja. Sie ist zu uns gekommen an einem Abend, wir haben Bier getrunken, und sie hat gesagt, sie habe gehört, dass wir was gegen die Entenstopfleber-Bauern unternehmen wollen. Das hatten wir auch bis dahin: Plakataktionen, Flugblätter, eine internationale Petition. Sie hat gesagt: Das bringt doch alles nichts. Wir müssten viel härter vorgehen.«

»Es war Joselyne Lafargue, die euch die Zielperson vorgeschlagen hat?«

Der Mann nickte. »Ja, sie hat gesagt, er sei der Reichste und der Schlimmste von allen. Wenn wir ihn angreifen, dann kommt das auch in die Medien.«

»Woher hatte sie die Buttersäure?«

»Ihre Mama arbeitet in einem Labor irgendwo in der Nähe. Joselyne hat sie besucht und dabei was abgezweigt.«

»Und Sie haben es dann in die Foie gras gespritzt?«

»Meine Freunde wollten nicht mitmachen. Joselyne hat sie richtig gehänselt. Sie seien Angsthasen. Ich habe es dann mit ihr gemacht, weil ich … Na ja, Sie verstehen schon, oder? Zwingen Sie mich nicht, es zu sagen …«

»Sie haben es getan, weil Sie dachten, Sie könnten sie damit rumkriegen?«

Der junge Mann sah zu Boden.

»Haben Sie nie vorgeschlagen, das Gleiche auch bei anderen

Bauern zu machen? Es gibt hier so viele, die, wie Sie sagen, Tiere quälen.«

»Joselyne wollte nur ihn. Sie wollte ein Exempel statuieren. Das hat sie immer gesagt. Kann ich jetzt gehen?«

»Ja, das können Sie«, sagte Luc, nachdem er sich mit Anouk mit Blicken verständigt hatte.

»Aber sagen Sie, nur aus Interesse: Hat es denn geklappt?« Anouks Neugier war nicht zu überhören. »Haben Sie sie rumgekriegt?«

Doch Adam Hoeller schüttelte den Kopf. »Sie hat nur mit mir gespielt. Jetzt weiß ich das ganz sicher. Und ich Trottel musste erst verhaftet werden, um's zu kapieren.«

»Nun ja, französische Frauen können einem eine echte Lehre sein. Wir lassen Sie gleich abholen«, sagte Luc, bevor er mit Anouk den Raum verließ. Auf der Treppe nach unten flüsterte er ihr leise zu: »Ruf Guillaume Fontaine an. Sag ihm, wir kommen in einer halben Stunde. Er soll seine Frau wegschicken, die Arme muss das ja nicht mit anhören.«

Anouk nickte still und suchte sich eine ruhige Ecke zum Telefonieren.

Kapitel 30

»Lassen Sie den jungen Mann hinaus?«, bat Luc die schwarze Polizistin.

Aubry kam eben wieder zur Tür herein. »Er hat gestanden«, rief der Commissaire seinem Chef zu. Laut genug, dass auch Joselyne Lafargue es hören konnte, die auf einer Bank im Eingangsbereich saß.

»Ach wirklich? Wie haben Sie das gemacht?«

Luc antwortete nun leiser: »Er wurde zu der Aktion quasi gezwungen. Deshalb sehen wir keine Veranlassung, ihn weiter festzuhalten. Halten Sie sich nicht mit dem Papierkram auf, wir werden die Ermittlungsakte an die Staatsanwaltschaft schicken, wenn wir mit der anderen Sache fertig sind, einverstanden?«

Laurent Aubry sah die Treppe hoch, wo er den Verdächtigen vermutete, und nickte.

»Und was machen Sie mit Joselyne Lafargue?«

»Gutes Stichwort. Kommen Sie, Mademoiselle. Wir machen uns auf – zu einem Lokaltermin.«

»Was?« Die junge Frau war sofort auf den Beinen. »Wie … Was soll das denn? Wohin fahren Sie mich?«

»Na, zum Tatort. Wir müssen etwas rekonstruieren, Mademoiselle. Sollten Sie Widerstand leisten, können wir auch gerne abwarten, bis der Staatsanwalt dabei ist und vorher Ihr halbes Dorf als Zeugen dazubittet. Wäre das besser?«

Resigniert ließ die junge Frau ihre Hände sinken. »Kann ich kurz ins Bad?«

»Natürlich. Bitte, meine Partnerin kommt mit Ihnen.«

Anouk folgte Mademoiselle Lafargue in die Toilette.

»Ich bleibe hier und mache noch etwas Papierkram, danach komme ich sofort an die Küste«, sagte Aubry, als sie wieder zu zweit waren.

»Sie können auch gern schon nach Bordeaux fahren. Es ist ja wirklich *nur* eine Körperverletzung.«

»Ich werde an diesen Ermittlungen teilnehmen, Commissaire. Da sollten Sie mir nicht widersprechen.«

Luc nickte. »Wie Sie wünschen.«

Als die Tür Minuten später wieder aufging, trat zuerst die junge Frau aus dem Bad. Sie hatte sich frisch geschminkt und die Haare gebürstet. Sie bemühte sich, die Fassung zu wahren.

»Kommen Sie«, sagte Luc, und die beiden führten Joselyne Lafargue nach draußen und ließen sie hinten in ihr Auto einsteigen. Anouk lenkte den Wagen aus Mont-de-Marsan hinaus, es war keine lange Fahrt bis nach Grenade-sur-l'Adour. Luc sah im Rückspiegel, wie sich die junge Frau immer mehr anspannte, je näher sie ihrem Ziel kamen. Als sie am Schild *Ferme du canard heureux* abbogen, glaubte er, sie müsse sich übergeben, so blass war sie geworden. Aber er wollte ihr nicht helfen, nicht jetzt, sie musste da durch.

Sie hielten am Eingang zum Bauernhof, und es dauerte keine zehn Sekunden, da kam Guillaume Fontaine aus dem Haus. Man konnte förmlich hören, wie Joselyne Lafargue den Atem anhielt.

Luc stieg auf der Beifahrerseite aus und öffnete ihr die Tür.

»So, dann zeigen Sie uns doch mal, wie Sie in die Scheune gelangt sind«, sagte er so beiläufig, als befänden sie sich auf einem Wochenendausflug unter Freunden. Joselyne Lafargue stieg nur langsam aus, und als sie das tat, zuckte Guillaume Fontaine plötzlich zusammen und konnte sich nur mit Mühe beherrschen. Sein Blick maß die junge Frau, und es lag alles darin, was im menschlichen Leben an Abgründen zusammenkam: die Sehnsucht, eine Leidenschaft, die lange nicht mehr gestillt worden war, die Angst, weil die Dinge ganz anders gelaufen waren als vorher ausgemalt, die Wut, weil die Rache so schlimm ausgefallen war – und die Angst, weil sie jetzt wieder aufeinandertrafen und keiner wusste, was geschehen würde. Doch offenbar gewann eines der Gefühle schnell die Oberhand, denn Guillaume Fontaine ballte die Fäuste und kam auf sie zugewetzt, sodass sich Luc schnell vor Joselyne schieben musste, um ihn aufzuhalten.

»Was hast du dir dabei gedacht, du verdammte Irre!«, rief er wie von Sinnen. »Kommst in mein Haus und spritzt irgendein Zeug in die Foie gras – du bist wahnsin…«

Luc hob die Hände und schubste den wütenden Bauern von sich weg, dann sagte er drohend:

»Sie beruhigen sich jetzt, sonst lasse ich Ihre Frau wieder herbringen – und dann klären wir das mit ihr. Haben Sie darauf Lust?«

Sofort fiel der Mann in sich zusammen und wirkte plötzlich einen Kopf kleiner als der Commissaire. Doch nun war es Joselyne, die sich an Luc vorbeidrückte.

»Als ich die Wochen davor in dein Haus gekommen bin, hat dich das ja auch nicht gestört, oder?« Ihr Ton war beißend. »Und wenn ich mich richtig erinnere, hast du mich ja sogar zweimal in deine Scheune gebeten – und da war Corinne im Haus. Erinnerst du dich daran? Du warst ganz schön weggetreten …«

Jedes ihrer Worte traf ihn wie ein Schlag.

»Okay, wollen wir uns vielleicht alle mal beruhigen?«, ging Anouk dazwischen. »Wir haben ja verstanden, dass es hier weniger um Entenstopfleber geht, sondern dass Sie offensichtlich eine heftige Affäre hatten. Gehen wir in den Garten.«

Guillaume Fontaine drehte sich als Erster in Richtung Scheune um, die Polizisten und Joselyne Lafargue folgten ihm. Der Bauer grummelte leise vor sich hin, es klang wie ein Mantra.

Die Wiese hinter der Scheune lag im Sonnenschein, und die vielen weißen Enten ließen sich von den Besuchern nicht stören, sie pickten einfach weiter das grüne Gras. Nur Otis sah einmal kurz auf, ließ dann aber gleich wieder den Kopf sinken.

Zwischen dem Haus und der Scheune war eine kleine Terrasse mit Sonnenschirm und einigen Stühlen aufgebaut, dort ließen sie sich nieder, wobei Luc darauf achtete, dass ein ausreichender Abstand zwischen Guillaume Fontaine und der jungen Frau blieb. Der Bauer ließ Joselyne nicht aus den Augen. Sein Blick war schwer zu deuten.

»Mademoiselle Lafargue«, begann Luc, »Sie haben Ihre neuen Freunde aus Deutschland also auf genau diesen Entenzüchter gebracht, den Sie gut kannten. Die Schmierereien wurden zuerst begangen – waren Sie dabei anwesend?«

Die junge Frau schüttelte den Kopf. »Nee, ich konnte damals noch nicht wieder hierher. Ich hab sogar zur Ausbildung einen Umweg gemacht, den ganzen Weg über Eugénie, um nicht an seinem Haus vorbeizukommen.«

»Was ist passiert?«, fragte Anouk, und ihr Tonfall klang aufrichtig.

»Na, wie das eben so ist – denke ich mir jetzt«, antwortete sie mit ironischem Unterton. »Ich kenne Guillaume schon ewig, als ich ein Mädchen war, war er ein junger Mann. Na klar, ich fand ihn immer schon süß. Beim Sommerfest war seine Frau mal wieder als Erste weg. Ich hab nie verstanden, was er von der wollte. Er ist so lustig, so unterhaltsam, ein echter Partylöwe. Und da hab ich dann mal etwas … na ja, den Kontakt gesucht. Es war total einfach. Erst haben wir getanzt und dann …«

Luc sah, wie Guillaume die Augen schloss, als suchte ihn die Erinnerung heim.

»Wie lang ging Ihre Affäre, Monsieur Fontaine?«

Als er nicht antwortete, stöhnte Joselyne genervt. »Du kannst mich nicht mal mehr ansehen, was?«

Leise sagte der Bauer: »Ein halbes Jahr.«

»Ein halbes Jahr, in dem du nicht aufgehört hast, mir Dinge zu versprechen – und uns unsere gemeinsame Zukunft auszumalen. Du würdest sie verlassen, dann würden wir reisen, viel reisen, und später würden wir Kinder zusammen bekommen. Etwas, was bei euch beiden ja nicht …«

Anouk legte der jungen Frau die Hand auf den Unterarm. Und tatsächlich stoppte Joselyne mitten im Satz. »Bis er sich dann immer weniger gemeldet hat. Ich hab ihn jeden Tag angerufen. Aber er ist nur noch ganz selten rangegangen. Aber wenn, dann wolltest du mich direkt treffen, und ich sollte mit dir schlafen – dafür war ich dann doch noch gut genug. Und ich dumme Pute habe das alles mitgemacht, weil ich so verliebt in dich war.«

»Aber meinst du denn, so ist es gewesen? Verdammt, Josy«, fuhr nun der Bauer auf, und es klang gar nicht mehr wütend, sondern verzweifelt. »Ich hab dich geliebt, ja.« Joselyne schien den Tränen nah. »Ich hab dich sehr geliebt … Aber was soll ich denn machen? Ich hab Corinne irgendwann ein Versprechen gegeben. In guten wie in schlechten Tagen. Ich würde ihr Leben kaputtmachen … Ich musste es, verdammt noch mal, abwägen – und dazu war ich am Anfang mit dir eben nicht in der Lage. Jetzt weiß ich es. Du bist so jung, du hast doch alle Möglichkeiten. Aber Corinne – nein, ich muss bei ihr bleiben. Es tut mir leid, dass ich dir das angetan habe.«

Auch Guillaume Fontaine hatte nun feuchte Augen, er wischte sich über das Gesicht. Luc hätte diesen Ort jetzt gerne verlassen, aber noch waren sie nicht fertig.

»Sie waren bei den Schmierereien also nicht beteiligt, aber bei der Vergiftung der Foie gras schon?«

Unter Tränen nickte Joselyne. »Ja, die anderen Jungs wollten nicht mehr mitmachen. Aber Adam war so blind verliebt in mich – wie ich wohl damals in dich. Also hab ich meine Mutter auf der Arbeit besucht und ihr ein bisschen von dem Zeug geklaut, ich hab so ein ganz kleines Fläschchen mitgenommen. Das haben wir dann mit einer Spritze aufgezogen und sind hier reinmarschiert.«

»Otis hat nicht angeschlagen, weil er dich kannte«, sagte Guillaume Fontaine leise.

»Aber er hat Adam nicht gekannt. Nein, das war mir zu heiß. Wir sind tagsüber gekommen. Ich weiß ja, wann du Otis mit auf den Markt nimmst, immer dienstags. Und ich wusste, wann Corinne einkaufen geht. Dienstagmittags stehen hier alle Türen offen. Tja, *chéri*, wenn man jemandem sein Leben öffnet, dann weiß der wirklich alles über einen, auch wenn die Sache vorbei ist.«

Luc atmete tief ein. »Gut, können wir Sie jetzt allein lassen, und Sie klären den Rest unter sich? Und ich gebe Ihnen noch einen guten Rat: Madame Fontaine weiß längst über all das Bescheid, zumindest ahnt Sie es. Ich vermute, wenn Sie ehrlich sind, ist Ihnen das auch klar. Sie wusste, wer die Foie gras vergiftet hat. Seien Sie ein Mann, Monsieur Fontaine – sagen Sie es ihr.«

Luc stand auf, Anouk tat es ihm gleich, dann gingen sie zum Wagen zurück.

»Puuh«, murmelte der Commissaire. »Die ganz normalen Abgründe.«

»Du wolltest sie jetzt schon leiden sehen, oder, *mon cher Luc*?«

Doch der Commissaire schüttelte den Kopf. »Ich glaube, das war nötig. Da war so viel Unausgesprochenes und so viel Wut – und ohne dass es mal richtig explodiert, wäre das noch Jahre so weitergegangen. Aber jetzt … Jetzt ist alles gesagt. Und vielleicht regelt es sich jetzt wieder von selbst herunter. Meinst du nicht?«

»Doch, vielleicht hast du recht.«

Als sie schon wieder im Auto saßen und in Richtung Westen unterwegs waren, klingelte Lucs Telefon. Laurent Aubry.

»Ja, Verlain?«

»Commissaire, wo sind Sie jetzt mit der jungen Frau? Der Staatsanwalt will sie noch sprechen.«

»Ich habe sie schon aus unserer Obhut entlassen. Sie ist wieder bei ihrer Familie. Der Staatsanwalt kann sie ja erneut vorladen. Für mich ist die Sache abgehakt. Wir sind auf dem Weg zur Küste.«

»So einfach geht das nicht, Verlain! Ich lasse doch auch Monsieur Hoeller nicht einfach zurück auf den Campingplatz. Wer weiß, was die noch alles im Schilde führen. Er ist schon auf dem Weg nach Bordeaux, dort setzen ihn die Kollegen in einen Zug nach Strasbourg, und von dort geht's über die Grenze. Ich habe ihm einen Landesverweis erteilt.«

»Sie haben was? Und der Wohnwagen?«

»Der ist beschlagnahmt. Geht ins Eigentum der Republik über. Der junge Mann hat sein Gastrecht verwirkt. Schließlich hat er die Traditionen Frankreichs ins Visier genommen.«

»Er ist neunzehn und verliebt und hat deswegen eine Dummheit begangen. Aber das war's auch schon. Niemand ist verletzt worden. Sagen Sie mal, geht's noch?« Luc war rasend wütend.

»Ich kann das Gesetz auslegen – und das habe ich getan.«

»Sie haben nie Scheiße gebaut, oder? Weil Sie verliebt waren? Na ja, ich ziehe die Frage besser zurück.«

»Ihre Moral können Sie sich hier getrost an den Hut stecken, Verlain. Es kann nicht jeder ein Romantiker sein wie Sie.«

»Mit Verlaub, Monsieur Aubry: Sie sind einfach ein echter Narr.«

»Na hören Sie mal, Commissaire, das wird ein Nachspiel …«, doch Luc hatte bereits aufgelegt.

Kapitel 31

»Und? Habt ihr sie freibekommen? Oder musstest du Aubry eine Kaution stellen?«

Hugo saß auf dem Boden mit Aurélie, die gerade mit Bauklötzchen um sich warf. Luc fragte sich, wo sein Kollege die nun wieder aufgetrieben hatte. Aus dunkelgrauen Feuerwehrdecken hatte er der Kleinen ein dickes, flauschiges Lager gebaut, das umso gemütlicher aussah, als draußen der Sturm über die Dächer pfiff und sogar hier in den dicken Mauern zu spüren war, wie heftig er wütete. Immer noch stand das Portal offen, keines der Feuerwehrautos war zurückgekehrt. Es waren offenbar sehr viele Einsätze geworden, draußen in den Dörfern.

»Er hat eingesehen, dass es irgendwie doch keinen Sinn ergibt, sie weiter festzuhalten. Aber er wird gleich hier sein. Jetzt möchte er natürlich den Fall hier an der Küste zur Chefsache machen.«

Hugo sah Luc grinsend an. »Tja, mal gewinnt man, und mal verliert man.«

»Du sagst es. Wir sollten nun alle gemeinsam zum Restaurant fahren. Ich möchte noch mal mit dem ganzen Team sprechen und damit gerne vor dem Service fertig sein, dafür brauche ich auch dich.«

»Wir können uns ja gleich aufteilen, vielleicht ist es gut, wenn Hugo mal Monsieur Fontaine befragt, die beiden hatten noch nicht miteinander zu tun«, sagte Anouk und blickte die beiden Kollegen an.

Luc wollte gerade antworten, aber dann stutzte er kurz. Irgendwas war an sein Ohr gedrungen, Worte aus dem ständig rauschenden Funkgerät, das vorne am Büro der Feuerwehrleute hing. Auf der Frequenz tauschten sich die umliegenden Pompiers miteinander aus.

»Was ist?«

»Wartet mal, ich muss das hören.« Luc ging zu dem Funkgerät hinüber und spürte die unruhigen Blicke der Kollegen im Rücken. Sogar Aurélie gluckste nicht mehr fröhlich vor sich hin. Als der Einsatzbefehl nun wiederholt wurde, erkannte der Commissaire die Stimme des Einsatzleiters von vorhin wieder.

»Verstanden. Wiederhole die Meldung: Leblose Person am Strom von Huchet, Kilometer drei Komma fünf zwischen Moliets und Saint-Girons, etwa dreihundert Meter landeinwärts. Schussverletzung. Auf dem Weg nach Huchet liegen mehrere Bäume. Wir brauchen mindestens fünfzehn Minuten bis dort. Rettungshubschrauber angefordert?«

Wieder rauschte es in der Leitung, und es dauerte endlose Sekunden, bis die Antwort kam.

»Zentrale in Dax an Pompiers von Saint-Girons, laut Aussage des Spaziergängers, der den Mann telefonisch gemeldet hat, ist kein Rettungshubschrauber mehr nötig.«

»*Merde*«, flüsterte Luc, und er spürte, wie sich die Haare auf seinen Armen aufstellten. Und dann hörte er Anouk direkt hinter sich flüstern: »*Merde.*«

Luc griff zur Sprechstelle des Funkgeräts und gab die für alle geltende Meldung ab.

»Pompiers des Landes, Intervention der Police nationale Bordeaux, Commissaire Luc Verlain. Wir bestätigen Ihre Meldung über leblose Person am Courant d'Huchet. Bitte räumen Sie den Weg frei. Wir sind auf dem Weg. Zentrale Dax, bestätigen Sie bitte, dass keine Ambulanz mehr nötig ist.«

Diesmal rauschte es nur kurz, dann antwortete die Stimme militärisch-förmlich: »Zentrale Pompiers de Dax an Police nationale Bordeaux – bestätige Angabe des Anrufers: Person ist Schussverletzungen erlegen. Exitus. Wir sind noch nicht vor Ort, wir können die Angabe nicht verifizieren. Wollte eben Kriminalpolizei aus Mont-de-Marsan hinzuziehen.«

»Nicht nötig, Zentrale in Dax. Wir sind näher dran. Ich fordere per Helikopter Spurensicherung und Gerichtsmedizin an. Schicken Sie dennoch eine Ambulanz, falls sich der Anrufer geirrt hat. Danke.«

»Verstanden, Commissaire Verlain. Viel Glück für Ihre Ermittlungen.«

Luc drehte sich um und sah in die bleichen Gesichter seiner Kollegen. Auch Aurélie saß ganz still und aufrecht, als spürte sie, wie angespannt die Erwachsenen in diesem Moment waren.

Anouk fand als Erste die Worte wieder. »Das wäre doch ein sehr großer Zufall, wenn das nichts mit unserem Fall zu tun hätte.«

Kapitel 32

Der Wind hatte gewütet, wie er es sonst nur in den wilden Herbsttagen tat, Luc fühlte sich an die Nacht der Sturmflut am Cap Ferret erinnert, jene Nacht, an deren sonnigem nächstem Morgen Aurélie geboren worden war.

Es war eine Slalomfahrt, das Blaulicht obendrauf, die Sirene eingeschaltet, rasten sie durch den Wald in Richtung Meer, doch leider hörten die heruntergefallenen Äste nicht auf die Sirene, sondern blieben einfach stoisch liegen. Kurz vor Huchet trat Luc die Bremse voll durch, ein Baum war quer über die Fahrbahn gefallen.

»Verdammt, was nun?«

Luc vermaß die Kante zum Straßengraben und den Waldboden, dann ließ er den Motor des Citroën aufheulen. Nur nicht festfahren, lautete jetzt die Devise. Der sandige Boden der Landes eignete sich genau dafür hervorragend, er hatte es schon des Öfteren leidvoll erfahren. Er holperte von der Straße, es ging einen guten halben Meter bergab, der Wagen knallte auf den Boden, dass das Fahrwerk klapperte, dann schoss er weiter vorwärts, ein Holpern wie bei einer Rallye, und schließlich riss Luc das Lenkrad wieder nach links und schaffte es, das Auto einzufangen, bis er über einen riesigen Absatz mit dreißig Stundenkilometern wieder nach oben schoss, sie hatten den Baum umfahren und waren wieder auf sicherem Asphalt.

Sonst hätte Anouk gescherzt oder einen lockeren Spruch gemacht, doch nun sah sie nur starr nach vorne, die Anspannung im Auto war greifbar, sie wollten nur ankommen, die Leiche und ihre schreckliche Vorahnung bestätigt sehen.

Mitten auf der Straße stand kurz vor dem Küstendorf ein Feuerwehrmann, die Haare, die unterm Helm hervorlugten, klebten ihm durchnässt an der Stirn. »Geradeaus, noch zwei Kilometer!«, rief er, als Luc das Fenster herunterfuhr. »Sollen wir Sie mitnehmen?«, fragte der Commissaire.

»Nein, ich warte auf die Kollegen, die Straße links muss auch geräumt werden«, sagte er und wischte sich übers Gesicht.

Der Parkplatz der Villa Auguste war bis auf den letzten Platz belegt. Dort drinnen begann wohl gerade der Abendservice, und niemand bekam etwas mit von der Tragödie hier draußen. Der Commissaire fuhr nach links in den Wald hinein. Sie waren in den letzten Tagen noch hier gewesen, in diesem Naturpark, der kurz hinter dem Strand begann und den die Franzosen liebevoll *den kleinen Amazonas* nannten. Jetzt war es eine grüne Hölle: überwuchert von Bäumen und Rankpflanzen, der Waldboden komplett zugewachsen, in der Mitte der dunkle Strom, der dem Meer entgegenfloss.

Erst als sie dort am Fluss ankamen, hielt der Commissaire. Niemand war zu sehen. Hugo blieb mit Aurélie im Wagen, Anouk und Luc stiegen aus und mussten sich dem Wind entgegenstemmen. Nur mühsam gelangten sie über den schmalen Weg in Richtung Strand. Eine Machete wäre gut gewesen, so dicht war der Bewuchs. Wie wildromantisch es hier ist, dachte Luc, die alten Äste, dick wie ein ganzer Mensch, die quer über den Strom hingen und an sonnigen Tagen Schatten spendeten. Nur fühlte sich in diesem Augenblick gar nichts daran romantisch an. Der Wind blies ihnen vom Strand den Sand entgegen, der Regen kam mittlerweile aus der anderen Richtung. Luc fühlte sich, als wäre er in einen Mixer geraten.

Die Menschen dort vorne am Ufer des Stroms waren nur Schemen, farblose Gestalten, die herumwuselten wie Ameisen. Dass dort aber einer lag, die Hälfte des Körpers auf dem dunklen Boden, die andere im flachen Wasser, das war zu erkennen. Luc beschleunigte seine Schritte, raste den Weg hinab, Anouk blieb neben ihm, und dann waren sie schon ganz nah. Der Commissaire hatte geahnt, was er jetzt sehen würde, und doch waren der Schreck, der Schock, die Wahrheit ganz schön viel in diesem Moment. »O nein«, murmelte er und konnte nicht anders, er griff kurz nach Anouks Hand und drückte sie, und sie erwiderte seine Berührung. Dann beugte sich Luc hinunter, bekreuzigte sich und schloss ihm die Augen. Er sah Anouk an, die den Kopf schüttelte und den Blick gesenkt hielt.

Dort am Boden lag Rémy Fontaine. Die Kugel hatte seinen Bauch getroffen, doch nur die Kleidung war rot, das Blut auf dem Boden hatten Regen und Fluss schon abgewaschen und hinweggespült.

Kapitel 33

Es war das zweite Mal innerhalb weniger Tage, dass ein Hubschrauber am Strand von Huchet landete. Hier im Wald war dafür kein Platz, bei dem Sturm war es schon am Strand schwierig genug. Luc sah ihn unter den Baumwipfeln verschwinden, es waren nur Sekunden, dann dröhnte es kurz, und schon stieg er wieder auf, die Lichter blinkten in der Dunkelheit der Wolken, als wäre es bereits tiefe Nacht. Dabei war es erst später Nachmittag.

Es dauerte nur drei Minuten, dann hatten die Kollegen aus Bordeaux sie über die Düne erreicht: Silvain Guerré, der junge Gerichtsmediziner, den Luc anfangs für einen eitlen Gockel gehalten hatte, der sich aber als talentiert und sehr präzise ausgezeichnet hatte. Und die beiden älteren Kollegen von der Spurensicherung, die sich sofort neben dem Pathologen vor die Leiche knieten.

»Steife Brise«, sagte Guerré und blickte erst Anouk und dann den Commissaire an. »Wollen Sie meine Meinung hören? Das war kein natürlicher Tod.«

»Sehr witzig«, murmelte Anouk, die den jungen Mann eigentlich gut leiden konnte. Es war aber kein Geheimnis, dass die Berufsgruppe der Gerichtsmediziner einen eigenartigen Sinn für Humor hatte. Kein Wunder, wenn sie die Hälfte ihres Lebens in fensterlosen Kellern mit Leichen verbrachten, die nicht durch Gottes Hand aus dieser Welt geschieden waren.

»Sorry«, murmelte der Arzt, als er die Gesichter der Polizisten sah. Er hob den jungen Koch einmal an und besah sich die Rückseite. »Ich lass ihn so liegen für euch, keine Sorge«, sagte er, bevor die Spurensicherer protestieren konnten. Natürlich war es wichtig, dass keine Spuren verwischt wurden – doch bei diesem Regen war das sowieso reine Glückssache.

»Da brauch ich wohl nicht viel zu sezieren«, sagte Guerré, »ein Schuss. Eintritt im oberen Bauch, viel Blutverlust, der Tod muss nach kurzer Zeit eingetreten sein. Wahrscheinlich nach weniger als einer Minute. Austrittswunde im Rücken etwas oberhalb der Niere.«

Luc nickte ihm zu und wandte sich dann dem Mann im weißen Overall zu, der bereits komplett dreckverschmiert war, weil er auf allen vieren durch den Schlamm kroch.

»Haben Sie schon ein Projektil gefunden?«

»Gemach, Commissaire, gemach. Beten Sie, dass es nicht in den Fluss gefallen ist.«

»Docteur, wonach sieht die Eintrittswunde aus? Ein Jagdgewehr?«

»Bin ich Hellseher? Durch die Klamotten kann ich das nicht sagen. Und die darf ich ihm noch nicht ausziehen, wie Sie wissen, weil ich sonst Spuren verwische. Fragen Sie mich in zwei Stunden noch mal.«

»Zwei Stunden. Mehr nicht.«

Luc wandte sich Anouk zu. Die sah ihn traurig an. »Ich weiß, was du denkst«, sagte sie. »Aber ich denke, wir können hier nicht mehr viel tun, was uns Zeit rausschindet, bevor wir Monsieur Fontaine die schreckliche Nachricht überbringen müssen.«

»Jemand muss Guillaume Fontaine dazuholen. Sein Vater wird ihn brauchen.«

»Du hast recht. Soll Hugo ihn abholen? Ach nein, der hat ja Aurélie. Wir könnten Aubry zurückschicken.«

»Um die Todesnachricht zu überbringen?« Luc schüttelte den Kopf. »Dann könnten wir auch gleich die Telefonauskunft darum bitten. Nein, ich rufe ihn an und sage ihm, er soll dringend herkommen. Aber noch ohne den Grund zu nennen.«

»Ja«, erwiderte Anouk, »das wird das Beste sein.«

Luc ging ein Stück zur Seite und griff zum Telefon.

Doch er konnte den Blick nicht von dem jungen Mann lösen, den er vor wenigen Stunden noch so voller Leben und voller Tatkraft gesehen hatte.

Kapitel 34

Guillaume war sicher gerade erst in Grenade-sur-l'Adour los-
gefahren, und die beiden Polizisten wollten sich eben auf den
Weg in Richtung Villa Auguste machen, als Luc die Stimme des
Gendarmen hörte, der an der Absperrung stand.

»Nein, Monsieur Fontaine, ich bitte Sie, Sie dürfen hier
nicht ...«

»Ist er es? Sagen Sie es mir schon.«

Luc raste los wie ein Irrer und auf den alten Koch zu, der
mit seinem Gardemaß an dem Uniformierten vorbeidrängelte.
Der Commissaire stellte sich genau vor ihn und öffnete seine
Arme. Mehr brauchte es nicht. Auguste Fontaine ließ sich in
Lucs Arme fallen. Der Commissaire spürte, wie der alte Mann
zusammensackte.

»Es tut mir sehr leid«, flüsterte Luc.

Er konnte nicht sagen, wie lange sie so dort standen, Luc sah
den jungen Arzt pietätvoll den Kopf abwenden. Irgendwann
löste sich Monsieur Fontaine von ihm, wischte sich einmal über
das Gesicht, streckte die Brust heraus und richtete sich ganz gerade auf. Mit heiserer Stimme sagte er: »Kann ich meinen Sohn
sehen?«

»Natürlich«, antwortete Luc. Er wusste, dass jeder Widerspruch zwecklos war. Zweifellos würde Auguste Fontaine die Brutalität des Anblicks in die Glieder fahren, aber die reine Vorstellungskraft wäre wohl noch schrecklicher gewesen.

Langsam gingen sie auf den Toten zu, Luc hatte seinen Arm immer in der Nähe des alten Kochs, falls der ins Strauchln käme. Aber er ging wie ferngesteuert auf sein Ziel zu. Dort angekommen, ging er in die Knie und legte seinem Sohn die Hand auf die Wange, so zärtlich, dass es Luc das Herz brach. So verharrte er regungslos. Keiner sagte ein Wort, sogar der Lärm des Regens auf dem Blätterdach schien nachzulassen.

Nach langer Zeit räusperte sich der alte Auguste und richtete sich wieder auf. Er starrte auf den Bauch und die rote Wunde, die durch die schwarze Schürze zu sehen war.

»Wer war das?«, fragte er leise und bedrohlich. »Wer hat das getan?«

»Kommen Sie, Monsieur Fontaine, gehen wir zurück.«

»Wer war das?« Sein Schrei, wütend und gellend, hallte durch den Wald. »Wer hat es auf meine Familie abgesehen?« Das Gesicht der alten Kochlegende war tiefrot, seine Brust bebte, als hätte er die unvermeidliche Erkenntnis erst jetzt gewonnen, dass dieser Nachmittag, so nah am Ort seines größten Triumphes, nun das Ereignis sein würde, das seinem Leben einen tragischen Abschluss bescheren, ja, sein ganzes Lebenswerk hinwegfegen würde, dass da nur noch Trauer bliebe.

»Ist der Rettungswagen angekommen?«, fragte Anouk den Gendarmen an der Absperrung.

»Ja, er steht am Restaurant.«

»Rufen Sie ihn hierher. Der Notarzt soll Monsieur Fontaine etwas zur Beruhigung geben. Er kann nicht ins Restaurant, dort sind zu viele Zuschauer.«

»Das mache ich, Capitaine.«

»*Merci beaucoup.*«

Sie gab Luc ein Zeichen, während der Gendarm erst in sein Funkgerät sprach und dann näher kam, um Monsieur Fontaine zu stützen. Gerade als kurze Zeit später der Krankenwagen um die Ecke bog, hörten sie auch eine starke Maschine näher kommen. Das Motorrad von Guillaume Fontaine nahm den matschigen Waldweg, als wäre er eine Autobahn, er bremste fuchsteufelswild und sprang ab, bockte die Maschine gerade noch auf, bevor sie umfiel, riss den Helm vom Kopf und rannte auf seinen Vater zu.

»Was ist hier los?«, rief er, und sein Blick kreiste wild umher, bis er, gerade als er Auguste erreichte, die Leiche seines Bruders sah. Unglauben und Fassungslosigkeit im Gesicht, nahm er den alten Koch in die Arme, der fortwährend Rémys Namen murmelte.

Dabei warf er Luc einen finsteren Blick zu.

»Sie kümmern sich lieber um anderer Leute Privatsachen? Während das hier passiert!«

Die Worte waren wie Schläge, und Luc konnte nicht anders, er musste hier weg, jetzt gleich. Doch er spürte Guillaume Fontaines Wut noch, als er ihm längst den Rücken zugewandt hatte.

Kapitel 35

»Hör gar nicht auf ihn, *chéri*«, sagte Anouk, als sie über den schlammigen Weg den Rückzug antraten. Im Auto angekommen, schloss Luc die Augen.

»Aber er hat recht.«

»Was? Wie meinst du das?« Besorgt sah sie ihn von der Seite an.

»Ich hatte die ganze Zeit ein richtig mieses Gefühl. Aber ich habe nicht auf meinen Bauch gehört. Wer kann denn auch damit rechnen, dass so ein junger Mann umgebracht wird. Mit einer Waffe. Hier – in der Einöde. Es gab überhaupt keine Anzeichen. Bis auf mein Bauchgefühl. Aber ich habe mir eben nicht zugehört, nur weil ich Aubry eins auswischen wollte – und jetzt ist Rémy Fontaine tot. Es ist …«, er schüttelte den Kopf, »es ist mein Versagen.«

Sie erwiderte nichts, sondern griff nach seiner Hand, zog ihn zu sich heran, dann nahm sie seinen Kopf und legte ihren dagegen, so hielt sie ihn, minutenlang. Schließlich flüsterte sie leise: »Wir kriegen den Täter, verstanden?«

Luc spürte, wie seine Wut auf sich selbst langsam verflog – und stattdessen die Wut auf denjenigen wuchs, der Rémy Fontaine erschossen hatte. Er drehte den Schlüssel im Schloss und setzte zurück, dann wendete er an einer engen Einbuchtung mitten im Wald.

Unter dem Blätterdach war gar nicht zu sehen gewesen, dass der Regen aufgehört und sich die dunklen Wolken weitgehend verzogen hatten. Ein Wetterwechsel, wie er nur am Meer möglich war.

Als sie über den mondänen Kies rollten und auf dem Parkplatz vor der Villa Auguste ankamen, waren zwei Kellner dabei, die Tische auf der Terrasse abzutrocknen – möglich, dass heute noch Gäste draußen essen würden. Nur würde nicht Auguste Fontaine für diese Gäste kochen, dachte Luc mit Bitterkeit.

»Gehen wir hinein«, sagte er. »Und ich weiß auch schon, mit wem wir reden müssen.«

Sie wandten sich gerade zur Tür, als eine Stimme von hinten rief: »Commissaire …«, er drehte sich um und sah für einen kurzen Moment – ein freundliches Gesicht.

»Madame Joffe«, sagte er, »ist alles in Ordnung bei Ihnen?«

»Dasselbe wollte ich Sie fragen, Commissaire, Capitaine. Alles in Ordnung? Wir waren den ganzen Abend daheim und haben die Rettungskräfte vorbeifahren hören – und dann noch den Helikopter. Was ist denn nur los?«

»Ach, es ist schrecklich«, erwiderte Luc. »Der junge Monsieur Fontaine, er ist …«

Ihre Augen weiteten sich, und sie betrachtete Luc ungläubig. »Tot?« Es war mehr ein Flüstern.

Luc nickte. »Würden Sie Ihrem Mann direkt Bescheid geben? Wir müssen in die Villa, jetzt geht es um jede Minute.«

»Natürlich, Commissaire, das mache ich. Und jetzt halte ich Sie nicht länger auf.«

»Kein Problem.« Sie verabschiedeten sich, als der Voiturier

auf sie zutrat, einen Autoschlüssel in der Hand, weil er wohl eben das Fahrzeug eines Gastes geparkt hatte. »*Bonsoir*, Commissaire«, sagte er leise. »Ist alles in Ordnung? Hier überschlagen sich ja die Ereignisse.«

Luc nickte ernst. »Ja, in der Tat, es ist etwas Ernstes passiert. Aber wir können Ihnen leider noch nicht mehr sagen.« Er ließ den jungen Mann stehen, öffnete selbst die Tür, und dann betraten Anouk und Luc das Restaurant.

Es waren Sekunden, in denen der Abendservice ganz normal ablief und hier drinnen alles so war wie immer. Sekunden, in denen Luc spürte, warum es für die Menschen in dieser stressigen Welt so heilsam war, an einem solchen Ort zu essen: Es war die Schönheit dieses Ortes, verbunden mit der Freundlichkeit der Angestellten, es war der simple Luxus, perfekt bedient zu werden, verbunden mit den besten Produkten, der reinen Vorfreude und dem puren Glück, wenn die Teller dann vor den Gästen standen – kurzum, es war der perfekte Ort, um mal einfach nur das Leben zu genießen.

Doch der Augenblick war vorbei, als die Gäste die Polizisten wahrnahmen. Anouk und Luc trugen natürlich wie stets bei einem Einsatz ihre orangefarbenen Armbinden, die sie als Ermittler kennzeichneten. Sofort erstarben die Gespräche, und die Blicke wechselten zwischen Aufregung und Angst. Natürlich mussten alle – so wie die Joffes – aus den Fenstern die Einsatzkräfte gesehen haben, genau wie den Hubschrauber. Und den meisten dämmerte wohl, dass es hier nicht nur um Sturmschäden gegangen war.

Florentine Silva kam gerade mit einem Tablett um die Ecke, auf dem vier Gläser und eine Flasche Abatilles-Wasser standen. Abrupt blieb sie stehen, sodass ein Glas ins Wackeln geriet, es war nur der Bruchteil einer Sekunde, dann fing sie sich und nahm ihren Weg wieder auf, sie setzte sogar ihr Lächeln auf, doch es wirkte an diesem Abend falsch, ihre Augen lächelten nicht mit. Anouk stellte sich ihr in den Weg.

»Madame Silva …«

»Capitaine, Commissaire, wir sind mitten im Abendservice …«

»Das ist uns so was von egal, Madame, das können Sie sich gar nicht vorstellen. Kommen Sie mit in die Küche, wir müssen reden.«

»Aber …«

»Jetzt.« Anouk duldete keine Widerrede. Die Restaurantleiterin wies auf das Tablett, und die Capitaine nickte. Dieses konnte sie noch abliefern. Als sie vom Tisch zurückkam, nahmen die Polizisten sie in die Mitte, die Schiebetür surrte auf, und dann standen sie in der Hitze der Küche, in der es in diesem Moment still wurde, trotz der zischenden Kochplatten und des brutzelnden Grills in der Ecke. Die Köche und Spülhilfen sahen alle zum Pass herüber. Luc räusperte sich und sah in die aufgeregten Gesichter, er spürte, dass es nicht anders ging. Auch wenn er wusste, dass es maximal brutal war.

»*Messieurs dames*, es tut mir sehr leid, wir werden das Restaurant jetzt nicht schließen, damit wir hier nicht gleich die Presse auf dem Hals haben – Sie werden weiter Ihrer Arbeit nachgehen. Allerdings wird Auguste Fontaine nicht bei Ihnen sein heute Abend, er ist dazu nicht in der Lage. Auch Ihr neuer Chef kann nicht hier sein – und wird es leider auch nie mehr sein. Wir haben Rémy Fontaine eben tot im Wald von Huchet gefunden. Ich bitte Sie, diese schreckliche Nachricht …«

»Er ist …« »Tot?« »Was?« Es krachte, ein Glas zersprang. Luc konnte gar nicht so schnell in alle Richtungen sehen, wie die Fragen auf ihn einstürzten, eine Spülhilfe begann zu weinen, der Pâtissier schlug sich die Hände vors Gesicht, und die junge Asiatin stand blass und bleich in ihrer Ecke und sah auf den

Boden, wo ihr das Trinkglas heruntergefallen und in tausend Scherben zersprungen war, bevor sie lossprintete. Noch im Laufen brach sie in Tränen aus, schob sich an ihnen vorbei und war so schnell an der Schiebetür, aufgelöst und total unter Schock, sie ließ sich nicht aufhalten, die Tür fiel hinter ihr ins Schloss, und das Schluchzen war nur noch gedämpft zu hören. Luc räusperte sich abermals. »Ich bitte Sie, diese schreckliche Nachricht vorläufig für sich zu behalten. Wir werden jetzt zügig, aber natürlich sehr gründlich ermitteln, und wir müssen Sie bitten hierzubleiben. Sie alle. Ich werde Ihnen nachher, nach dem Abendservice, für alle Ihre Fragen zur Verfügung stehen. Einstweilen bitte ich Sie weiterzumachen mit Ihrer Arbeit – ich glaube, Sie würden dem Maître damit einen großen Gefallen tun. Merci – und es tut mir sehr leid.«

Als Luc geendet hatte, waren alle Augenpaare auf ihn gerichtet. Er hatte sich selbst geschworen, die Truppe in diesem Moment zusammenzuhalten, auch wenn ihm das fast unmöglich schien.

Aber doch, es funktionierte, dachte er, als er sah, wie sich ihre Mienen beruhigten, wie aus der Aufregung ein gewisses Vertrauen wurde – ein Zutrauen, dass dieser Mann in der Lederjacke das Richtige tat. Allmählich begannen alle, sich wieder ihrer Arbeit zuzuwenden, nahmen Messer und Teller, gingen zu den Töpfen, den Soßen und den Törtchen. Auch der Souschef wollte wieder an den Pass, doch Luc sagte in anderem Ton: »Sie nicht, Monsieur le Correc. Wir gehen hinaus. Sie auch, Madame Silva, Sie auch. Wir müssen reden.«

Kapitel 36

Es war merkwürdig, den Kräutergarten in Abwesenheit Auguste Fontaines zu betreten, diese sorgsam abgesteckten Beete, in denen der Maître sonst mit seinem kleinen Messer herumlief, die grünen Blätter der Verveine, der wuchernde Rosmarin, die Blüten des Bohnenkrauts, die Kornblumen, die auf den Sommer warteten, der ihnen ihre blaue Farbe schenken würde.

Auch Florentine Silva und Roland le Correc schienen sich unwohl zu fühlen, das lag aber wohl nicht so sehr an der Abwesenheit ihres Chefs als vielmehr an der Anwesenheit der beiden Polizisten.

Jedenfalls standen sie verloren nebeneinander, wobei sie tunlichst darauf zu achten schienen, einen deutlichen Abstand zum jeweils anderen einzuhalten.

»Können wir das Ganze abkürzen, und Sie sagen mir einfach, was hier vor zwei Stunden passiert ist?«, fragte Luc und sah den Souschef mit ernstem Blick an.

»Non«, erwiderte der Bretone in dem Ton, der der Bevölkerung dieses unwirtlichen Zipfels an der Westküste so zu eigen war. Kein Wort zu viel, und zudem ließ er keinen Zweifel, dass ihm das hier alles zuwider war.

»Was meinen Sie denn, Commissaire?«, fragte Florentine Silva, die schon deutlich gesprächiger war. »Sie glauben doch nicht etwa ...« Sie sah ihn an, als hätte er eine Majestätsbeleidigung begangen.

Anouk und Luc blickten sich kurz an, dann begann die Capitaine aufzuzählen: »Sie hatten eine Wahnsinnswut, Madame Silva, Sie sind aus dem Resto gestürmt, gerade als wir hineinwollten. Und Sie, Monsieur le Correc, waren auch miesester Laune, als Rémy Fontaine Sie alle begrüßt hat. Sie lassen keinen Moment aus, um sich irgendwie von Ihrem Chef zu distanzieren – obwohl Sie vor ihm buckeln, aber nach unten treten, was ich persönlich furchtbar finde. Aber das war nun der Tropfen, der das Fass zum Überlaufen gebracht hat.«

»Sie sind die Ziehkinder von Monsieur Fontaine«, fügte Luc hinzu, »er war nicht nur Ihr Mentor. Er muss Ihnen wie Ihr Vater vorgekommen sein, ein Pate in jedem Fall. Ich glaube, Sie gingen fest davon aus, dass er Ihnen das Restaurant doch noch überantworten würde – Ihnen beiden. Ist es nicht so? Und damit hätte er es in die Hände einer nicht nur beruflichen Allianz gegeben, nicht wahr?«

Es war, als hätte Luc einen Schuss abgegeben. Die beiden Gastronomen sahen ihn an wie vom Donner gerührt, der Bretone war richtig in Wallung gekommen, er ruderte mit den Armen und brummte etwas, doch es war Madame Silva, die zuerst die Worte wiederfand.

»Woher wissen Sie das? Wir haben das niemandem erzählt.«

»Ich war in den letzten Tagen öfter in Ihrem Restaurant als ein Restaurantkritiker. Sie suchen sich ständig, Sie sehen sich an, Sie sind nie weit voneinander entfernt. Sie, Madame Silva, holen so oft Teller vom Pass – eine Arbeit, die eigentlich die normalen Kellner machen müssten. Sie sollten immer in der Nähe der Eingangstür sein und den Saal überblicken, doch da standen wir schon manches Mal allein. Sie sind einfach gern in der Nähe – Ihres Geliebten.«

Florentine Silva sah Roland le Correc an, ihr Blick veränderte sich augenblicklich, und sie nickte sanft.

Aber es war der Bretone, der nun sagte: »Ja, es stimmt.« Wieder brummte er mehr, als dass er sprach. »Wir sind uns sehr verbunden.«

»Sie müssen sich sehr verbunden sein in Ihrer Wut auf Ihren Chef.«

»Was denn für eine Wut?«, fragte die Restaurantleiterin und der Zynismus in ihrer Stimme war nicht zu überhören. »Meinen Sie wirklich, wir wären wütend, dass der alte Fontaine erst Stein und Bein schwört, dass er niemals einen Nachfolger für dieses Restaurant sucht, sondern es schließen wird, wenn er aufhört, um hier als alter Mann aufs Meer zu sehen? Das hat er allen Zeitungen gesagt, allen, die ihn interviewt haben, sogar der *New York Times*, verstehen Sie? Er hat immer so getan, als wäre er der naturnahe Koch, der Liebling der Nation, der dann zum Renteneintritt aufhören und den Ozean genießen würde. Alle haben das geglaubt, wir auch. Aber dann hat sich sein Renteneintritt nach hinten verschoben, und jedes Jahr hat er eine neue Ausrede aufgetischt, um nicht aufhören zu müssen. Und jetzt, wo es wirklich so weit wäre, jetzt, wo wir doch dachten, dass wir eine Chance kriegen würden, jetzt übergibt er das Restaurant ausgerechnet an seinen verlorenen Sohn? Obwohl wir immer hier waren? Wissen Sie, wie viele gute Angebote von anderen Köchen ich ausgeschlagen habe? Und Roland? Sogar die Troisgros haben gefragt, ob er nicht bei ihnen anfangen will. Aber wir haben immer nein gesagt. Aus Loyalität. Weil das hier unser Zuhause ist. Weil Auguste Fontaine unser Zuhause ist. Nein, war. Er war es. Bis zu dem Moment, in dem er unser Vertrauen missbraucht hat. Obwohl wir ihn gedeckt haben, die ganze Zeit. Seine Krankheit. Das Verschwinden seiner Künste.«

Es war ein Monolog gewesen, ein trauriger, nein, ein verbitterter Monolog. Wie so oft, wenn junge Menschen von ihren Vätern oder Ziehvätern enttäuscht wurden und sich alles entlud.

»Sie wollten dieses Restaurant unbedingt?«, fragte Anouk.

Roland le Correc legte seiner Freundin ruhig die Hand auf den Oberarm, dann sagte er: »Dieses Restaurant ist schon lange mein Restaurant. Ich mache die Karte, ich erfinde die neuen Gerichte. Ja, wenn Sie das so fragen – es hätte mir zugestanden. Und was meinen Sie, wie viele Gäste wegen Florentines Charme kommen – und wegen dieses wunderbaren Service, den sie verantwortet? Ohne uns wäre Auguste gar nichts mehr.«

»Wir wollten die Villa. Und wir haben uns zuletzt wirklich ausgemalt, dass es klappen könnte.«

»Aber dann kam die Enttäuschung – und sie kam über Nacht.«

»Ich glaube, er hat gestern nach dem Vorfall mit der Gräte verstanden, dass es nicht weitergeht. Dass er den Stern verlieren wird. Aber er ist so ein eitler Gockel, dass er das nicht hinnehmen kann. Und wie heißt es so schön? Blut ist dicker als Wasser. Da kann er immer auf uns zählen – aber wenn es richtig dicke kommt, ruft er den verstoßenen Sohn an seine Seite.«

»Haben Sie eine Waffe, Monsieur le Correc?«

»Nein, Commissaire.«

»Aber ich, bevor Sie fragen. Ich jage.« Florentine Silva sah Luc herausfordernd an. »Tja, nicht nur die Männer machen das, Commissaire. Da staunen Sie, oder?«

»Ich bin nicht antifeministisch, Madame Silva, Sie können jagen, was Sie wollen. Womit jagen Sie?«

»Mit einem Gewehr. Womit auch sonst? Aber ich jage keine jungen Köche.«

»Sie waren nicht voller Wut und haben Monsieur Fontaine zu einem Einzelgespräch getroffen? Er sagte mir, dass es noch Bedarf gegeben hat für solche Gespräche – und Sie scheinen Bedarf gehabt zu haben. Und wenn es dann ein wenig entglitten ist, dieses Gespräch?«

»Nein, ich habe ihn nicht getroffen, Commissaire, was denken Sie denn? Ich tauche da auf und habe mein Jagdgewehr in der Hand?«

»Ich habe schon seltsamere Morde erlebt, Madame Silva.«

»Wir wollten ihn zu einem Gespräch treffen«, sagte Roland le Correc in seinem gottergebenen Tonfall. »Na klar wollten wir mit ihm darüber reden. Ich hätte sogar unter ihm weitergearbeitet, nur um hierbleiben zu können. Herrgott, ich liebe diesen Ort, ich will hier alt werden. Auch wenn Florentine da anderer Meinung ist.«

»Haben Sie ihn getroffen?«

»Nein. Er hat mir zu verstehen gegeben, dass er noch jemand anderen treffen muss und dass er erst nach dem Abendservice Zeit hätte.«

»Hat er gesagt, wen er treffen wollte?«

»Nein, das hat er nicht.«

»Wo waren Sie am späten Nachmittag und am frühen Abend?«

»Wir waren in meiner Wohnung in Saint-Girons«, sagte Florentine Silva. »Zusammen. Wir haben eine Flasche Weißen aufgemacht, weil wir erst mal runterkommen mussten.«

»Gibt es dafür Zeugen?«

»Nein, bei dem Sturm war ja kaum jemand auf der Straße.«

»Aber Sie fahren extra für zwei Stunden nach Hause – bei dem Sturm.«

»Was hätten wir tun sollen?«, fragte Florentine Silva wütend. »Wir mussten das erst mal verdauen. Hätten wir hier warten sollen und diesem Trottel dabei zusehen, wie er unsere Küche besetzt?«

»Florentine, jetzt reicht es aber«, rief Roland le Correc seine aufgeregte Freundin zur Räson. »Er ist immer noch der Sohn von Auguste – und er ist tot.«

Sofort verstummte die Restaurantleiterin.

»Es tut mir leid, aber es klingt wie ein schwaches Alibi«, sagte Luc. »Sie dürfen die Region bis auf weiteres nicht verlassen, haben Sie verstanden? Wir werden prüfen, was Sie uns erzählt haben.«

Anouk und Luc blieben zurück, während Florentine Silva und Roland le Correc in Richtung Küche gingen. Als le Correc nach Silvas Hand greifen wollte, zog sie sie schnell zurück.

Kapitel 37

»Wir können sie festnehmen. Das Motiv reicht. Es würde auch dem Staatsanwalt reichen.«

»Aber …«, Luc schüttelte den Kopf, »nein. Sie hatten keine Chance, das Restaurant zu übernehmen. Der alte Koch hat das immer klargemacht. Es wären niemals sie oder Rémy gewesen. Nur Rémy oder die komplette Schließung. Ich … Ich glaube das nicht. Es wäre zu offensichtlich.« Er stockte, weil ihm bei diesen Worten ein Gedanke in den Kopf schoss. Ein Gedanke, der verbunden war mit flehenden Augen, die er zu lange ignoriert hatte. Mist, verdammter.

»Monsieur le Correc!«, rief er und kam sich wie Columbo vor, der auch immer noch eine Frage gestellt hatte, als der Verdächtige gerade den Abflug machen wollte. Der Souschef wandte sich um – mittlerweile wirkte er eher ängstlich als blasiert.

»Ja?«

»Sagen Sie, die junge Frau am Fischposten, die vorhin rausgerannt ist, sie ist noch nicht lange bei Ihnen?«

»Mademoiselle Hoang ist erst kurz bei uns. Einen Monat.«

In Sterneküchen war viel Fluktuation, Luc wusste das. Aber das war doch mehr als ein Zufall.

»Wo hat Sie vorher gearbeitet, wissen Sie das?«

»Da muss ich nicht nachsehen, ich kenne alle meine Köche, ich stelle sie schließlich ein. Sie ist aus Vietnam. Dort hat sie auch angefangen, in einem Resort, dann war sie in Paris. Irgendwann hat sie sich für den Weg zu den Sternen entschieden. Dafür war sie zum Lernen bei Ducasse in Monaco, später in Kopenhagen, dann im Eden-Roc in Antibes, und dann hatte sie eine Lücke im Lebenslauf. Anderthalb Jahre. Das war merkwürdig, aber sie hat bei mir so gut vorgekocht, dass ich sie unbedingt anstellen wollte.«

»Gibt es solche langen Lücken oft? Bei einer so jungen Frau?«

»In der Spitzengastronomie ist das absolut unüblich. Da jagt eine Anstellung die nächste. Es geht einmal quer durch Europa oder auch durch die Welt. Man sammelt unentwegt Erfahrungen, um später selbst ein Restaurant zu eröffnen. Anders geht es ja auch finanziell nicht. Gerade für junge Köche aus ärmeren Teilen der Welt. Die müssen durcharbeiten, damit sie überhaupt hierbleiben dürfen.«

»Kann es also sein, dass ihr Lebenslauf nicht stimmt? Dass sie woanders gearbeitet hat, es aber nicht angeben wollte?«

Le Correc sah ihn einen Moment nachdenklich an, dann nickte er. »Möglich. An was denken Sie, Commissaire?«

»Das werde ich jetzt rausfinden. Haben Sie ihre Handynummer?«

Le Correc sah in das Buch, das am Pass lag, und schrieb Luc eine Nummer auf. Der rief sofort Hugo an. »Kannst du bitte diese Handynummer checken? Ich brauche einen Aufenthaltsort. Ly Hoang, eine junge Vietnamesin.«

»Einen Moment. Ich sehe gleich nach. Bleiben Sie dran.«

Unglaublich, dachte Luc jedes Mal, wie schnell die Technik heute war. Früher hatte so eine Ortung Stunden gedauert, wenn sie denn überhaupt funktionierte. Heute ging es live. Hoffentlich hatte sie ihr Telefon nicht ausgeschaltet, als sie vorhin aus dem Restaurant gestürmt war.

»Commissaire?«

»Ja?«

»Das Handy wurde vor zehn Minuten am Funkmast in Moliets eingeloggt. Und zwar genau dort, wo derzeit mein Hotelzimmerfenster offen steht, weil ich dachte, die Sonne hält sich. Ich freu mich schon auf mein nasses Bett.«

»Ich glaube eher, dass hier heute Nacht niemand schlafen geht«, sagte Luc, er spürte, wie das Adrenalin seine Adern flutete. »Ruf im Hotel an, sag, dass sie die Frau aufhalten sollen. Und frag, ob dort ein Rémy Fontaine eingecheckt war. Alles andere würde keinen Sinn ergeben. Wir sind schon auf dem Weg.«

»Mach ich, Chef.«

Er legte auf und sagte zu Anouk: »Los geht's, ich erkläre es dir unterwegs.«

Sie rannten zum Auto, vorbei an den ihnen nachschauenden Restaurantgästen. Als Anouk gerade auf die Landstraße einbog, las Luc die WhatsApp-Nachricht von Hugo: *Rémy war kein offizieller Gast im Hotel de l'Océan. Er war die Begleitperson einer Mademoiselle Hoang in Zimmer 10. Die junge Frau hat aber zur Stunde niemand gesehen. Türcode für das Hotel B2022.*

»Jetzt müssen wir schnell sein«, sagte der Commissaire, und Anouk trat das Gaspedal durch.

Der Vorteil auf der Strecke war, dass außer Rettungskräften niemand unterwegs war. So wäre die Straße schön leer gewesen. Doch der Nachteil auf dieser Route wog ungleich schwerer. Immer noch lagen überall abgebrochene Äste auf der Straße, waren Bäume umgeknickt und Gestrüpp durch die Luft geweht. Dennoch schaffte die Capitaine es, in acht Minuten die Promenade von Moliets-et-Maa zu erreichen – und dann war es nur noch eine Minute, die sie förmlich in Richtung Strand flog. Mit quietschenden Reifen nahm sie die schmalen Kurven, erst kurz vor dem Hotel wurde sie langsamer. Sie wollte keinen Lärm machen. Deshalb hielt Anouk auch schon an der Straßenecke, schaltete den Motor ab, und sie stiegen aus. Sie mussten sich nur einmal ansehen, damit beide einig waren: leises Vorgehen, hier war Gefahr im Verzug.

Das Restaurant und die Bar waren im vorderen Bereich des Hotels, hier hatten sie gestern ihren Kaffee genommen, hier saßen jetzt noch die letzten Gäste beim Dîner. Sie aber hielten sich in Richtung Hausrückseite, dort befand sich die Tür zum Hoteltrakt. Luc gab den Türcode ein, dann nahmen sie die knarzende Treppe nach oben. Er hatte in der Küche nicht das Gefühl gehabt, dass er sich vor der jungen Frau in Acht nehmen müsste – aber er hatte auch nicht mit ihr gesprochen. Deshalb hielt er sich jetzt an die goldene Regel – auch weil ihm das Bild von Aurélie vor Augen war, sie gerade so nah war und doch so fern. Die goldene Regel lautete: *Eigenschutz*. Der Mörder hatte geschossen. Oder die Mörderin. Er zog seine Pistole und hielt sie von sich weg, dann nahm er die letzte Treppenstufe und sah um die Ecke in den leeren Flur. Zimmer 10 war ganz am Ende des Ganges auf der linken Seite. Er ging leise voran, Anouk, die keine Waffe hatte, folgte ihm. Bloß keinen Lärm machen. Er lauschte an der Tür. Stille.

Nein, doch nicht. Da war etwas, ein Rascheln. Die Tür war dünn, nur eine Spanplatte oder so. Da drinnen suchte jemand etwas. Er sah Anouk an, die nickte. Er streckte ihr seine Waffe hin, entsichert, den Lauf hielt er in seiner Hand. Sie nahm sie.

Er ging auf die Seite gegenüber der Tür. Nun musste es schnell gehen, weil er hier schutzlos war, wenn jemand durch die Tür schoss. Ein Blick zur Seite, wieder nickte Anouk. Luc nahm Anlauf, das rechte Bein nach vorne, ein Schritt, zwei, er trat in die Tür, es gab ein Krachen, die Tür gab sofort nach und brach nach innen, Anouk war vor ihm, die Waffe erhoben, ihr Ruf: »*Police* – hinlegen, auf den Boden!« Sofort war er hinter ihr und sah, wie die junge Frau kreidebleich zu ihnen sah, erst war sie vollkommen sprachlos, dann schrie sie aus voller Kehle los, voller Angst, Anouk war bei ihr, warf sie auf den Bauch, hielt sie fest, durchsuchte sie. Ly Hoang wimmerte nur noch.

»Ganz ruhig liegen bleiben, ganz ruhig«, sagte Anouk leise zu ihr. Als sie fertig war, ließ sie die junge Frau aufstehen, sie musste ihr förmlich aufhelfen, bevor sie sie beide aufs Bett setzen konnten, doch das Wimmern und das Schluchzen hörten nicht auf. Und es war immer dasselbe Wort:

»Rémy. Rémy. Rémy.«

Kapitel 38

Während sich Ly Hoang langsam beruhigte, sah Luc sich im Zimmer um. Es war winzig, das Fenster ging zum Strand, zum Ozean hinaus. Dort draußen legte sich die Dunkelheit wie ein Schleier über das Meer. Es war das Ende eines schrecklichen Tages – für die Polizisten aber war er lange noch nicht vorbei.

Hier drinnen war das Bett zerwühlt, als seien die Gäste am Morgen überstürzt aufgebrochen. Neben dem Bett lag ein Koffer, einer dieser kleinen teuren aus leichtem Aluminium, der verschlossen war. Auf der anderen Seite stand ein Rucksack, wie ihn Weltreisende trugen, er war offen, und es schauten zerknüllte Sachen heraus. Offenbar hatte die junge Frau gerade in aller Hast gepackt. Luc sah auf dem Schreibtisch Dokumente, einen Reisepass, ein kleines Portemonnaie.

»Wollten Sie abreisen, Mademoiselle?«, fragte er so sanft, wie es ihm möglich war.

»Ich ... Ich wollte ... weg, ich wollte abhauen.« Sie sprach ein gutes, wenngleich leicht verwaschenes Französisch wie jemand, der sehr schnell sprach, aus Angst, dass die Fehler sonst auffielen.

»Sie haben hier die letzten Tage verbracht? Mit Rémy Fontaine?«

Als Anouk den Namen aussprach, schossen Ly Hoang sofort wieder die Tränen in die Augen. Sie ließ sich rückwärts auf das Bett fallen und schlug die Hände vors Gesicht. Die Tränen liefen ihr zu beiden Seiten die Wangen herunter.

»Er hat hier gelegen, auf dieser Seite. Ich habe eben am Kissen gerochen. Ich … Ich vermisse ihn so.«

»Es tut uns leid, Mademoiselle. Sehr leid. Sie müssen uns alles erzählen, verstehen Sie das?«

Sie nickte leicht, vielleicht waren es auch nur die Zuckungen ihres trauernden Körpers.

»Sie sind die Freundin von Rémy gewesen?«

Wieder ein Nicken.

»Sie haben die letzten anderthalb Jahre für ihn gearbeitet?«, fragte Luc, der sich alles nun langsam zusammengereimt hatte. Die junge Köchin nahm die Hände vom Gesicht und setzte sich vorsichtig auf. Dann nickte sie wieder.

»Ja, in Monaco, in Rémys Restaurant. Ich war die Souschefin.«

»Aber warum haben Sie das denn nicht angegeben? Ich meine, als Roland le Correc Sie eingestellt hat? Das war doch eine gute Adresse in Monaco.«

»Aber doch nicht für Auguste Fontaine«, sagte sie schockiert. »Das war eine Adresse der Jeunesse dorée, für reiche Kids. Und wenn er mich nicht deshalb abgelehnt hätte, dann weil ich für seinen Sohn gearbeitet habe.«

»Hat Rémy Ihnen das erzählt?«

»Er war immer ein Sonnenschein, besonders nach außen hin, er hat alle unterhalten. Das Küchenteam, die Spüler, am besten aber die Gäste. Als ich im Restaurant in Monaco anfing, dachte ich, er sei ein Clown, ein gut aussehender Clown, der nur auf Drogen und Mädchen aus ist. Vielleicht war es auch so. Aber irgendwann haben wir uns beide verliebt. Wissen Sie, wenn Sie ständig sechzehn Stunden am Tag zusammen arbeiten, da bleibt nicht mehr viel Zeit für anderes. Auch nicht für andere Menschen. Man arbeitet so nah zusammen, und die Küche – da ist eine Spannung … auch eine erotische Spannung …« Sie schüttelte den Kopf, als könnte sie nicht fassen, dass sie das erzählte. »Wir waren sehr glücklich, aber wir haben es geheim gehalten. Nur wenn wir alleine waren, hat er sich mal geöffnet. Dann hab ich gespürt, wie traurig ihn die Ablehnung seines Vaters gemacht hat und dass er nur von ihm akzeptiert werden wollte.«

»Und Sie haben ihm dabei geholfen, dass das möglich war.«

»Ich weiß nicht, je länger wir zusammen waren … Rémy hat mal gesagt, jemand wie ich sei ihm noch nie passiert. Ich würde das Beste aus ihm rausholen – wegen mir wolle er ein besserer Mensch werden. Vor allem aber ein besserer Koch. Er hörte auf mit den Drogen und mit dem ganzen Bling-Bling-Quatsch. Er erfand neue Gerichte, eine neue Karte – eine viel bessere Karte. Er nahm das Kochen ernst. Ich sollte ihm Sachen zeigen, die ich bei Ducasse gelernt hatte. Und irgendwann entschied er, er sei bereit, es noch mal bei seinem Vater zu versuchen.«

»Aber er wollte nicht allein hierher … Da hat er Sie eingeschleust.«

»Ich hatte die Idee. Ich habe gesagt, dass ich vorausgehen und schauen könne, wie es hier so zugeht. Ob der alte Auguste noch der Herr im Hause ist. Oder ob ich den Souschef überzeugen sollte, dass Rémy doch ein guter neuer Chef sein könne.«

»Aber in Roland le Correc hatte Rémy keinen Fan.«

»Nein, ganz sicher nicht. Ich weiß gar nicht, ob er was geahnt hat, aber er wurde von Woche zu Woche misstrauischer. Immerhin gelang mir, was ich vorhatte: Ich habe ein Gefühl für diese Küche bekommen – und ich hatte, obwohl Auguste sehr eklig zu mir war, durchaus das Gefühl, dass er bereit sein könnte für einen Nachfolger. Deshalb habe ich Rémy angerufen.

Ich habe gesagt, er müsse kommen. Jetzt sei der richtige Zeitpunkt – der Moment, in dem Auguste Fontaine dem Aufgeben sehr nahe sei.«

»Was meinen Sie damit?«

»Sie haben es nicht bemerkt? Wir haben es alle bemerkt. Er sieht nichts mehr. Ich glaube, für einen Koch wie ihn ist das …«, sie sah die Polizisten traurig an, »es ist, als würde man sterben. Deshalb habe ich ihn auch nicht verraten, als er mir vorgeworfen hat, ich hätte die Gräte übersehen. Ich habe das einfach über mich ergehen lassen. Weil wir in der Küche alle wussten, was los war. Aber niemand würde eine solche Legende bloßstellen.«

»Dieser Kodex in den Sterneküchen – das ist ja wirklich besonders.«

»Anders können Sie das nicht machen. Es ist doch bei der Polizei nicht anders, oder? Sie haben Ihren Korpsgeist. Sie verraten sich doch auch nicht. Und deshalb wollte ich jetzt weg …«

Luc wollte eigentlich eine weitere Frage stellen, aber die letzten Worte irritierten ihn – nein, sie ließen ihn aufhorchen.

»Was wollen Sie damit sagen, Mademoiselle Hoang? Sie müssen überhaupt nichts fürchten, aber ich verstehe nicht …«

»Sagen Sie mir doch, was ihm passiert ist.«

Luc raffte sich auf, zog die Schultern hoch und musste tun, was seine Pflicht war.

»Er wurde erschossen«, sagte er, leise und doch klar. »Vor nicht einmal drei Stunden. Und ich frage Sie jetzt noch einmal, was Sie damit gemeint haben?«

»Ich habe Angst«, rief sie auf einmal. »Verdammt noch mal, ihr braucht uns als Köche, als Spüler, als Pflegekräfte, aber ihr gebt uns keine richtige Staatsbürgerschaft, nur eine Arbeitserlaubnis – und wenn ich nun Ärger kriege? Dann fliege ich raus. Dann reise ich nach Hause – und alles, all die Jahre in den

Küchen, all die langen Tage, die ihr Franzosen nicht machen wollt, all das war sinnlos.«

»Mademoiselle, Ihre Tiraden sind vielleicht richtig – aber sie machen es jetzt nicht besser. Ich werde Sie nicht nach Vietnam schicken – und ich verspreche Ihnen, niemand wird das tun. Aber Sie sagen mir jetzt auf der Stelle, was Sie gerade andeuten wollten.«

»Rémy kam vorhin zu mir an den Posten, gerade als Sie beide die Küche verließen. Er sagte, dass er mich gleich treffen wolle, um zu feiern, bevor der Abendservice beginnt. Ins Hotel hätten wir es nicht geschafft, meinte er, dafür wäre die Zeit zu knapp. Er wolle nur jemanden treffen, und dann würde er mir einen wahnsinnig schönen Ort im Wald zeigen, ein Naturwunder, wie in meiner Heimat. Ich solle ihm in dreißig Minuten folgen, sein Termin werde nicht lange dauern. Und er flüsterte, dass er …«, sie brach wieder ab, mit tränenerstickter Stimme. Luc wartete einen Moment, dann fragte er:

»Und dann sind Sie ihm hinterher, in den Wald?«

»Ja, ich wollte ihm auch erzählen, dass der Bretone und Florentine nicht gut über ihn redeten. Aber … Na ja, dann … Er war noch nicht fertig mit seinem Gespräch im Wald. Ich wollte zurück, umdrehen, als ich sie noch reden hörte. Ich hatte Angst, Rémy könnte sauer sein, dass ich sie belausche. Aber sie haben so laut und wütend geredet. Ich … Ich wusste nicht, was ich machen sollte. Sie stritten. Ich bin stehen geblieben und habe zugehört. Dann bin ich auf einen Ast getreten. Da wurde der Mann nervös und hat Rémy etwas zugeraunt. Da bin ich vor Schreck losgelaufen, weg von dort, ab in die Küche.« Sie wurde immer lauter, immer verzweifelter. »Aber er kam nicht wieder. Wäre ich doch nur dort geblieben. Dann, dann würde er noch leben …«

»Wer war der andere Mann?«, fragten Anouk und Luc gleich-

zeitig. Die Nerven des Commissaire waren wie Drahtseile gespannt.

»Deshalb will ich ja weg von hier. Es war der Nachbar von Auguste Fontaine. Sie wissen schon, der Mann, der bis vor kurzem
Polizist war.«

Mardi – Dienstag

BITTERER DIGESTIF

Kapitel 39

Der Wagen der Gendarmerie hatte vor dem Hotel gewartet, und wieder hatten Restaurantgäste voller Neugier von der Terrasse heruntergeschaut, als handelte es sich bei Ly Hoang um eine ganz besondere Sehenswürdigkeit.

»Fahren Sie sie bitte aufs Revier in Mont-de-Marsan und nehmen Sie dort ihre Aussage auf. Behandeln Sie sie so behutsam wie möglich, die Dame hat eben ihren Freund verloren. *Merci, Kollegen.*«

Die Gendarmen nickten und ließen die junge Köchin hinten einsteigen.

Luc ging ein paar Schritte voraus in Richtung Strand und blickte auf die Dunkelheit dort unten, das Meer, das nur schemenhaft zu erkennen war. Er spürte, dass er zitterte. Er musste seine Gefühle unter Kontrolle bringen. Er konnte es nicht glauben. Nein. Er wollte es nicht glauben.

Wie konnte das sein? Und vor allem: Warum?

Er atmete tief ein und aus, mehrmals, ganz langsam, die Pause zwischen den Atemzügen ließ er immer länger werden, bis er spürte, dass er sich langsam beruhigte, dass sein Nervensystem allein durch die salzige Luft in den Lungen auf Entspannung umschaltete. Das war wichtig. Er musste jetzt nachdenken. Keine voreiligen Schlüsse, mahnte er sich. Auch wenn es schwer war.

»Na?« Er sagte es ganz leise, als er Anouks Anwesenheit hinter sich spürte. Das war von Anfang an so gewesen, schon bei ihrem ersten Zusammentreffen – er spürte ihre Nähe. Anouk Filipetti hatte eine so starke Anziehungskraft auf ihn gehabt, sie hatten sich von Anfang an blind verstanden, aber auch ihre Körper hatten immer miteinander interagiert, ohne Worte, auch ohne Berührungen.

»Wie geht es dir?«, fragte sie und trat neben ihn, auch sie atmete die salzige Luft tief ein. Der Sturm hatte den Staub und den Sand hinweggefegt, übrig geblieben war nur der Meergeruch.

»Das kann doch nicht sein«, antwortete Luc leise. »Wir waren doch die ganze Zeit dort.«

»Ich kann es auch nicht fassen. Und auf einmal ergibt nichts mehr einen Sinn.«

»Hm«, murmelte er. »Oder alles ergibt einen Sinn, wir haben es nur noch nicht begriffen.«

Er nahm sein Telefon aus der Tasche und wählte noch einmal die Nummer, die ihm in den letzten Tagen so oft weitergeholfen hatte. Und wieder, auch so spät am Abend, nahm der treue, fleißige Hugo sofort ab. »Ja?« Er flüsterte.

»Schläft sie etwa?«

»Aurélie? Natürlich. Meinen Sie, wir spielen noch Schach, Commissaire?«

Hugo war einfach gut darin, die Menschen in seiner Umgebung aufzuheitern, ein weiterer kostbarer Zug an ihm.

»Tut uns leid, aber es wird noch etwas dauern. Geht das?«

»Klar. Sie schläft tief und fest auf meiner Deckenburg, sie ist warm zugedeckt, und ich arbeite nur beim Licht der Schreibtischlampe.«

»Du bist ein Schatz, Pannetier. Und jetzt sag endlich Luc zu mir.«

»Oh. Vielen Dank. Luc.« Hugo sagte es mit einer gewissen Ehrfurcht, die gar nicht zu ihm passte.

»Hör mal, kannst du mir noch einen Gefallen tun? Auch wenn's spät ist?«

»Klar. Was denn?«

Luc erzählte es ihm. Und spürte, wie der Mann am anderen Ende immer stiller wurde. Bis er entsetzt aufstöhnte.

»Echt jetzt? Aber das ist ja …«

»Ich weiß. Das würde ein Erdbeben geben.«

»Ich kümmere mich. Ich melde mich, sobald ich etwas weiß.«

»*Merci*, Hugo. Wir fahren jetzt dorthin. Schreib mir.«

»Wird gemacht. Danke. Und Luc?«

»Ja?«

»Passt auf euch auf.«

Kapitel 40

Anouk parkte auf dem Schotterparkplatz, der mittlerweile bis auf drei oder vier Autos leer war, vermutlich waren nur noch die Angestellten hier und machten noch sauber und räumten auf. Es war kurz vor ein Uhr am Morgen. Zwei Streifenwagen der Gendarmerie standen noch immer am Fahrbahnrand und bewachten den Zugang zum Wald. Die Insassen schienen zu schlafen, die Scheiben waren beschlagen. Der Chefkoch musste die Lichter des Wagens gesehen haben, und so dauerte es nur Sekunden, bis er aus der Tür trat.

»Capitaine, Commissaire«, rief er, und Luc sah Guillaume Fontaine, der mit verweinten Augen hinter seinem Vater aus der Tür trat, gefolgt von Corinne – alle waren zusammen in dieser Stunde. *In Trauer vereint*, dachte Luc.

»War es Madame Hoang?«, fragte Auguste Fontaine, als er vor den beiden Polizisten stand. »Nun sagen Sie schon.«

»Nein, Maître, wobei auch Madame Hoang ein Geheimnis mit sich herumtrug: Sie war die Freundin Ihres Sohnes.«

»Was sagen Sie da?«

»Er hat sie vorgeschickt, damit sie prüft, wie die Lage hier ist, weil er unbedingt wieder mit Ihnen in Kontakt treten wollte.«

Auguste schluckte. »Und ich habe sie so schlecht behandelt. Das arme Mädchen. Wäre Rémy doch nur ehrlich gewesen – sie ist eine so gute und sympathische Köchin … Ich …«

»Sie konnten es ja nicht wissen. Mademoiselle Hoang hat uns aber einen entscheidenden Hinweis gegeben. Wir müssen jetzt noch jemanden befragen.«

»Um diese Uhrzeit?«

»Ja, es eilt.«

»Aber wer …« Doch dann verstummte Auguste Fontaine, offenbar war er Lucs Blick gefolgt. »Sie wollen zu … aber …« Und dann fügte sich in seinem Kopf etwas zusammen, wie ein Puzzle, in dem das letzte Teil unter die Couch gerutscht war und nun im Staubsauger wiederauftauchte. »Aber das ist doch …«

»Ich habe noch eine Frage, Monsieur, zu Ihrem Weinkeller.«

Luc stellte seine Frage, und Auguste antwortete, zutiefst verdutzt, zutiefst schockiert. Luc nickte und wollte sich verabschieden, doch der alte Mann war schneller. »Ich gehe jetzt hinüber …«

»Nein, das werden Sie nicht, Monsieur, Sie werden uns unsere Arbeit machen lassen.«

»Lassen Sie meinen Vater los!«, rief Guillaume. Anouk war währenddessen zu den Gendarmen gegangen, um sie zu wecken. Mit einem Satz waren sie aus den Autos heraus und rieben sich die Augen.

Luc sah August und Guillaume Fontaine scharf an. »Sie werden nicht dort hinübergehen. Haben Sie das verstanden? Ich mache das – auf meine Art.« Sein Ton duldete keine Widerrede.

Die Männer nickten schicksalsergeben.

»Gut. Anouk? Wir gehen. Und Sie bewachen das Haus, verstanden? Nicht wieder einpennen.«

Luc sagte es so scharf, dass die Gendarmen strammstanden. Noch einmal klingelte sein Telefon.

Die Nummer war eine aus Dax, und sie kam ihm merkwürdig bekannt vor.

»Ja? Verlain?«

»Hier ist Docteur Giraud, Commissaire. Ich habe ein Ergebnis.«

»Bitte, lassen Sie hören.«

Luc hielt den Hörer so fest an sein Ohr, dass er, als er aufgelegt hatte, noch immer die Wärme spürte.

»*Merde*«, sagte er und nickte Anouk zu. Dann gingen sie endlich hinüber zum Haus der Joffes. Doch bevor seine Partnerin klingeln konnte, sagte Luc: »Nein, lass uns hier lang.«

Er ging voran, sie folgte ihm, sie nahmen den Weg ums Haus herum, und Luc sah ihn zuerst: Da saß er, rauchend und den Blick fest aufs Meer geheftet.

»'n Abend, Monsieur Joffe«, sagte Luc in möglichst neutralem Tonfall.

»Guten Morgen, Commissaire.«

»Das wird gar kein guter Morgen, Monsieur. Ich glaube, für mich nicht – aber für Sie schon gar nicht.«

Der alte Polizist drückte die Zigarette langsam und gemächlich im Aschenbecher aus, die Glut knisterte. Dann wandte er sich dem Commissaire zu, sein Gesicht wurde vom Mond in ein fahles Licht getaucht.

»Ich fürchte, ich habe keine Ahnung, was Sie meinen.«

»Anouk, würdest du bitte Madame Joffe wecken?«

»Das werde *ich* tun, Commissaire. Denn das ist mein Haus, auch wenn Sie gerne unsere Gäste waren.«

»Ich muss Sie anweisen, sitzen zu bleiben. Ersparen Sie uns beiden, dass ich Sie durchsuche – Sie kennen das Prozedere.«

»Bin ich etwa verhaftet?«

Luc legte den Kopf schief. »Möglicherweise läuft es darauf hinaus. Für den Moment sind Sie ein betroffener Zeuge, den ich anweise, sitzen zu bleiben.«

Anouk ließ den alten Commissaire nicht aus den Augen, während sie sich an ihm vorbeischob, um über die Terrasse das Haus zu betreten. Luc hörte sie die knarzende Treppe nach oben in Richtung Schlafzimmer gehen.

»Was ist das für ein Schauspiel, das Sie hier aufführen, Commissaire Verlain?«

»Ich wünschte, es wäre ein Schauspiel, Monsieur Joffe. Ich wünsche mir nichts sehnlicher, als dass ich einem Irrtum aufgesessen bin – und ich wünsche mir, dass Rémy Fontaine wieder aufsteht und in die Küche eilt. Allein, ich fürchte, daraus wird nichts. Ich habe ihn dort liegen sehen. Und Sie und ich wissen, dass das kein schöner Anblick war.

Die Treppe knarzte wieder, diesmal mehrfach, und kurz darauf trat Madame Joffe aus der Tür, sie trug ein T-Shirt und eine Schlafhose und sah den Commissaire verwundert an.

»Darf ich fragen, was das hier soll, Monsieur Verlain?«

»Setzen Sie sich, Madame Joffe. Wir müssen reden.«

»Nachts um eins?«

»Es ist leider nicht aufzuschieben«, sagte Luc, und Anouk setzte sich neben ihn.

»Monsieur Joffe, wo waren Sie heute Abend? So kurz nach sechs, halb sieben?«

»Mein Mann war hier«, sagte Madame Joffe, aufrecht sitzend und bereit, zum Sprung anzusetzen, wie eine Löwin, die ihr Junges schützt. »Hier bei mir, den ganzen Abend.«

»Sie haben also ein Alibi, Monsieur?«

»Wenn meine Frau das sagt, dann werden Sie es wohl glauben müssen. Also: Was wollen Sie?«

»Warum haben Sie den Wein des Kritikers vergiftet?«

»Ich habe was?«

»Sie wussten, wie fast alle gastronomisch interessierten Franzosen, von der Vorliebe des Monsieur Gennevilliers für den 1995er Château Lacour. Sie haben ihn versetzt mit einem Medikament, das heißt mit einer Droge. Warum haben Sie das getan?«

Ernest Joffe lehnte sich auf seinem Stuhl zurück, holte eine zerknüllte Schachtel aus seiner Hosentasche und fingerte eine weitere Zigarette daraus hervor, die er mit einem Streichholz entzündete.

»Ich weiß nicht, was Sie meinen«, sagte er mit gepresster Stimme. »Ich erinnere mich an meine Arbeit als Polizist, sie ist noch nicht so lange her, aber damals brauchte man immer Beweise, wenn man so etwas behauptet hat.«

»Die werde ich beibringen, die Beweise, keine Sorge.«

»Ich bin gespannt.« Ein leichtes Lächeln huschte über seine Züge. Es war für Luc immer wieder faszinierend, nein: gespenstisch, wie sich das gesamte Wesen von Menschen, die man für absolut unverdächtig gehalten hatte, plötzlich komplett verändern konnte.

»Was ist Ihr Problem mit Ugo? Nein, ich glaube, ich habe mich lange geirrt. Um ihn ging es ja gar nicht. Was ist Ihr Problem mit Auguste Fontaine, Monsieur Joffe?«

»Ach, der alte Auguste. Wir sind Nachbarn, wir sind Freunde.«

Es surrte in Lucs Hosentasche. »Moment«, murmelte er und holte sein Handy heraus. Er las die Nachricht, dann blickte er den anderen Polizisten mit finsterer Miene an.

»Wissen Sie, Monsieur Joffe, mein Kollege, Hugo Pannetier, ist wirklich der schnellste Rechercheur von hier bis Paris. Er schafft es, auch noch in einer Sturmnacht die entscheidenden Leute ans Telefon zu kriegen. Er hat es also vermocht, den neuen Leiter der Polizei in Dax zu sprechen. Der hat sofort den Archivar aus dem Bett geholt und ist ins Commissariat gefahren, um sich mit ihm zu treffen. Und siehe da: Aus der Asservatenkammer in Dax ist eine kleine Menge GHB verschwunden. Genau ein winziges Fläschchen. Wissen Sie, wann das war? Vor vier Monaten. Zwei Wochen vor Ihrer Verrentung. Sie waren damals noch in Amt und Würden. Als Ihnen der Leiter der Asservatenkammer davon erzählte, wiesen Sie ihn an, keinen Alarm zu schlagen, sonst gerate das Commissariat in Verruf – und das so kurz vor Ihrem Karriereende. Das konnte ja wirklich niemand wollen.«

»Und worauf wollen Sie damit hinaus?«

»Ach kommen Sie, jetzt stellen Sie sich doch nicht doofer, als Sie sind! Ich hoffe, Ihre Verhöre waren besser als Ihr Bluff in einem Verhör. Sie haben das GHB gestohlen. Und Sie haben es in die Weinflasche gespritzt.«

»Was?«

»Ich frage mich, wieso ich nicht gleich darauf gekommen bin. Ich habe Auguste Fontaine vorhin gebeten, noch mal scharf zu überlegen, wer denn noch im Keller war. Wen er da mit hinunter nehme. Er solle mal an alle denken. Nicht nur an die Angestellten. Und wissen Sie was? Wissen Sie, wen man nur zu gern vergisst? Den Nachbarn. Den Nachbarn, der einem so nah ist, dass man ihn gar nicht mehr richtig wahrnimmt. Ein Nachbar weiß immer alles – gerade wenn die Häuser so unverbaut sind wie die Ihren. Und Auguste Fontaine hat Ihnen vertraut. Er ist ein Ehrenmann – und er wäre nie auf die Idee gekommen, dass Sie keiner sind. Er hat den Code also offen vor Ihnen eingegeben – und Polizisten wie wir sind Meister im Beobachten. Sie haben sich den Code gemerkt und hatten so stets unbemerkt Zutritt.«

Ernest Joffe lehnte sich in seinem Sessel zurück und verschränkte die Arme. Er wollte cool wirken, cool und beherrscht, doch Luc schien es, als bröckelte die Fassade so langsam.

»Gut, das wollen Sie also nicht zugeben. Dann muss ich Sie

noch mal fragen, wo Sie heute nach sechzehn Uhr gewesen sind.«

»Na, wir waren zusammen«, sagte Madame Joffe, »das habe ich Ihnen doch vorhin gesagt.«

»Warum haben Sie erst den Kritiker vergiftet, Ernest, und dann auch noch Augustes Sohn umgebracht?«

»Ich habe was? Sagen Sie mal, spinnen Sie jetzt völlig? Ein bisschen Ecstasy im Wein, das ist ja was ganz anderes, als jemanden …«

»Der Schuss kam aus einer PAMAS G1 von Beretta. Eine Neun-Millimeter-Waffe. Sie wissen das, weil es bis 2003 die Standarddienstwaffe der Police nationale war. Da sind wir alle auf Sig Sauer umgestiegen. Aber ältere Polizeibeamte behielten gerne ihre PAMAS, weil sie in Frankreich produziert worden war. Nationalstolz halt. Auch Sie besaßen so eine Pistole, richtig? Und Sie haben sie nicht abgegeben, nehme ich an.«

Monsieur Joffe wurde blass. »Ich …« Er war sprachlos.

»Wir haben einen Waffensafe«, sagte Madame Joffe. »Aber ich kann Ihnen versichern: Mein Mann war hier, und der Schrank ist leer. Er hat die ganze Ausrüstung abgegeben.«

Ernest Joffe stand auf einmal ohne Vorwarnung auf. Luc sprang sofort auf und drückte ihn wieder auf seinen Stuhl, nicht ohne seinen Körper nach der Waffe abzusuchen.

»Sie bleiben hier sitzen«, sagte er drohend. »Wir holen gleich die Spurensicherung, und lassen Sie auf Schmauchspuren untersuchen.«

»Ich …«, rief Madame Joffe. »Lassen Sie doch meinen Mann in Ruhe!«

Der alte Polizist zitterte am ganzen Leib. Luc begann sich Sorgen um sein Herz zu machen.

»Wir müssen das prüfen, Monsieur. Sie bleiben hier sitzen. Madame, Sie gehen voraus. Wo ist der Safe?«

»Im Bücherregal versteckt«, sagte sie und war schon auf den Beinen.

»Luc«, sagte Anouk leise, als sie ihr nach drinnen folgten. »Warte kurz.«

»Was ist?«

»Mir fällt gerade eine Lektion aus der Polizeischule wieder ein. Stichwort: sich gegenseitig schützende Zeugen.«

»Was meinst du?« Langsam wurde Luc ungeduldig.

»Na, wenn er plötzlich kein Alibi mehr hat, weil wir ihm das Gegenteil bewiesen haben, dann ist es folgerichtig, dass ...«

»... dass sie auch keines mehr hat. Verdammt.« Er ging schneller, rief: »Madame Joffe, Hände weg von dem Safe ...«, doch sie hatte ihn schon geöffnet, flink war sie gewesen und drehte sich schon um, in ihrer Hand hielt sie die kalte, glänzende Waffe und richtete sie auf Anouk. Luc schob seine Partnerin zur Seite, doch Madame Joffe zitterte nicht, sie folgte Anouk, ihr Blick war kühl und ruhig.

»Madame, bitte, machen Sie keinen Fehler, bitte, legen Sie die Pistole hin.«

»Vergessen Sie es, Commissaire, ich hab oft genug von meinem Mann gehört, wie es in französischen Knästen zugeht. Ich gehe nicht ins Gefängnis. Vergessen Sie es.«

»Madame, legen Sie die ...«

»Fanny ...«, der Ruf kam von der Terrasse, »Fanny, hör auf, was soll denn das?« Ernest Joffe stand da, jetzt zitterte er wie Espenlaub. »Hör auf, bitte!«

»Sei still!«, fuhr sie ihren Mann an, und alles wirkte auf einmal surreal. »Niemals gehe ich in den Knast. Nicht deswegen. Nein. Sie hätten uns weiter terrorisiert – das kann ich nicht ertragen. Lieber ...«

»*Chérie*, glaub es mir, du gehst nicht ins Gefängnis. Wir sind alt, du hast Rheuma, kein Richter der Welt wird dich in den

Knast stecken. Es war doch bestimmt ein Unfall, nur ein Unfall.«

»Es war kein Unfall«, sagte sie. »Wie kannst du das sagen? Er hat dich doch ausgelacht. Dich! Meinen Mann. Ich konnte das nicht ertragen. Und ich wusste, was er vorhatte – wir hätten neben einer Beachbar gelebt oder neben so einem Schickimickischuppen mit Drogen und lauter Musik. Nicht mit mir! Ich konnte diesem Jungen nicht vertrauen, ich konnte ihn schon als Kind nicht ab. Schon damals war er immer der Lauteste auf diesem schrecklichen Trampolin.«

»Wollen Sie sagen, dass Sie Ihren Nachbarn wirklich ermordet haben, weil Sie Angst vor Lärm hatten?«

»Sie haben ja keine Ahnung, Commissaire. Wie heißt es so schön? Steter Tropfen höhlt den Stein. Nichts ist so wichtig wie eine gute Nachbarschaft. Aber es kann einen auch nichts so sehr erschüttern. Können Sie sich vorstellen, dass Sie beim geringsten Geräusch zusammenzucken? Aber so ist es nach derart vielen Jahren. Da haben Sie Nerven wie Drahtseile, die kurz vor dem Reißen sind. Sie genießen es hier, weil es so ruhig ist, den ganzen Tag sind da nur Zikaden und die Möwen und das Meer. Und dann, Sie können die Uhr danach stellen, rast um achtzehn Uhr der erste Gast mit seinem Porsche über den Kies. Wie ich diesen Kies hasse. Ich habe Auguste gebeten, seine Einfahrt zu betonieren. Wir hätten es ihm bezahlt! Vor fünfzehn Jahren schon. Aber nein, er hat gesagt: Der Kies muss bleiben. Die Gäste finden den mondän. Können Sie sich das vorstellen? Wir sind doch hier nicht im beschissenen Château Versailles. Und morgens, wissen Sie, wann der Gemüsehändler kommt? Um sechs. Um sechs Uhr früh stellt der seine Champignons hier ab. Um halb sieben kommt der Fleischer. Und alle hupen und plaudern mit dem Souschef, und dann wird ausgeladen, und dann knirscht wieder der Kies, und währenddessen liege ich im

Bett und koche. Jeden zweiten Morgen, seit über dreißig Jahren. Und dann ist mittags, wenn ich schlafen will, die Terrasse offen. Und alle sitzen draußen und quatschen, und die Gläser klirren. Und abends beginnt der ganze Zirkus wieder, ab achtzehn Uhr fahren die Autos vor, und dann geht es bis ein Uhr in der Nacht. Aber dann ist es nicht vorbei. Nein«, ihre Stimme troff vor Wut und Hohn, »dann sind die Kellner so glücklich, dass sie ihre zufriedengestellten Gäste los sind, und dann drehen sie die Musik auf und räumen auf und saufen und feiern. Und Auguste kommt einmal im Jahr, gibt uns eine gute Flasche aus seinem Keller und sagt: *Ach, wie schön, dass ihr euch nie beschwert, aber es ist ja auch toll, neben so einer Restaurantlegende zu wohnen, nicht wahr?* Und jedes Jahr machte er weiter, obwohl er versprochen hatte aufzuhören. Ich habe immer wieder mit Ernest geredet, und irgendwann war klar: Jetzt reicht es, wir machen das mit dem Gift. Ernest hat das GHB besorgt, wir wussten, dass es niemanden umbringt. Ich war schließlich so lange Lehrerin, ich kannte das alles, die Schüler kennen sich damit ja besser aus als die *flics*. Ernest hatte den Code für den Keller, und dann hat er es da reingespritzt. Wir wollten, dass der Sternewahnsinn ein Ende hat. Aber da haben wir die Rechnung ohne Auguste gemacht.«

»Eigentlich haben Sie mit Ihrer Tat dafür gesorgt, dass er nicht aufhören konnte, oder?«, fragte Anouk. Luc hatte immer noch die Hände erhoben, irgendwie versuchte er, sie zu beruhigen, aber Madame Joffe war noch nicht fertig.

»Weil ihm nicht zu trauen ist, er hält sich nie an sein Wort – er hat wirklich nur diese Küche, für ihn existiert nichts anderes. Aber dass er wirklich Rémy das Restaurant übergibt ...«, sie fuchtelte wieder vor Wut wild mit der Pistole herum, »als Auguste das Ernest erzählt hat, gestern Morgen, da hab ich geglaubt, ich hör nicht richtig. Uns war klar, jetzt ist das Fass am Überlaufen. Ernest wollte trotzdem erst mal mit Rémy reden.

Ihn überzeugen, vielleicht nur drinnen zu arbeiten. Die Terrasse zu schließen. Er wollte ihm sagen, dass wir so erschöpft sind – nach all den Jahren bei der Polizei und an der Schule – und dass wir unsere Ruhe haben wollen. Aber Ernest«, sie sah ihren Mann mild an, »er ist einfach so ehrlich, das war er schon immer. Er hat Rémy einfach von unserem Wunsch erzählt. Dass man das Restaurant vielleicht nur in der Saison öffnen könnte – oder alles etwas ruhiger gestalten. Aber Rémy hat ihn ausgelacht und gesagt: *Tja, aber das Restaurant ist nun einmal da.* Und dann hat mein lieber Mann im Wald zugegeben, dass er den Wein vergiftet hat. Er hat damit zeigen wollen, wie verzweifelt er war. Wie verzweifelt wir waren. Da ist Rémy ausgeflippt. Was Ernest denn einfalle, wie er das tun könne, er sei doch der beste Freund seines Vaters gewesen. Und nun sei er ein primitiver Verbrecher. Ernest ist davongestürmt, er war von Sinnen, er sah so verletzt aus, wie ein geschlagener Mann.«

»Und du warst die ganze Zeit dabei?«

Die ungläubige Stimme ihres Mannes. »Und dann hast du ihn wirklich … erschossen?«

»Als du weg warst, hat Rémy eine Nummer gewählt, ich dachte, er will die Polizei rufen. Aber niemand hat abgehoben. Dann hat er sich eine Zigarette angesteckt. Ich hatte die Waffe dabei, weil ich bereit sein wollte, falls er dich angreift. Ich habe hinter einem Baum gewartet. Wenig später ist er losgestürmt, kopfschüttelnd, da bin ich aus dem Schatten raus. Rémy hat sofort angehalten. Ich höre ihn immer noch, so höhnisch. *Jetzt auch noch du alte Schachtel*, hat er gesagt, *was willst du jetzt noch? Soll ich vielleicht gleich ganz zumachen?* Ja, habe ich gesagt, das rate ich dir. *Und sonst? Was passiert sonst? Ich sage dir, was passiert. Ich gehe jetzt zu Papa, und dann werden wir euch anzeigen.* Und dann hat er wieder gelacht. Aber niemand lacht mich aus, erst recht nicht meine alten Schüler. Ich habe die Waffe herausgenommen und sie ihm vors Gesicht gehalten. Er hat nur eine schnelle Bewegung gemacht in seinem Schreck, er wollte danach greifen, und dabei ist mein Zeigefinger auf den Abzug gekommen und dann …« Sie verzog das Gesicht. »Ich höre den Knall noch, es piept immer noch in meinem Ohr, und dann ist er zusammengesackt und in den Strom gefallen.«

»Du … das … du, na also, dann war es doch ein Unfall … Fanny, nun sag schon, es war ein Unfall …«

Ernest Joffe unterbrach sich, weil der Lärm von der Tür kam, sie wurde aufgerissen, eine bekannte Stimme sagte wütend: »Verlain, Sie spinnen wohl, hier einen Polizisten zu verhaf…«

Und in diesem Moment drehten sich alle zur Tür, Fanny Joffe drückte den Abzug in genau jenem Augenblick, als Luc die Gunst der Sekunde nutzte, um sich auf sie zu stürzen, die Waffe wurde hochgerissen, der Knall war ohrenbetäubend, und dann traf die Kugel unterhalb der Decke genau das Aquarell mit der Strandszene, es wurde zerrissen und fiel von der Wand, und dann schlug auch Madame Joffe auf dem Boden auf, Luc auf ihr, er entriss ihr die Waffe und drehte ihr die Hände auf den Rücken. Laurent Aubry aber stand sprachlos in der Tür, die Hände vorm Gesicht.

Luc saß aufrecht auf der Festgenommenen und sah seinen Chef an.

»Gutes Timing, Aubry, mit Schusswaffen haben Sie es offenbar … Madame Fanny Joffe, ich verhafte Sie unter Mordverdacht und wegen der Beihilfe zu einer schweren Körperverletzung. Sie haben das Recht auf einen Anwalt, und Sie haben das Recht, die Aussage zu verweigern. Sie, Monsieur Ernest Joffe, sind verhaftet wegen des Verdachts einer schweren Körperverletzung, der Unterschlagung im Amt, des Besitzes von Rauschgift und wegen unerlaubten Waffenbesitzes. Sie werden ins Commissariat von Bordeaux überstellt.«

Die Gendarmen kamen in diesem Moment mit gezogenen Waffen ins Haus gerannt, doch der Commissaire hob schon die Hände. »Alles gut, wir sind hier fertig.«

Luc spürte, dass er sehr dringend an die frische Luft musste. Er ging voran und öffnete die Tür, die kühle Nachtluft strömte ihm entgegen. Verdammt, ging ihm das an die Nieren. Anouk trat neben ihn, und dann gingen sie hinaus, hinter ihnen wurden die beiden Eheleute nach draußen geführt, zwar ohne Handschellen, aber je ein Gendarm hielt sie am Arm. Sie wurden in zwei Streifenwagen gesetzt und ließen einander nicht aus den Augen.

»Das Wort *Tragödie* ist fast zu schwach für das, was hier passiert ist«, sagte Anouk.

»Herrje«, murmelte Luc leise.

Aus dem Restaurant kamen plötzlich zwei Gestalten, die eine stützte die andere. Luc traute seinen Augen nicht. Der große schlanke Mann, der den anderen gewaltigen Mann hielt.

»Monsieur Gennevilliers!«, rief Luc, und sie gingen aufeinander zu. »Wir kennen uns noch nicht, ich bin der ermittelnde Commissaire, meine Partnerin Anouk Filipetti. Wie geht es Ihnen?«

Der hagere Mann blieb vor ihnen stehen, er sah noch etwas bleich um die Nase aus, ging aber sehr aufrecht.

»Liquid Ecstasy ist wirklich ein Jungbrunnen«, sagte er näselnd. »Ich bin aus dem Koma geholt worden und dachte, ich wäre wieder dreißig. Ich hab alles vergessen, was geschehen ist – und konnte nicht fassen, was die Ärztin mir erzählte. Ich würde trotzdem davon absehen, das Teufelszeug noch mal zu nehmen. Mir geht es wieder gut, ich wurde am Mittag entlassen. Ich habe am Abend Auguste angerufen – und als ich hörte, was hier passiert ist, bin ich sofort gekommen. Einen Freund lässt man in solchen Stunden nicht alleine.«

Der große Koch sah ihn voller Rührung an, aber die Tränen ließen sich nicht mehr zurückhalten, deshalb nahm ihn der Kritiker wieder in seine Arme. »Es tut mir so leid, Auguste.«

»Ich ...« Der Koch löste sich nach einer Weile und wandte sich an die Polizisten.

»Stimmt es? Er war es wirklich?«

Luc senkte seine Stimme, es fiel ihm wirklich schwer.

»Sie war es. Madame Joffe hat Ihren Jungen erschossen. Vielleicht hat sich der Schuss nur so gelöst, wir wissen es noch nicht. Es tut mir sehr leid.«

»Und Ugo? Wer hat ihn vergiftet? Auch sie?«

»Nein, das war Monsieur Joffe. Es ist eine schreckliche Tragödie.«

»Mein lieber Auguste«, sagte der Kritiker, »ich weiß, es macht nichts besser, aber ich werde dafür sorgen, dass du deinen dritten Stern behältst. Ich werde gleich mit Gilles sprechen. Und vielleicht – ja, vielleicht – machst du ja doch weiter, zum Gedenken an deinen Jungen.«

Auguste ließ sich widerstandslos wieder in die Arme nehmen, und Luc konnte nicht umhin festzustellen, dass der gefürchtetste Restaurantkritiker Frankreichs im Grunde ein sehr freundlicher Mann war.

»Wir lassen Sie jetzt alleine. Ich werde Sie in den kommenden Tagen aber noch einmal besuchen, um Ihnen den Ermittlungsstand zu überbringen. Alles Gute, Monsieur Fontaine. Und Ihnen, Monsieur Gennevilliers.«

»Vielen Dank, Commissaire, vielen Dank.«

Epilog

Es war der übernächste Tag, ein Mittwoch. und sie standen im Garten von Paul Preud'homme unter den hölzernen Bögen, die von wilden Rosenranken überspannt waren. Am Tag zuvor waren Anouk und Luc noch einmal zu Auguste Fontaine gefahren und hatten ihm die Geständnisse des Ehepaars überbracht. Ernest Joffe hatte wirklich nichts davon gewusst, dass seine Frau Rémy getötet hatte. Auguste war untröstlich gewesen, hatte aber eine schwerwiegende Entscheidung getroffen:

Er würde das Restaurant trotz seiner Krankheit offen lassen. *Ich würde eingehen ohne meinen Sohn und ohne meine Arbeit*, hatte er gesagt. Florentine Silva und Roland le Correc hatten zugesagt, weiter an Augustes Seite zu sein, genau wie Guillaume und Corinne. Sie wollten das Restaurant eines Tages übernehmen, wenn Auguste sich zur Ruhe setzte. Aber er durfte so lange der Patron bleiben, wie er wollte.

All das erzählten sie jetzt der Runde, die sich im Garten des alten Chefs versammelt hatte. Die Frühlingssonne lachte auf die bunte Gesellschaft herab, und auf einmal schien der lange Winter vergessen. Hugo hatte die strahlende Aurélie auf dem Arm, Anouk und Luc hielten sich an den Händen.

329

»Ich möchte Ihnen gratulieren, Verlain – und Ihnen, Anouk, genau wie Ihnen, Hugo. Als Bürger von Saint-Girons bin ich froh, dass hier nun wieder Ruhe einkehrt. Dank Ihrer fulminanten Ermittlungsarbeit, auch wenn die Auflösung des Falles mehr als nachdenklich stimmt.«

»Nun, es war eben echte Teamarbeit von allen in meiner Einheit, inklusive des Chefs«, sagte Laurent Aubry, der sich selbst eingeladen hatte und nun einen Schritt nach vorne trat.

»Ja, Monsieur Aubry«, sagte Preud'homme und lächelte süffisant. »Da Sie es schon ansprechen – und weil Sie ja meinem besten Commissaire seine Teamfähigkeit abgesprochen haben, damals in der Feuerwache …«

»Aber da waren Sie doch gar nicht dabei, wie konnten Sie das hören? Verlain, war das eine Indiskretion?«

»Das war gar nicht nötig. Ich stand schon eine Weile vor dem Tor und habe alles mitangehört, Sie sprechen ja so laut«, Preud'homme schüttelte den Kopf. »Nun ja, Sie reden ja dauernd davon, wie gut Sie den Herrn Innenminister kennen. Das Problem ist nur: Ich kenne ihn auch, seit vielen, vielen Jahren. Also haben Monsieur le Ministre und ich gestern einmal telefoniert. Und er versicherte mir, dass er Sie zweimal gesprochen hat, und beide Male hat er Sie – ich zitiere das nur, weil ich solche Worte sonst nicht benutze – für einen Idioten gehalten. Aber er mochte Ihren Vater – und deshalb wollte er ihm einen Gefallen tun. Er hat Sie nur deshalb nach Bordeaux versetzt, weil er wusste, dass hier mit unserem lieben Luc ein Beamter Dienst tut, der sich Ihrer erwehren kann. Als er nun aber erfuhr, wie Sie hier wüten – nun ja, da hat er ganz schnell eine neue Aufgabe gefunden, und ich bin in der glücklichen Position, Ihnen Ihre, wie soll ich sagen?, Beförderung mitzuteilen.«

Laurent Aubry war alle Farbe aus dem Gesicht gewichen, er stapfte unruhig von einem Fuß auf den anderen, und Luc konnte nicht umhin, ihn ein wenig zu bemitleiden. Er war so überrascht von Preud'hommes Auftritt; er hatte gar nicht gewusst, dass sein alter Chef einen solchen Moment so auskosten würde – er hatte Aubry wohl wirklich gefressen. »Auf Sie wartet jedenfalls eine echte Bewährungschance: Im Grand Est beginnen nächste Woche die Tarifverhandlungen der Beamten mit den Gewerkschaften – und eine solche Auseinandersetzung im regnerischen Nancy ist doch bestimmt das Richtige für Sie, denkt der Minister. Wer würde sich nicht gern zwei Monate lang täglich mit Gewerkschaftern auseinandersetzen? Und – vielleicht ist es auch besser so: Zweimal überlebt man einen Schusswaffeneinsatz, aber beim dritten Mal ...«

»Aber, Monsieur Preud'homme, wollen wir nicht noch einmal darüber reden?«

»Da müssen Sie Monsieur le Ministre anrufen, ich bin schließlich nur der Bote. Und nun wünsche ich Ihnen einen guten Tag, Monsieur. Madame Filipetti? Luc? Hugo? Wollen wir noch ein Glas nehmen?«

Damit ließ er den jungen Mann stehen und nahm die alten Kollegen mit zu einem Tisch im Schatten, auf dem ein Kühler mit einem Weißwein aus dem Tursan stand, der schon geöffnet war. Er schenkte ihnen allen ein, und dann stießen sie gemeinsam an.

»Sie sind aber ein echtes Schlitzohr.«

»Du ...«, mahnte Paul Preud'homme, »wir sind beim *Du*, Luc. Aber das war nicht alles, was mir Monsieur le Ministre mitgegeben hat«, fuhr er fort. Alle Augen richteten sich auf den einstigen Chef der Einheit. »Er bat mich auch, mit meiner Erfahrung eine Entscheidung zu treffen, wer die Einheit künftig führen soll. Ich habe nicht sehr lange überlegt.« Luc schloss die Augen. Er hatte lange darüber nachgedacht, ob er damals die falsche Entscheidung getroffen hatte, den Posten nicht anzunehmen, war aber jedes Mal zu dem Urteil gekommen: Nein, es war richtig gewesen. Er wollte nicht Urlaubsanträge abstempeln, Dienstpläne machen und ständig mit den Granden der Polizei in Paris telefonieren müssen. Er wollte ermitteln.

»Nun ja, *mon cher* Luc, du kannst dich entspannen. Ich wusste von Anfang an, dass es nicht deine Sache wäre. Deshalb hatte ich dich nicht auf der Liste. Ich wollte etwas Besonderes schaffen: die erste Frau Frankreichs auf diesem Posten. Eine Frau, die führen und dennoch ermitteln kann. Vielleicht macht es auch das Familienleben etwas leichter, wenn ihr nicht beide täglich auf der Straße seid.« Anouk sah Preud'homme völlig überrascht an. »Und deshalb, liebe Madame Filipetti, frage ich Sie, ob Sie der Republik Frankreich als Leiterin der Police nationale von Bordeaux dienen wollen. Und bevor Sie auf dumme Ideen kommen: Das ist kein Angebot, das Sie ausschlagen können.«

Anouk ging auf Preud'homme zu und ließ sich von ihm in die Arme nehmen, der alte Mann hielt sie fest umklammert. Noch immer schüttelte sie den Kopf, weil sie so von ihren Gefühlen übermannt wurde. Erst nach einer Minute löste sie sich wieder von ihm.

»Der Republik Frankreich würde ich es ausschlagen, Commissaire général«, sprach sie Preud'homme mit seinem alten Titel an, »aber Ihnen sicher nicht. Ich ... Ich danke Ihnen für Ihr Vertrauen.«

»Sie haben es mehr als verdient. Und sollte der Commissaire«, er sah zu Luc, »einmal nicht spuren, dann rufen Sie mich gerne an. Ich weiß immer, wie ich ihn rumbekomme.«

»Ich werde daran denken«, sagte Anouk lachend. Dann fiel sie Luc in die Arme.

»Glückwunsch, *chérie*«, flüsterte er ihr ins Ohr. »Du hast das so was von verdient.«

»Das ist ein Traum, ein echter Traum«, flüsterte sie ihm zu.

»Nun ist aber Schluss mit der ganzen Rührung. Auf geht's. Die Muscheln sind fertig. Nach all der Sterneküche muss es nun ja mal wieder etwas Einfaches geben – aber wenigstens warm sollten wir sie essen.«

Madame Preud'homme brachte auf einem Tablett fünf tiefe Teller und einen riesigen schwarzen Topf. Als sie den Deckel abhob, drang der Duft von Zwiebeln, Weißwein und jeder Menge Knoblauch heraus, die orange schimmernden Muscheln sahen so frisch und lecker aus, dass Luc das Wasser im Mund zusammenlief. »Wow, wie gut das duftet.«

»Tja, keine drei Sterne, aber manchmal ist das Einfachste doch das Beste«, sagte Preud'homme strahlend.

Luc tat sich einen großen Teller auf und wandte sich Hugo zu. »So, den ersten Happen kriegt der beste Babysitter der Welt, Hugo, ohne dich wäre das alles unmöglich gewesen. Na komm, Aurélie, lass Hugo essen.«

Er streckte seiner Tochter die Arme entgegen. Doch anstatt zu ihm zu kommen, brach die Kleine in ein schreckliches Gebrüll aus. Luc drehte sich hilfesuchend um, da mussten Anouk und all die anderen um ihn herum lachen, bis Aurélie und sogar der Commissaire einstimmten.

»Tja, scheint so, als müsste sich Baby Verlain erst mal wieder an seine Eltern gewöhnen«, bemerkte Hugo trocken, während die Kirchturmglocke von Saint-Girons zur Mittagsstunde schlug.

FIN

Vielen Dank für Ihre Treue, liebe Leserinnen und Leser.
Ich hoffe sehr, Ihnen hat auch dieser Band um Luc Verlain gefallen
und Sie hatten eine schöne Reise in die Aquitaine.
Der siebte Band Revanche erscheint im November 2023.

Merci beaucoup

Manchmal sind Krimiautoren echt nicht zu beneiden, etwa wenn ihre Recherchen sie in die Gerichtsmedizin oder an ähnlich unwirtliche Orte führen. Im Fall des vorliegenden Buches aber darf ich getrost zugeben, dass die Recherche ein echter Genuss war, auch wenn der mich um zehn Kilo schwerer gemacht hat. Am Anfang war ich angesichts der Coronapandemie froh, dass wir überhaupt Köche treffen konnten. Zumal gemeinsam mit diesem Krimi ja auch das Kochbuch unseres Commissaire Luc Verlain erscheint, *Chez Luc* – sein kulinarischer Roadtrip durch die Aquitaine und die ultimative Kochbuch-Reiseführer-Liebeserklärung.

Für dieses Buch wollten mein Fotografenteam und ich fünfundzwanzig Köche an der französischen Atlantikküste treffen, doch dann kam der große Corona-Lockdown, und alle Restaurants schlossen. Es bedurfte reichlich Überredungskunst und manchmal sogar einiger Impertinenz, doch es gelang: Wir bekamen unsere Rezepte, manche Köche trafen sich mit uns in ihren geschlossenen Restaurants, die Stühle waren hochgestellt, die Kühlschränke leer, aber die Fischer lieferten frische Fische, und so waren das sehr besondere Tage, bis die Sperrstunde uns alle nach Hause schickte.

Ich habe durch die Arbeit an *Chez Luc* und *Sternenmeer* viel gelernt, dank sensationeller Sterneköche und ganz wunderbarer Küchenchefs, die in einfachen Bistros und Hafenrestaurants jeden Tag Außergewöhnliches leisten. Danke dafür und *merci beaucoup* an Michel Guérard, Frankreichs dienstältesten Dreisternekoch. An Fabian Feldmann, einen der wenigen Deutschen, die in Frankreich einen Stern erkochen konnten, und der über die Arbeit an diesem Buch ein Freund geworden ist. Dank auch an Andrée Rosier, die mit sechsundzwanzig Jahren als erste Frau zur besten Köchin Frankreichs gewählt wurde. *Merci* an Gernot Rohr, der nicht nur eine Fußballlegende ist, sondern auch ein Restaurant am Cap Ferret führt. *Eskerrik asko* und *gracias* an Elena Arzak, die den Weltruhm des väterlichen Restaurants weiterträgt und mit Liebe und Leidenschaft ins Heute überführt. Danke all den anderen Köchinnen und Köchen, die mir mit Rat und Tat zur Seite standen. Sowie ein besonderes *Merci beaucoup* an Deborah Middelhoff und all die Kollegen beim *Feinschmecker*, von denen ich in meinem ersten Jahr so viel lernen und erfahren durfte. Danke, dass ich Teil dieser kulinarischen Legende sein darf.

Beim heiklen Thema Foie gras habe ich Rat und Unterstützung von Marie-Pierre Dulucq und Laurent Capdelbosq bekommen, herzlichen Dank.

Dem ganzen Team von Hoffmann und Campe, meiner Lektorin Katrin Aé, den Kollegen in Marketing, Vertrieb, Herstellung und Presse, dem formidablen Tim Jung, euch allen gebührt in diesem Jahr mein sehr besonderer Dank. Das Kochbuch gäbe es nicht ohne euch – genauso wenig wie diese Reihe, die mir auch in Band 6 so viel Spaß gemacht hat. Und weiter geht's …

Alexander Oetkers Commissaire Luc Verlain
im Hoffmann und Campe Verlag und bei Atlantik

Retour
Luc Verlains erster Fall
Ein Aquitaine-Krimi
Taschenbuch, 304 Seiten
ISBN 978-3-455-00349-9

Château Mort
Luc Verlains zweiter Fall
Ein Aquitaine-Krimi
Taschenbuch, 336 Seiten
ISBN 978-3-455-00596-7

Rue de Paradis
Luc Verlains fünfter Fall
Ein Aquitaine-Krimi
Klappenbroschur, 288 Seiten
ISBN 978-3-455-01212-5

Winteraustern
Luc Verlains dritter Fall
Ein Aquitaine-Krimi
Taschenbuch, 336 Seiten
ISBN 978-3-455-00937-8

Baskische Tragödie
Luc Verlains vierter Fall
Ein Aquitaine-Krimi
Klappenbroschur, 288 Seiten
ISBN 978-3-455-01006-0